U0784129

陈彦经典散文

大家经典

生命的呐喊

陈彦 著

山东文艺出版社

图书在版编目（CIP）数据

生命的呐喊：陈彦经典散文 / 陈彦著 . — 济南：山东文艺出版社，2024.5
ISBN 978-7-5329-7171-8

Ⅰ . ①生… Ⅱ . ①陈… Ⅲ . ①散文集－中国－当代 Ⅳ . ① I267

中国国家版本馆 CIP 数据核字（2024）第 098908 号

生命的呐喊——陈彦经典散文
SHENGMING DE NAHAN—CHENYAN JINGDIAN SANWEN
陈 彦 著

主管单位　山东出版传媒股份有限公司
出版发行　山东文艺出版社
社　　址　山东省济南市英雄山路 189 号
邮　　编　250002
网　　址　www.sdwypress.com

读者服务　0531-82098776（总编室）
　　　　　0531-82098775（市场营销部）
电子邮箱　sdwy@sdpress.com.cn

印　　刷　山东临沂新华印刷物流集团有限责任公司
开　　本　890 毫米 × 1240 毫米　1 / 32
印　　张　8.25
字　　数　198 千
版　　次　2024 年 5 月第 1 版
印　　次　2025 年 7 月第 2 次印刷
书　　号　ISBN 978-7-5329-7171-8
定　　价　48.00 元

版权专有，侵权必究。如有图书质量问题，请与出版社联系调换。

目 录

辑三　感动的记忆　　　　　　辑四　风景无言

辑五　生命的呐喊

辑一

不熄的火炬

第一部

本集的意义

不熄的火炬

陈忠实先生走了，走得很是匆忙。尽管他病了一年多，给大家输送了足够的信号，说他患了不太好治的病，但真在离开的一刹那，朋友们甚至包括他的读者，还是难以接受。由于工作关系，我参与了先生最后抢救阶段和治丧的全过程。从党和国家最高领导人，到街头引车卖浆者，都给予了不同的悼念方式。文学艺术界更是蜂拥而至，有的甚至以泪洗面，都在真诚地回忆着与先生的交往，诉说着这个"关中好老汉"与自己的那份情意。

先生的文学成就已经摆在那里了，怎么评价都不过分，那是实实在在的一座"高峰"，甚至有某种不可逾越性。先生的为人，也是一座高峰，点点滴滴聚集起来，我们就看见了一种十分超拔的高度。先生在写作《白鹿原》后，几乎再没有创作"大东西"，如果以长度来说的话，也的确如此。但先生在进行着另一种"长度""宽度""厚度"的创作，那就是扶持人———一个个扶持，一点点扶持，参加各种作品研讨会，为作者新出的作品写评论、写"腰封"，为青年作家搞推介活动"站台"。总之，先生是在为他人活着，尤其是为成长中的文学新人们活着。在古城西安的大街小巷，偶然能看到一个挎着破旧皮包的老人，他永远是那身灰灰的衣服，走起路来不紧不慢的。上了台阶，上了电梯，进了文学"圣殿"，在一双双期盼、热望、崇敬的眼光中，他双手合十地给各方打招呼，眼神尽量要兼顾每一个人，然后落座，抽着一成不变的老牌子雪茄，有时会把眼睛瞪得很大，是在认真倾听别人发言，再然后，在掌声中开始谈文学，谈他刚读过的作品，谈他熟悉或不熟悉的作者。有建议，有批评，但更多的是鼓励、打气。也有人说："陈老，这作品您老是不是估价过高？"先生会嘿嘿一笑说："你看，作者本来就可怜，东拉西借的，好不容易出一本书，我再劈头盖脸给一下，那你还让人家活不？"大家也就理解了先生的用意。以他的影响力，人家把他请出来，就是想让他说几句"硬扎"话，也许这几句话，就把一个人推上了文学创作的光明大道，一旦"老陈都说不行"了，那还不一砖把一个文学新人给拍死了？老陈这砖，可是西安古城墙上那厚重的城砖哪。

回想自己的创作道路，一直都得到了先生的提携、呵护、抬爱。记得二十多年前，单位领导请他看舞台剧《留下真情》时，我真是诚惶诚恐，因为那剧是我编的，而当时陈老师的《白鹿原》正走红，请这么大个人物来看演出，我是既高兴又紧张，最紧张的，就是先生看完，一旦说这个戏的剧本不行，那我岂不惨透了？作为专业编剧，在上千号人的大剧院里还怎么混？谁知陈老师一看完，上台讲的第一句话就是："无论这个编剧多大年龄，或是干什么的，我都要给他鞠一躬。这是一部深刻反映了当下时代进程的好戏，直逼人的心灵，我在观看中，心灵始终为之震撼和战栗，现在还不能平静下来，时代需要这样同步进行思考的好作品……"他讲了很长一段话，那时他五十多岁，我三十一二岁，他是真的当着全体演职人员和观众的面，给我鞠了一躬，吓得我不知所措，连连回敬，逗得一台人笑了起来。说实话，我的心激动得都快要跳出来了。这是一个文学青年第一次面对文学大家的"庭审"与"拷问"。

自此以后，我与先生就熟悉了起来，每有创作，必请他看，而他也从来没让我失望过，只要能抽出时间，有请必到，并且看了还要鼓励，还要写文章向社会推荐。我编剧的《迟开的玫瑰》已演出二十年，他在 2006 年看修改版时写文章说："这戏我先后看过三回，似乎仍不满足，又找来剧本从从容容品读一番……我看过陈彦三部戏，都是以当代生活为题材，多以城市里普通人的种种心态为解剖对象，都是直抵观众心灵的冲击力量。他不回避生活矛盾，倒是在司空见惯乃至市井议论的平凡的生活琐事里，常常有惊人的发现和深刻的开掘，既显示出一个剧作家思想的勇气和力度，又显示出舞台艺术的个性鲜明的才华。陈彦的创作指向和追求，令我钦敬，尤其是这样年轻的一位艺术家。"后来他又为秦腔《大树西迁》写了文章说："陈彦选取的都是我们社会生活中每个家庭每个人都可能遇到的生活矛盾，然后把他典型化，通过人物关系、人物命运、人物的生活态度来塑造人物。这不仅体现了一个作家感受生活的敏锐程度，更难得的是他将普通生活典型提升的深厚功力，这往往见出作家思想的深刻性，这是作家最致命的也是最令人钦敬的一点。"到《西京故事》时，他甚至写了两篇文章，一篇是写给舞台剧的，一篇是写给同名长篇小说的。他在《父子冲突的社会内涵与文化意蕴——谈〈西京故事〉中的几个人物》里写道："小说的诸多人物与情节，多为琐细的日常生活形态，几乎没有涉及重大的事变和剧烈动荡的事件，但人物性格的巨大变异以及精神心理的丰富性、复杂性、多面性，时时让我感到心灵撞击的震动。"很多时候，我觉得先生对后学者，是手把手在教，在牵引。近二十年来，我的创作，每每都从他的鼓励中得到启示，比如关注小人物，抒写普通人的生命情怀，就常常得到他的肯定与褒扬，也使自己渐渐有了越来越自觉的创作走向。

先生爱秦腔，看戏很多，他常说："关中人，那看戏就跟吃饭一样么，少不了。"他不仅看，而且还给老腔写过唱词，这些剧目已成保留节目。几年前，我在《美文》杂志开了两年散文专栏，是专门说秦腔的。我想先生手头每月有多少新杂志要翻阅、有多少朋友的作品要看呀，哪里还顾上看拙文。谁知有一天，先生突然打来电话："陈忠实。"这是先生打电话的风格，叫通必先自报家门。他说："你在《美文》上开的专栏，我大多都看了，写得有意思，把秦腔圪圪的事都翻出来了。这一期上边写的李十三，引发了我的创作冲动，我写了个短篇，叫个《李十三推磨》，里边要涉及你文章中的一些事，小说后记里我会提到的，给你打个招呼。"我急忙说："不用不用，有些本来就是史料，谁都可以用的，何况陈老师您。"先生还是十分客气地在小说发表时，后边加了一段"附记"，里边有"我专意打问了剧作家陈彦……我从剧作家陈彦的文章中获得李十三推磨这个细节时，竟毛躁得难以成眠……"等文字。我当时就想，先生为什么这么受人推崇、尊敬，就在于先生的这种实诚、磊落、光明、君子风范。陈忠实这个名字，几乎是把他的生命风貌全刻画出来了。

后来我的"说秦腔"专栏文章结集出版，编辑说能否请陈忠实写个序，我说不好意思麻烦，先生给我作品写的文章已经够多了。编辑说，这部书稿请陈忠实作序最合适。我就试着给先生打了电话，谁知先生满口答应，说："这组稿子我熟悉，好写，你等等，等我把手头的'欠账'都弄零干了就写。"大概过了两个多月，先生给我打来电话，问我在哪里，我说我在文艺路，他说："你到你们剧院门口等着，我把稿子弄好了。"我急忙说我过去取，先生说："看这还跑啥呢，我刚好开会路过，你出来一取就行了么，你等着，大概就十几分钟。"我急忙跑到门口，刚站了一会儿，先生的车就到了。先生拿出厚厚一摞手稿，交给我说："还不知行不行，有没有外行话，要是不行了，你给我打个电话，你自己拾掇也行，我给咱拾掇也行。"我说："您这样的大家，哪有不行的，谢谢陈老师了。"他说："我也是学习哩，你书里有好多秦腔知识，刚好让我补了一课。"说得我不知该如何回答是好。先生一走，我就一路看起稿子来，看着看着，眼里竟然有了激动的泪花。从大量引用原文的细节看，先生真是认认真真读了书稿，并且用非常质朴生动的语言，把二十几篇零散文章，整合成了一本系统读物。上电脑一录，竟然是一万多字。天哪，这能不让人动容吗？我急忙给他打通电话，说什么都要感谢一下，先生说："我给作者写序，从来不要感谢。你把文章写好了，咱都快乐了就行。给秦腔写文章哩，又不挣钱……"这怎么行呢，先生付出了那么大的劳动量，没有回报还成？我问了身边好多人，问先生过去给人写序都咋弄的。听到的，都是说先生除非不写，只要答应写，就不收感谢费。说实话，我要早知是这样，还真不好意思动让先生写序的念头。一万多字呀，再快恐怕也得用先生两三天时间。他的两三天，又是什么概念呢？

　　一位有恩于文学晚辈的先贤，我们是多么盼望他能长寿啊，他多活一天，就是我们这些晚生的福分。可苍天就是这样铁面无情，不管你对这个世界、对别的生命有多么重要，它要收割时，都会不讲任何道理地将张三李四一齐收走。几个月前，我的长篇小说《装台》出版，拿到样书后，特别想送他一本，可我知道他的病情，即使是去看望他，也没好意思拿书。可有一天先生打来电话："陈忠实。《装台》我拿到了，祝贺！都听说了，有可能了，我再写点文字。"每个句子都很短，他的表述明显有困难。我急忙说："陈老师您千万别劳累，随便翻翻就行。"再后来我去看他，他又说到了《装台》，刚提一句，我就急忙把话岔开了。这次先生送给我们同去的人一人一本《生命对我足够深情》，封面上还印着八个字：感恩阳光，感恩苦难。面对这本书，我心里特别难过，但也特别温暖。我觉得，先生对自己所面临的生命困境，是有足够的准备了。他没有怨天尤人，没有悲痛欲绝，更没有被仓皇击倒，相反，倒是十分平静、淡定地接受，甚至感恩着猝然临之、无故加之的一切苦难。我想，这就是一个大的灵魂、一个大写的生命的从容仪态。他是准备好了，那本可以"做枕头的书"，也已被反复证明，是这个时代文学的一种高度。作为一个作家、一个时代的"书记员"，他是完成了自己使命的。他无怨无悔地结论道：生命对我已足够深情。

　　先生走时，引起的生命阵痛，是波涛式的。小饭馆的主人，甚至把先生爱吃的油泼辣子面，都恭恭敬敬地端到了灵堂；不时有人扑通跪下，深磕几个响头后，悄然离去。人民不仅深情缅怀与自己同时代的一本厚重大著《白鹿原》的作者，也在发自内心地赞颂着一个时代巨子的高尚情操与人格。一个国家，一个民族，必须有自己甘心情愿去仰望的人，这样的人多了，国家才有希望，民族才能复兴。先生就是这样一个人，他是我们这个时代不熄的精神火炬，我们真诚仰望他！

女儿中考

中考前一个月，我就给女儿"表忠心"，说那两天就是再忙，也要抽时间陪她一起受煎熬。我终于没有食言，那两天我自始至终与她战斗在一起。我和她妈妈将她送进考场后，她妈妈就忙着回去买菜、做饭了，我则捧了一本闲书，坐在一个阴凉的地方等。那天室外气温在四十多度，开考后许多家长都没有散去，有个男人腆个大肚子，头上还顶着一块花手帕，在校门口绕来晃去，看上去样子很是滑稽，但却让人笑不出声来。其实这种守候的必要性并不大，但家长们仍然要守着，一来是一种心理支持；二来也是怕孩子晕场或出其他什么意外，一旦出来也好有个接应。总之，考场外着急的"太监"并不比考场内人少，心脏的起搏速度也并不比里边人慢。看着分针、时针一点点转动，成长中的孩子也便在我眼前蒙太奇式地叠映着画面。

我一直在暗自庆幸，我们上学的时代竟然是那样没有压力：早上七点一路活蹦乱跳扑进校门，下午四点就箭一般射出去了，然后是上树掏麻雀蛋，下河捞蝌蚪、鱼，晚上一般是在院子里逮羊、斗鸡（腿撞腿）、捉"特务"，晚上九点多就被父母揪着耳朵拎回家睡了，哪里有什么家庭作业，一身的疲乏基本都是泼命玩出来的。而女儿，我计算了一下，从上幼儿园就有了家庭写字功课，即使园里不布置，家长也是要在乐器、舞蹈、书画上找泼烦的。妻子觉得学钢琴雅，我便急忙迎合着弄回一架金斯波格；朋友说练舞蹈对女孩儿身材有益，妻子又连忙把她送进舞蹈班。反正这些事都只是和卖钢琴的、教钢琴的、教舞蹈的以及各路家长商量，孩子从来都没有讲意愿、说感受的民主渠道。总之，只要小家伙有一点喘息机会就让人坐立不安，不弄个事把空填满就挠搅得人心慌。大概是从小学四五年级开始，孩子一天的学习时间就接近十三四个小时，早上六点起床，中午十二点放学，吃完饭一点半又得往学校走，下午六点往回赶，晚上从七点做作业到十一点多，完整睡眠时间不足七小时，只有那个"讨厌"的"黑猫警长"闹钟是她能够发泄的对象。让人感到庆幸的是，好几年过去了，"警长"的鼻子还没被搋扁，足见孩子的度量、涵养与韧性非同一般。"半夜鸡叫"之于苦命的孩子高玉宝，那是何等不共戴天的深仇大恨哪！到了初中，就更是"三更灯火五更鸡"了，临近毕业的一年，女儿每晚睡眠已不足六小时，而此时她才十五岁。每早由"警长"和我把她从床上整起来，背着四五公斤重的书包，脖子勒得跟长颈鹿一样，一路步行、坐三轮、挤公交车，且不说心理承受的各种压力，单就弯腰驼背的体力支撑也是需要相当耐力的。我常想，我们再忙，能忙过孩子？我们再累，能累过孩子？我们再苦，能苦过孩子吗？我们把太多的失去硬交给孩子去捡拾，我们把太多的希望强压给孩子去实现，从动机上我们是仁爱的父母，从实际效果上却更像那个半夜装鸡叫的周扒皮。

　　第一节考试终于结束了，我在人群中寻找着那张熟悉的脸，我最怕看到的是孩子痛苦的表情，一旦出现这种表情，那就意味着她妈妈精心准备的午饭一定不怎么可口。还好，孩子是笑着出来的，她见我第一句话是："比想象的简单。"我如释重负地拍了拍她的脑袋："吹牛吧？""真的，出题的老师比咱家'警长'可爱！"从她的一言一行中，我似乎感觉到了牛刀初试的不赖。在接下来的几场考试中，孩子仍然是把表情写在脸上走出来的，虽然没有那两天的阳光灿烂，但也照射得人心里暖融融的，我想是基本达到了预期。根据她的估分，那几所特别红火的学校是进不去的，但进一个省级重点还是有可能的。由此我们便进入了广泛的摸底排查阶段。经过几天的努力，我得出的最大结论是：自己是一锅毫无主见的黏糯子。眼看报志愿的最后时限已到，手上还捏着一把理不出头绪的牌。开"诸葛亮会"的朋友们，公说公有理，婆说婆有理，饭吃完了，脚洗毕了，大主意还是拿不出，都只强调要让孩子上最好的学校。无奈中，我把可供决策的各种条件拿到了家庭会议上。

会议是在晚上十一点召开的，与会人是我、妻子以及当事人女儿，这也是她第一次荣幸参加有关决定她的前途命运的家庭会议。三个人都斜倚在沙发上，先是听我通报近几日的调研情况，然后进入民主程序。会议开到半夜一点半毫无结果，这时我才发现，其实她们也都在到处摸底排查，也都在眼花缭乱中成了十足的糊涂蛋。哪个学校都有利有弊，进哪所学校也都有易有难，不是路远嫌公交车不方便，就是寄宿怕不安全，还有分数不够恐愣交钱的，总之，定不下一个十全十美的。不过，在女儿的发言中，我还是听出了她倾向性非常明显的一所学校，她的顾虑是害怕我们花太多的钱，但她妈更多的还是考虑到郊区寄宿的各种困难。家有千口，主事一人，妻子再次把我推到了"家庭主要领导"的岗位上。我想着女儿整个花季时代的辛勤酿蜜之姿，夜以继日的童工稼穑之态，不忍心不满足她的要求，几乎是不假思索地决定："就按女儿说的办，散会！"

这天晚上女儿挤在我们房间打了个地铺，这是她在感到孤独无助时采取的一种缓解方式。我感到大家都没有睡好，妻子和女儿在想什么我不知道，我一夜都在不无愧疚地想着孩子长这么大自己所负的责任，在想妻子的辛勤抓养，也在想孩子进这个学校数目可能不会小的学费，直到天快亮时才合上眼睛。不知啥时女儿突然窸窸窣窣地坐了起来，轻轻喊了声："爸，再开一会儿会吧！"我问："咋了？"她说："我想好了，还是就近上学，这样妈妈也放心了，估计也不用花太多的钱。"我说："花钱多少不是你考虑的事。"女儿说："我不能花家里太多的钱，你现在这么忙，又没时间写东西挣稿费，不能让你太累着。"我的眼泪哗地涌了上来，但我不愿意让女儿看到这股泪水，我继续说："你还是去你最想去的学校吧，爸爸一定要满足你这个愿望！"女儿却是很坚定地说："我想好了，一会儿就报这个学校，这也是个很好的学校，我不能让你们太费心了，我昨晚都看见爸你鬓角的白发了。"我的眼泪终于泉水般涌了出来。尽管我们对现行的教育体制有太多的不同看法和意见，有时甚至被逼得无法做文明人地想骂几句娘，但从个体来讲我还是要说，学校对我的孩子的教育是成功的，因为除了获取知识外，她的心底是柔软的，这一点使我非常满足。因此我想向教育她的所有老师致敬，向含辛茹苦拉扯她的妻子致敬，更想向披星戴月、历尽艰辛、百折不挠，甚至可以用忍辱负重、日理万机这些特殊词汇来形容的孩子致敬！深深地！

朋友马河声

如果什么时候孤独寂寞了，抓起电话，按下一串号码，绝对错不了，是马河声的；而在放下电话，三五分钟内能准时赴约的，也绝对是马河声。我原以为他只有我这么一个朋友，后来才知道，像我这样的朋友他有一群——上有五六十岁的老教授、老作家，下有二十几岁的编辑、记者、出版商，总之，都是些在文化圈里混得有点眉目的人物。这么一大群散散漫漫的"异类"，能被他规整得温驯服帖，并且招之即来，挥之即去，确实是一些学会的秘书长都办不到的事。有时，我们被他一鞭子吆出去，吃了喝了，牧放了，便在一块儿议论：咱们是不是受到了马河声的"精神控制"？大家相视一笑，似乎觉悟到一点，但摊子散了，又会分头给他打电话，问下一次牧放安排在什么时间。时间到了，无论资格多么老的教授，牌子多么亮的作家，脾气多么乖张的诗人，还是会在指定时间、指定地点，拿着指定道具，掏钱打的，"趋之若鹜"。马河声凭的什么？仔细想来，凭的是他的热心、诚信、机智、包容。他能把一次平常的聚会操作得有声有色，情趣盎然，朋友们都愿意奔快乐而来，时间长了，他便成了这个快乐的轴心。当然，除了快乐外，大家还有一个共同的业余爱好被他紧紧抓住并扩容放大了，这就是书法。这些人都病入膏肓地痴迷上了书法艺术，而马河声是地道的书画家。无论你在各自领域取得了多么高的成就，面对书法，你都有说不清道不明的东西，可马河声凭他的书画学养，能说清魏碑、唐帖、米芾、林散之，因此，他便自然成了大家的业余书法教练，连尺幅作品卖一两千元的贾平凹，有时也被他说得一愣二愣的，我等就更是常常被教练得丈二和尚摸不着头脑了。当有一天，一个以作家、学者、教授为主体的太白书院宣告成立时，他也就自然而然地荣任了秘书长。

我和河声的交往算来已有七八年了，第一次是一位书法家把他领到家里来的，一场牌打得面目烂熟，后来他一旦缺了"打的费"，便来找我"摸两把"，大概是因为我手太臭，很快便给他惯上了瘾。而那时还仅仅是牌友。一次，我在一张报纸上见到他一幅裸照，那照片若不仔细辨认，是很难把胖乎乎的他和体态丰盈的泥塑区别开来的。那是他在敦煌大戈壁上写生时，给身上抹满了黄泥后的一次生命凝固。在这幅凝固的生命图像中，我看到了一个艺术家的率真、浪漫情怀。而这种率真与浪漫，已极其自然地贯穿在他的整个生活中。每每与他打交道，我都备感身心轻松，渐渐地，打牌反倒成了其次，聚餐、神侃、笔会、郊游，就越来越占了上风，友情也便由此扎下了深深的根子。我有一个毛病，每写完一篇文章，当画上句号后，若不找个人来听诵一遍，便像上厕所没有方便尽似的，憋得人坐立不安。一些朋友已被我折腾得叫苦不迭，一通电话第一句先问："该不是又读文章吧？"自有了马河声后，这个听众角色便有了固定的扮演人。尽管有时也让他痛苦得直咧嘴，但电话一去，他还是骂骂咧咧地来了，听完后，东指西拨一通，最后说家里泡的衬衣刚打上肥皂，便又风风火火地走了。有一次，大概是凌晨一点，我的一篇文章杀青了，急忙给他拨通电话，只听他迷迷糊糊地说："今晚能不能把我饶了？明早八点准时到你办公室。"我当时激动得不能自已，告诉他："如果今晚不到，你明早八点就直奔三兆参加追悼会好了，估计那时我已憋死了。"只听他在电话里嘟嘟囔囔："糟糕得很，那我穿衣服，你等着。"这就是朋友，一个在任何时候都不会让你扫兴的朋友。我想，他之所以在文化圈有那么多莫逆之交，恐怕与这种宽厚、友善的性情不无关系。当然，混在文化圈的马河声之所以是马河声，最关键的还应该是他的文化修养和那些让朋友们赞叹不已的书画作品。

马河声家里除了四壁藏书和几十杆用秃了的毛笔，就是那一幅幅集存着准备出集子、办展览的字画。常挂在他嘴边的是这样一句话："糟糕得很，昨天才画了一幅好画，又叫××拿去了。"大概是面子太软，河声的书画并没有给河声换来多少钱财，换来的只是友情和别的书画家可能少有的丰富藏书。也正是这些友情和藏书，使河声成了另一类富有的人。他拥有别人没有的层次较高的朋友圈子，这个圈子不仅丰富着他艺术家的羽翼，同时也造就着一个特殊的"秘书长"式的角色。有朋友开玩笑说："马河声多亏没有搞邪教，如果搞，我们很可能失去辨别能力，而误入歧途。"真的，这个家伙确实有些煽动性和蛊惑性，朋友当警惕呀！

作家丹萌下海记

"丹萌下海了!"朋友告诉我,丹萌与商州另一个文友领导几个男女,承包了西安北关一个罐罐馍作坊。

我一听颇感滑稽地笑了,说:"一米八八的彪形大汉,怎可去捏弄那更适合女人揉搓的罐罐馍呢?

"那生意保险么。"

我想也是。蒸罐罐馍赚不了大钱可总赔不了本么。

谁知未过半月,作家孙见喜对我说:"丹萌下海呛水。"紧接着,"丹萌下海记"就在西安的商州文人圈内传得沸沸扬扬。我去看丹萌,乡党说丹萌做思考状回商州了,我想丹萌是回去痛苦去了。又过几日,丹萌叩响了我的房门。我连忙严肃了脸面,做心情沉重的表情,以示对老朋友受挫的"兔死狐悲"。谁知丹萌全然是一副潇洒超然的神情,甩一包"红塔山"于桌上,极尽诙谐幽默地将他下海十天的曲曲折折叙述了个酣畅淋漓。

运筹帷幄

面对汹汹涌动的金钱潮，谁的手不痒？

眼睁睁看着大把大把的票子从一些智商并不算高的人的腰包里水一样流出来，一个毕业于上海戏剧学院，曾成功地改编过贾平凹《鸡窝洼的人家》《天狗》等作品，并以数目繁多的散文、小说、报告文学时隐时现于文坛的"职业杀手"，怎能再潜心于愚人式的"躬耕"呢？

如果说身边发财者的潇洒风流是一种诱惑，那么文坛巨星路遥的病入膏肓便是催化剂，包括王安忆在内的一代天骄都发出了"上帝不再需要我们"的喟然长叹，普通作家还爬什么格子呢？丹萌向许多薪水阶层的朋友谈及此事，他们无不拍手称快。大伙儿毫不怀疑他的经营才能。本来就不爱好谦虚谨慎的他，哪里招架得住三吹六捧。现实一旦插上了文学的想象翅膀，他眼前浮现出的便是一个"斗大的元宝滚进来"的生意场。从高科技开发到长途贩运猪马牛羊、核桃毛栗，经过千筛万选，他最终选择了小打小闹的罐罐馍加工业。

那生意是一个叫黑蛋子的商州乡党介绍给他的。黑蛋子曾是一名演奏员，见剧团业已日薄西山，烦闷中他拨断丝弦，进西安承包了北关一家蜂窝煤加工厂，不几年便是腰缠万贯的主儿。听说丹萌要下海，他一拳头砸过去说："瓜娃总算灵醒了！"尔后力荐丹萌承包煤厂附近的罐罐馍作坊。几经考察，两人坐着进口出租车，到德发长饺子馆的二层楼上，抽英国烟，喝美国啤酒，做出了如下的预算：

　　"一斤面蒸五个馍，五个馍可赚人民币两角，一天能蒸一千五百斤面，利润三百元。刨过工人工资，水、煤、电费以及作坊租金，可净落两百元。一天两百元，一月就是六千元，一年要赚七万二千元哪……"

　　"可以了可以了！"

　　丹萌第一次有了满足感。集腋成裘，聚沙成塔，有了资本，再干啥不成？

　　他跟房东老板娘拍板了！

　　旋即，他回商州组织了一个由作家、艺术家和蒸馍大师组成的六人致富小组，浩浩荡荡开进西安，满怀豪情地进入了前沿阵地。

<h2 style="text-align:center">一千五百个"黑蛋蛋"</h2>

　　这是一个非常陈旧简陋的作坊，常年的烟熏火燎已使本来就阴暗的老屋显得更加阴森可怖。五十多岁的老板娘用七八寸长的铜钥匙捅开了一把破垮垮的锁，拉了四五下才拉亮一个二十五瓦的灯泡，先照亮的是一群在蒸笼里窜来窜去的老鼠。丹萌"嘿"的一声，鼠辈无动于衷，倒是震落了房梁上不少黑色的尘粒。多亏老板娘"队去"一声，老鼠们才秩序井然地顺墙根撤离。

　　这样龌龊的地方能蒸馍？大家的情绪有些低落。

　　丹萌及时鼓动道："大凡辉煌的事业都是从黎明前开始的……"

　　安上一个五百瓦的灯泡，蓬荜倒也生出些许光辉。绑一个长扫帚，除了头顶上的尘垢蛛网，尔后打开水龙头，倾四袋"活力二八"于铁锅内，刮、磨、涮、擦了三个半小时后，笘箩、蒸笼、面板、和面机才算露出些本色。

与此同时，十袋面粉、八个铝盆、六丈笼布、四把锅刷、两把菜刀、一杆盘秤也被运进了作坊。丹萌一看表，时辰已到掐算好的八点八分，哧啦一声点燃八十八块钱买来的爆竹，整整炸了八分钟。大师傅咔嚓推上闸刀，和面机便哐哐唧唧运作起来，六人小组一齐戴了白帽，穿了白大褂，挽起袖口，在极其张扬的氛围中展开了前途无量的劳作。

他们把机器和好的三百斤面，依次盘成八个大坨，经两小时发酵后，用手掐、秤、揉、滚成一千五百个蛋蛋，那是怎样一种烦琐而又枯燥的劳动啊！然而，对于这些初涉"馍坛"的文艺家来说，却简直是在开拓一个全新的妙不可言的创作领域，他们几乎想把每一个馍都捏弄成花，让世人一见便"啊"的一声大彻大悟：原来罐罐馍是这样的！

曾在部队有过十年蒸馍经历的大师傅说："揉拢揉圆就行了，绣花一般，一天能做多少？"

丹萌第一次以老板的身份严肃批评教育雇工道："宁少毋滥。咱们就是要在色、味、香、形四个字上狠下功夫，让人看了眼馋，吃了心甜。大家知道'奔驰'小轿车为啥能走俏世界吗？就因为它牢牢把住了质量关。大凡成功的企业和驰名的产品，无一例外不是视质量如生命的。咱们只有拥有一流的质量，才能拥有广阔的市场……"

在老板的谆谆教导和亲自监制下，一千五百个蛋蛋被揉搓得绝对地整齐划一，保质保量。一笼安置一百二十五个，十二个笼架摞在能烫牛的大锅上，便是两人高的宝塔。

破旧的鼓风机发着震耳欲聋的鸣叫，蒸汽终于慢慢泛上了笼顶，丹萌长长地吁了一口气，点燃一支烟，披上军大衣走出了作坊。这时已是凌晨五点，一个喧嚣的都市仍在沉寂中。十一月的寒风吹拂着他像发着高烧一样的面颊，一阵恬适掠过心头。通宵达旦的劳作对于作家来说是司空见惯的事，而开这一趟"夜车"却给他带来了别样的意趣。

"日塌了，丹萌哥！"

大师傅一声喊，把丹萌从遐想中拽回了现实。"全瞎了，馍跟鬼捏了一样，又黑又瘦，怕是卖不出去了。"

"咋回事？"丹萌急忙折回作坊，一看果然是一笼又一笼的"黑蛋蛋"。

"面太黑？"

大师傅急忙解释说："我买的是上白粉哪，昨晚上倒在面板上大家都看见的么。"

六人面面相觑，百思不得其解。

丹萌急忙去喊起房东老板娘。

那女人揉着惺忪的睡眼，走来一摸一捏一掐一掰，说："先拿硫黄熏。"

在作坊的拐角，堆放着一摞粗瓷黑碗，里面盛着上一任老板用剩下的硫黄角子。老板娘亲自指导着点燃硫黄，架上笼，在幽蓝幽蓝的光焰上熏蒸了半个小时。揭开一看，馍的皮肤是白了些，一掰开，内瓤仍然是茄子色没变。

这时馍贩子成批拥来，看看捏捏，摇头而去。丹萌果断地做出决策：降价处理。谁知罐罐馍比不得拖鞋、乳罩、防盗裤衩，言降价更使人不敢问津，到天黑才卖出十八个，还是煤厂的黑蛋子硬性摊派给了手下的雇工。

一千五百张"笑脸"

这天，丹萌认真听取了来自方方面面的意见和建议，晚上，关了作坊门，大伙儿一边吃着"黑蛋蛋"夹咸菜，一边开会。老板见伙计们都表情呆滞，沉默寡言，便先讲了个"干娘的腌萝卜"的故事，调节了一下气氛，然后说："成功是失败他妈，有啥了不起的！我写小说，投稿好多次才发了处女作，谁就能一口吃个大胖子？既然下海了，就得有成功和失败的双重思想准备，何况咱们已经找到了失败的原因——面和硬了下一次和软些，碱搭重了下一次搭轻些，火烧小了下一次烧大些，面太黑了我明天亲自去三桥买上白粉。不信六个大能人还蒸不出优质罐罐馍来……"

第二天一早，丹萌乘车直奔三桥，买下十袋上白粉，租一辆三轮车，一路绕街穿巷，遇坑洼手推，遇沟坎肩扛，回到作坊，双腿已如灌铅一般。

晚上，摆开场面，开始了又一轮苦熬苦战。

老板亲自肩负了烧火的重任，在灶门口铺了两条麻袋，佛一样坐卧其上，砸煤、拌煤、添煤、掏灰，手脚不闲地忙活了一夜，漏电的鼓风机还差点给他的生命缩了句号。天快亮时，他感到一阵眩晕，头便靠在煤堆上睡着了，手里仍然紧紧握着拨火铁棍。那场面像煞战争电影中一个将军夜半揣摩军事地图，因疲劳过度而手握铅笔入睡的镜头。

大家看着他那张被煤灰涂抹得如小鬼一样的脸面，心里一阵酸楚，有人给他盖上了大衣。谁知盖大衣的动作惊醒了他，一阵剧烈的咳嗽后，老板竟然咳出一口带血丝的痰。

大家担忧起他的身体来。

他说:"不要管我,蒸馍要紧。"说着又美美铲了一锨煤送进了灶洞。

熊熊火焰照亮了半壁墙,腾腾蒸汽聚满了一间屋。大家围坐一堆,夸赞着老板今夜的火功。大师傅说:"看来不管弄啥都得领导亲自抓,就说这火,领导抓与不抓就不一样。"

丹萌有些激动地站起来抖了抖满身的煤灰说"这馍要再说火候不到,也只好上天去借太上老君的炼丹炉了。"

火越烧越旺,吼声如笑,丹萌说这是好兆头。大家也都预感到这一千五百个馍是要成了。谁知笼盖一揭,全傻了眼——胖乎乎的馍背上,一律炸出了梅花朵,像是张张笑脸,一笼比一笼笑得更龇牙咧嘴,最后两笼竟然四分五裂得抓不上手了。

丹萌一屁股瘫软在灶门口。

大师傅委屈地哭了。

房东老板娘听到哭声,披着衣服过来一看,自言自语道:"是面没有筋丝?"她掐一蛋蛋撂进嘴一嚼说:"火烧得太大太猛,馍是烧炸的。"

……

这天照例没能批发出去一个。

面对一千五百个"黑蛋蛋"和一千五百张"笑脸",丹萌无可奈何地宣布:关门休整。

内阁会议

这是一次严肃认真的会议,丹萌让大家都在作坊里寻了固定的座位，房东老板娘作为特邀代表列席。主持人发表过简短的讲话后，房东老板娘便开始了长达一个半小时的谈话。

这是一个更适合做领导工作的女人，一旦得到讲话的机会，便拽出了王大娘的裹脚布，从作坊的历史到现在，说得满嘴白沫……她的谈话归纳起来就这么两层意思：一是这作坊旧社会是坟地，后来做了牛栏，"吃食堂"那阵儿里面又饿死过人，不干不净的，要想顺当，就得烧香磕头，辟邪驱鬼；二是馍烧炸了好解决，下一次火烧小些就是了，但颜色问题没有解决，"黑蛋蛋"是绝对没有销路的，她建议像别人一样使用增白剂和漂白粉。

大家都怔怔地盯着丹萌。

丹萌道："难道非得心黑了才能做生意？"他买来一瓶城固特曲，让大伙儿传来递去地抿。"难怪说有些人都不吃特别白的馍，原来馍是这样白的。咱哪怕不做这生意也不能使这招，不行了上特粉。"

"上特粉？那么高的成本你挨得起？"

大师傅说："丹萌哥，我说你还是请一个高手来试试吧！"

"你在部队蒸了十年馍，还不算高手？"

大师傅有些不好意思地说："部队上那馍好蒸，不管白蛋蛋、黑蛋蛋、花蛋蛋，你不吃，首长便会召开生活会批评你。这儿是市场，不行了就得淘汰。丹萌哥，不是客气，再蒸我确实不敢下手了，你赶快找一个高手吧，哪怕叫我给他端茶点烟都行……"

经过讨论，大家一致同意另请更高明的蒸馍大师。同时决定派四人上门推销积压产品，可实行五到八折浮动优惠价。驱鬼之事，丹萌当下念了咒语，画了符，并把符用刀扎在灶头，量阴鬼也不敢再来作祟。

会议在"四季发财""六六大顺"的划拳声中闭幕。

大师的"败笔"

经过几天的明察暗访，寻找大师的行动终于有了眉眼。据可靠情报：镇安县的一个大胖子在西安南郊蒸罐罐馍已有六年历史，技艺达到炉火纯青的地步，确属当之无愧的大师级蒸馍专家，已经发得擦屁股都用钞票了。

丹萌提着四色礼恭恭敬敬地登门造访。走进蒸汽弥漫的作坊，但见五个离地一尺高的灶台上分摞着七十个笼圈；东墙上挂一排子箅篮，大到能盖牛头锅，小到能当安全帽；西南角摆一溜面盆，光口面直径在三尺以上的就十几个；九个如罐罐馍一般白胖白胖的女子，着清一色的服饰，在香雾缭绕的仙境中搓条条揉蛋蛋。果然一派大家气象。

大师是卧在一把沙发椅上的，一手执宜兴茶壶，一手在翘起的二郎腿上击打着节拍，听着商洛花鼓戏，眼睛半睁半眯，煞是品麻滋润。

丹萌弯腰给大师请了安，然后递上托乡党写的一纸字条。

大师问："你写《鸡窝洼人家》前后用了几年哪?"

"历时三载，大改九遍。"丹萌说。

大师又问："挣了多少钱哪?"

丹萌羞于启齿地报了个数字，大师笑笑说："竟不如我蒸三天馍，是得悬崖勒马了!"

丹萌叙述了他"下海"创作一千五百个"黑蛋蛋"和一千五百张"笑脸"的全部过程后，大师百感交集地说："现在一窝蜂都'下海',连最基本的东西都未掌握,能不淹死几个?你知道你失败在啥地方吗?缺乏科技。俗话说:一窍不得,少挣几百。蒸罐罐馍也是一门学问,不要把这看得太简单,我也才是一个刚入门的学生。最近应约给《美食家》杂志写一篇《蒸馍浅说》的论文,都恨许多道理讲不清道不明哪!"

丹萌听得一愣一愣的,面对大师,深感自己的浅薄无知。千请万求,总算把大师弄上了一辆"皇冠"牌出租车,去端履门红楼酒家肥吃海喝一顿,花去人民币三百六十九元,才终于拉开了第三次"大师级"示范蒸馍的序幕。

大师不屑于亲自操作,一个电话从南郊调来两个胖女,他只靠在丹萌从房东家借来的一把躺椅上,在节骨眼上拨云破雾,指点迷津。半夜寒气逼人,丹萌怕大师受凉,给大师腿上盖了大衣,还买一瓶红西凤,让他就猪头肉下酒。

由于过度疲劳,半碗酒下肚,号称"一斤三两出美文"的丹萌便有些醉了,不过他心里清楚,今天有大师坐镇,胜券稳操,他是可以安闲自在地睡上一觉的。他睡着了。他做了一个梦,梦见打着"丹萌"牌商标的罐罐馍供不应求,抢购的队伍竟然从北关一直排到钟楼……

"丹萌哥,丹萌哥,又日塌了!"

丹萌被原来的大师傅喊醒时已是早晨六点,一看馍,眼前直冒金星,没发起来不说,还黑一块白一块地连碱都未搭匀。他一把从躺椅上拽起还呼哧打鼾的大师,把他按到笼前暴跳如雷:"这就是你这个自吹为'馍林高手'的大师蒸的好馍!"

大师眨巴着睡眼,半天才噎嚅出几句话来:"我……一直都是这样蒸的,今儿个咋就……不灵了呢?这屋怕是真的有鬼,丹大作家，你今年三十六岁……怕是……怕是财运不旺啊！"

"闲话少说，走你的人！"

丹萌一脚踢飞躺椅，扬长而去。

兜售"破烂"

他叫了一辆出租车直奔单位宿舍，买一瓶酒上到四楼，打开门见地上躺着三封便函。两封是小说和散文的约稿，一封是住在西安的一个深圳出版商的催稿急件。他急忙走到写字台前，撕去八页日历，才想起人家预付了一半稿酬的三万字报告文学已到交稿期限。他不得不铺开方格稿纸，在半尺高文字臭得一塌糊涂的"年终总结"和"经验介绍材料"中寻找"感人事件"和数据，一边喝着酒一边开始了又一种枯燥乏味的劳动。好在这种劳动他已得心应手，晚上八点当大师傅来找时，他面前一遍过手的稿子已标到第四十七页了。

"丹萌哥，你不能撂下那一摊子不管哪！今天我们忙活了一天，分五路人马才卖了七个馍，还是一毛钱一个的。"

"你说咋办？"丹萌问。

"咋办？硬着头皮都得狠抓推销，不然干成了老婆脸，还不赔到沟底了。"

丹萌仰靠在椅子上，长长地叹了口气。

大师傅又说："丹萌哥，你不去找镇安那个大胖子赔款哪？那是个狗球大师么？开始来还把我吓得连递一杯茶都双手打战，腿肚子转筋。搞了一夜，才发现是笨狗扎了个狼狗势。去叫他把吃了喝了的都吐出来。"

丹萌摆摆手说:"大师也有失败的时候。再说是咱们请的人家,又不是人家自己找上门来的,如今咋好去寻人家的碴呢?不定真是丹萌哥我财运不旺呢。"

丹萌让他回去告诉大伙,今晚他要赶一篇文章,明早七点作坊见。

第二天早上六点二十分,他总算在文章的一百零一页的第一行画上了句号,昏昏然骑一辆除了铃不响浑身全响的破车子,不到七点就赶到了作坊。

他点燃一支烟说:"这四千五百个馍算是'死娃抬出南门——没治了',不过咱们也不能让它就这样霉在屋里,今天仍然得抓推销,既要把触角伸向工厂、机关、学校,也要把注意力集中到那些从乡下来搞建筑的农民身上,价格浮动的尺度完全由自己掌握,反正以能兜售出去为原则。另外,还请大家再摸摸行情,如果这馍蒸出水平了又有多大的市场?房租咱们交了两个月,连皮带毛才干了九天,且不说致富,起码得设法把本捞回来吧……"

这天,他亲自率领人马,兵分三路,由北门向西北角、东北角和龙首村方向辐射。他们与大师傅一道,先后走了七个机关,十三个建筑工地,问者寥寥,买者几无。一个门卫老头几乎像防贼一样三盘六问不许他们越雷池半步。好不容易碰到一个柞水人承包的建筑工地,好说歹说,工头看在乡党分上拿了二百个"黑蛋蛋",他们却没要到一分钱……

一天的奔波给丹萌最强烈的感受是:自己像一个兜售破烂者。如果说直到第三次试蒸失败后他还没有完全丧失信心的话,那么说今天所遇到的冷眼和所吃的闭门羹,已经快要彻底扑灭了他从事第二职业的火焰。

几路人马返回作坊，没有一个激动人心的故事，倒是两个女子难过得哭了。她们哪里这等低声下气地活过哪……

丹萌说："你们都休息去吧！"

大家默默无语地散了，他浑身的骨头像散了架似的一屁股塌在躺椅上，身心憔悴得几乎是休克过去了……

最后的抉择

后半夜他被冻醒了。

昏暗的灯光下，他看到足有三四十只老鼠活跃在作坊的角角落落，房东老板娘抱来的猫司空见惯地欣赏着鼠们品尝美食。他学老板娘大喊"队去"一声，鼠们竟然不服从他的命令，仍然把干馍嚼得咯咯嘣嘣。他愤然站起来，一菜刀劈下一只硕鼠的肥腿，同类才张皇逃窜。

几千个馍装在大大小小的口袋、筐篮、面盆里，摞成几个"品"字，作坊里便多了几道一人高的"山花墙"。人是被馍挤压得走投无路了。

第一笼蒸出的"黑蛋蛋"已经干硬如石头；第二笼蒸出的那张张"笑脸"也风干得皱皱巴巴，掰开一搓，馍花纷纷扬扬；大师蒸的那一千五百个倒是暂时还没萎蔫，却青一块紫一块的，让人不吃都恶心……

丹萌锁上作坊门，徘徊在凹凸不平的小街上，心里如浪翻卷。

干还是不干？

若再干，就算把这九百斤面蒸的馍拣好的送了朋友，施舍与流浪者，坏的喂了猪，再进行四、五、六次试蒸，便能成功了吗？就算成功了，销售局面打得开吗？原来生意是这样难做。九天的熬更守夜、四处奔波，已使他眼眶凹陷，疲惫不堪。表链子都松成了手腕上的"呼啦圈"。过去连到粮站买米买面都是掏钱雇人干，如今竟然能"提篮小卖拾煤渣"，这惊人的变化回想起来确实把自己吓了一跳。让他最不能忍受的是那世俗的鄙视，过去他没有机会领受这种如刀子一样扎在他心房的冷眼，多少次到社会底层深入生活，他都没能这样深刻地感受到小人物处世的艰难。他有勇气接受哪怕是死亡的挑战，但他没勇气接受一个横眉，一个乜斜，一种讥笑，这大概就是文人"下海"最难解决的面子问题。他害怕再遇到那种眼光。

不知不觉中，他已进入北门。安宁了一夜的都市逐渐兴奋了中枢神经，开始了又一日的活蹦乱跳。

突然，高音喇叭里传来了"著名作家路遥英年早逝"的消息，他震惊得半天不敢相信自己的耳朵。伫立细听，千真万确，四十三岁的路遥是真的走了。他当时感到双腿哗哗颤抖，像棉花条一样软溜在一个水泥墩子上，泪水断线似的止不住流了下来。几个月前，路遥还拍着他浑圆的肩头说："丹萌，你这样的体质正好弄大作品，可不敢荒废了……"几个月后，他已经与文学决裂，双足插在了生意海洋里。

难道几十年的寒窗苦读、辛勤磨炼，就是为了今天的搓条条、揉蛋蛋、烧火、卖馍？直到此刻，他才深切地感到：自己不可能心死于文学。又朦胧地感到：自己不是一块做生意的料，最起码不是一块经营罐罐馍的料，要他拿增白剂、漂白粉给罐罐馍制造一身华丽的服饰，他更办不到。

他是一个极讲究活得真实的人。

第十天，天已经大亮了，他突然从水泥墩子上站起来往回走。他急于要见同伙，向他们宣布老板的最后一个决定。

打 道 回 府

无论是叫破产还是叫倒闭，反正丹萌沉痛宣告：兄弟姐妹们情同手足的愉快合作告一段落。

他先给大师傅和另一个伙计一人开了一袋上白粉作为酬劳，并亲自把他们送到车站，为他们买了车票，感动得大师傅泪流满面地抓着他的手说："丹萌哥，你是好人哪！这回老天爷瞎了眼，把善人亏了，我心里过意不去呀！以后不管干啥，只要不嫌弃这个兄弟，招呼一声我就来了，挣钱不挣钱都是闲淡事，跟你在一块儿弄啥心里都受活哇……"

回到作坊，他用一张纸草算，共计赔进一千六百多元，十天卖馍收入八十八元八角。被他"拉下海"的另一位作家义不容辞地分担了损失和痛苦。尔后，几位文艺家用塑料袋装"白蛋蛋"，用笼布包"黑蛋蛋"，用绳捆了自己添置的筐篮、面盆、刷子、刀铲，只等天黑撤离。房东老板娘左挽右留，狠狠批评丹老板"经不起风吹浪打"，是"被困难吓倒了"，并举一反三地讲："三回圆满，四蒸一定'紫气东来'。"任她如何撺掇，丹萌还是请她抱走了猫，并把被鼠辈啮食过的两麻袋残馍扛过去让她喂猪。

老板娘见实在挽留不下，便请丹老板结算水电费。丹萌说：

"给你交了两个月的房租，才用十天，怎么还收水电费呢?"

老板娘说:"茄子一行，豇豆一行。你们这种短期行为已让我受了很大的损失，还想再让我贴补水电费?"

最后是煤厂的黑蛋子来叫老板娘好好捂着胸口想一想，并说了几句难听的话，才算免去了一笔开支……

是夜，丹萌叫来一辆卡车，一股脑儿将零七碎八装上去，悄无声息地告别了使他千般激动又使他万般沮丧的黑黢黢的作坊。沿途将大包包小蛋蛋卸给一些乡党朋友，要他们"帮忙解决问题"，并一路警笛长鸣……

丹萌讲完"下海"记，一包"红塔山"也只剩下了一纸空皮。

我问他最近在干啥，他说正在写一部名叫《黑蛋蛋·白蛋蛋》的中篇小说。

据"路透社"消息:那位被他"拉下海"的作家回商州后，至今仍在炸馍片、煮馍条、炒馍花，一日三餐不变。最后连小孩半夜啼哭，作家都拿"再哭给你吃罐罐馍"吓唬，真可谓"城门失火，殃及池鱼"了。

解读朋友

拿到一百二十八万字的《贾平凹前传》时，我突然发现孙见喜先生的前额，出现了遇见人世许多磨难后都少见的抬头纹。这个五十几岁的人，在饱经人世沧桑，可谓冲锋陷阵不止中，先后拿出了几本散文、随笔、小说后，终于完成了这部既是探索贾平凹创作道路、人生轨迹、心灵秘史，又是追踪新时期文学发展态势、扫描作家人格建构和文坛波诡云谲的汹汹情势的力作。

作为贾平凹的乡党、朋友，孙见喜为读者撩开了许多面纱，让人们平视这位从大山中一步步走向文坛翘楚位置的"矮小巨子"，同时，也让人看到了一位"文坛巨子"在通往成功道路上的天赋的内在动因和诸多复合因素。由于它丰富的史料性和直接对视当下人生的真实感，以及朋友式的平视角度和乡党式的亲和力，确实使这部传记成了解读贾平凹许多作品的一把"金钥匙"和一个特殊的有时完全是从背后洞穿的透视孔。我们在读许多作家的作品时，由于缺乏背景材料的掌握，而很难穿透作品实质，最终抓住作家心灵的完整意旨。其实作家的生存状态与作品成因，是有千丝万缕的血肉联系和生命与神性驱动的。在我有限的知识范围内，似乎还未曾见到几十年如一日与作家同车并轨、相辅相成地完成如此庞大而又系统的活人传记的鸿篇巨制的。它的价值不仅在于给读者临摹了一个世俗生活的贾平凹、进行艺术创造工程的躬耕劳作的贾平凹，还在于依据贾平凹的个案，对新时期文学运动规律的触摸和探究。在今天，也许我们会把眼光缩小在贾平凹这个鲜活的生命个体上来读这本书；在未来，也许它会成为研究这个历史时期文学发展现状的"秦砖""汉瓦"和出土"彩陶"的某些实证残片。假如历史上的大作家身边都有孙见喜这样的朋友，我想许多后世的纷争和研究，便会比现在简单得多，也明了很多，何至弄得各种学会林立、文案迭出，仍让人看后一头雾水呢？

我认为孙见喜放弃部分个人创作，对贾平凹进行追踪研究，既是一种牺牲精神，也是一种研究家远离浮泛的纵览，而进入一种对文学内敛的深度解析的进取精神。贾平凹说："他是在拿我的骨架画他的老虎。"无论这个"骨架"在未来的文学史上处于什么地位，这个"老虎"是有独立存在价值的。

贾平凹既是孙见喜的乡党、朋友，也是我的乡党、文学先导与朋友。读朋友写的朋友，既感亲切、平实、快意，又倍觉见喜先生的睿智、机敏与犀利。我感到这部作品最成功处是没有犯"仰视"的传记通病，因此，走近它，很可能使喜爱贾平凹的读者成为贾平凹的朋友，而使怦动的崇拜心理平和下来，这样，很可能更有利于推动贾平凹向更高的目标冲刺。

父　亲

———————————

　　父亲去世时，我二十四岁生日刚过九天，那年他五十岁，是一个不该离开人世的年龄，但他离开了，离开得让谁都无法预料。听母亲说，那天他跟任何一天都没有任何异样地早早起了床，洗漱完后，就去区委上班。中午回来仍然是过去一样的饭量，只是吃完饭后，没有急于午休，而是给后院的鱼池子换起水来。换水的时候，他把水中的假山挪动了挪动，是想重新造个型。母亲让他别搬了，但他还是兴致勃勃地搬来挪去了许久。母亲在前院忙活其他事，开始还一直能听见搬来挪去的声音，后来就听不到动静了。母亲喊了两声，没有应答，就急忙放下手中的活儿，到后院去看，谁知父亲已睡在水池边一动不动了。任母亲如何呼唤，大夫们如何做人工呼吸、打强心针，父亲都再也没有睁开眼睛。当远在外地学习的我闻讯赶回家时，父亲已在棺材里平躺两天了。真的，当时我几乎感到一切都完了，甚至怀疑起了活着的意义。一家人哭得死去活来，那确实是一种面对房梁崩塌的人生绝望。

　　很长时间，我一直想写一篇关于父亲的祭文，可每每提笔，总是头绪太多，好像咋说都是挂一漏万的遗憾。后来陕西电视台春节晚会邀请我作一首命题为《父亲》的歌词，我觉得自己有这方面的创作冲动，便欣然答应了。三天后交稿时，方方面面几乎是异口同声地赞不绝口。词是这样写的：

父亲——
我长大了，你老了，老了我的父亲！
望着你的身影，
似看到大山的坚韧。
你用脊梁把一家支撑，
一天天弯曲是因为这副担子太沉太沉。
挑着希望，挑着艰辛，
挑回甘甜时你已劳伤满身。
看着你热血耗尽的慈祥面影，
我想长长地喊一声，父亲，父亲！
我的父亲！

父亲——
我长大了，你老了，老了我的父亲！
望着你的身影，
似看到阶梯的延伸。
你用脊梁把儿女托起，
一天天弯曲是因为我们已长大成人。
抱着希望，满怀信心，
千嘱托万叮咛把我送出家门。

看着你消失在风中的背影，

我想长长地喊一声，父亲，父亲！

我的父亲！

这首歌由著名歌唱家付笛声演唱后，成为好几家电视台的保留节目，常常被一些孝顺的儿女作为父亲过生日时的礼物，反复在电视上点播。虽然这个《父亲》已不是我那逝去的父亲，但创作这首歌时，我是饱含着对亲生父亲的无限怀恋、爱戴和感激之情的。写作时，我的眼泪常常浸透稿纸，以至于最后交稿时，导演还看到了文字被淫浸的泪痕。

父亲的祭文，总有一天我还会去写的，我相信那会是我写得最好的文章。今年清明眼看已到，父亲去世转瞬十年，拿了这首词，去父亲坟上念给他听吧。如果他在天之灵能够听到，那可就真是对我们人生的最大安慰了。

让母亲站起来

一个人是靠脊梁支撑着，母亲的脊梁却在新千年到来不久，彻底垮塌了下来。一个人的生理脊梁垮塌了，这几乎是令人难以置信的，但母亲的脊梁是真的垮塌了。当家兄打电话来告诉我时，母亲已瘫痪好几天了。他在电话里说："妈的腰这回是彻底不行了，卧在床上动都不能动，并且痛得受不了，还拒绝治疗。所有的亲戚朋友几乎都来劝说动员过，但她连到医院去检查一下都不配合。她说她已经让这个腰折磨够了，再不想活了，要我们抓紧准备后事，她在床上再躺一段时间，让我们再尽尽孝道……她就'走'了……"兄长说得泣不成声，我放下电话，就急忙离开西安，踏上了茫茫陕南山道。

十年沉疴

母亲患的是脊椎结核，已经十几年了。十几年前她就老喊腰痛，但一直以为是劳伤，只请人按了按摩，吃了些中草药，稍有缓解，就不了了之了。

　　那时她住在商洛山中一个叫柴家坪的小镇上，父亲已经去世，兄长在县城工作，我在西安上班，一家三口人，分了三处住着，我们很少能照顾上她。兄长和我曾多次要求把她接到县上或西安居住，但她都拒绝了。理由是：一来父亲刚去世，她想在新坟边住上几年，我们非常理解那种感情撕裂的痛苦和由此生发的守望之情；二来她当时开了一个小商店，月月略有些收入。她说她才四十多岁，还能动，等将来老了，手脚不灵便了，再到我们身边不迟。母亲是个很固执的人，她一旦决定的事，那是谁也无法改变的，我们只好依着她。腰疾也便在那种情况下一天天加重了。

　　有一次我从西安回小镇看她，她就躺在床上，连吃饭都是几位好心的邻居端来拿去，腰上是请一位"土医生"贴的草药，仍是当"腰肌劳损"治着。她病成这样，从不给我和兄长捎个口信，我埋怨她，她只淡淡地说："老毛病了，有啥大惊小怪的。你们都那么忙，我这病，睡几天就会好些的。"任我怎么做工作，她还是不同意离开小镇。我在她身边待了一个礼拜，最后她硬是强撑着站起来，把我送走了。

　　在小镇的车站，她用双手撑着腰跟我说："别老请假往回跑，好好在外面干你们的事，我实在动不得了就会给你们说的。"

　　望着她发颤的双腿和猴着的腰身，在汽车开动的一刹那，我的眼前一阵模糊。这曾经是一副多么挺拔的身板哪，在她二三十岁当教师的时候，每每学校或当时的公社、区上搞业余调演活动，她都是最活跃的演员之一。仅过了十几年，母亲不仅从讲坛上病退下来，健康的人生风采不再，且双鬓已完全花白，而此时她才四十八岁。

大概也正是这个年龄，使她永远也不相信，疾病是会把她彻底打倒的。因此，每倒下一次，她都会在休息几天后，又强打精神站起来。为了哄瞒住我和兄长，我们每次回去探望她时，她都会硬撑着挺起腰肢，又是开玩笑，又是给我们做好吃的。直到把我们哄走，她才又倒下暗自呻吟。一些到县城办事的熟人，每每问她要给儿子捎啥话不，她总是反复叮咛："就说我好着哩，千万别说我病着。"其实有时，她就是躺在床上说这些话的。后来兄长还是知道了这事，有一次干脆直接叫了辆卡车，回到小镇连商量都不跟她商量，就端直连人带家强行搬进县城，让她与兄长住在一起了。

进县城休养一段时间，腰部渐渐好些，母亲就急着要找点事做。那时我女儿刚出生不久，我独自一人在西安工作，家还在县上，母亲说让她带带孩子，为我们俭省掉雇保姆的开支。说实话，我觉得很不好意思，但还是这样做了。其实那时母亲的腰部仍痛得很厉害，她是硬撑着把她的小孙女背来抱去的。有时蹲下去，半天站不起来，要站起来，是要咬着牙骨的。直到那时，我们还一直相信"劳伤"说，每每按她的要求，给她弄些止痛药，持续麻痹着其实是结核在作祟的腰脊。我们也多次要求她到医院检查，但她总坚持说病情是清楚的，没有必要花"冤枉钱"。今天看来，作为儿子，我们是有不可推卸的责任的。母亲抚养大了我们，又用她病残的身子抓养我们的儿女，这将是我们一生都无法排解的悔恨。

当女儿能满地乱跑后，母亲又要求兄长再为她找点活干。兄长看她一日都闲不住，闲着就蛮发脾气，只好又开了一个门面，让她主持经营。谁知她事无巨细，当老板连伙计的活都干了，气得兄长几次要关门，她好说歹说，才将门面保留下来。但很快她的腰疾就把她彻底扳倒了。这次兄长再也不听她自己"久病成医"的"诊断"，直接把她抬进县医院，进行了全面检查。为进一步确诊，甚至还把她拉到百里外的另一家骨科医院进行复诊和CT切片检查，结果让人大吃一惊：病变使腰椎二、三、四椎体变形，变形椎体使椎管狭窄，已严重压迫神经，并导致下肢部分失去知觉。医生建议进一步做病理鉴定，确定是结核还是骨瘤。

　　兄长双腿颤抖着，拿着一沓光片和鉴定报告直奔西安一家大医院，我和他径直找到在这儿进修的叔伯兄长陈训，通过他又再找到这里最权威的骨科教授。鉴定结果倒是排除了肿瘤的可能，但医生认为结核病变已相当严重，必须立即实施手术。这样，母亲便经历了人生"刮骨疗毒"的第一刀。

　　这次手术让母亲备受煎熬，仅做掉了部分压迫脊髓的死骨，就让母亲躺倒床上半年多难以下地。后来勉强摇摇晃晃地下了地，才一年多，又再次瘫卧床上，几乎失去生活自理能力。这期间，我每每回家探望，她都在病痛难忍之时。母亲是完全失去了一个健康人的基本生活形态，站不能直，坐不能端，卧不能蜷，可以说仅仅是一条活着的生命。这次又彻底躺倒，早在我们预料之中，但没有想到会这么快。一个人的生命真是太脆弱了，尽管母亲那么坚强，那么有韧性，但她还是没有抗拒得了疾病的反复侵蚀折磨，终于从肉体到精神都完全缴械投降了。我匆匆赶回家时，她开口给我说的第一句话是："这恐怕是……我们母子……最后一面了……"我的泪水哗哗地涌了出来，母亲的泪却早已流干了……

艰难说服

母亲已经完全心灰意冷，任我们如何规劝，甚至胁迫，仍拒不治疗，拒不检查，甚或以死相挟，断然拒绝一切说服工作。我每每往床边一坐，她就说："想跟妈妈拉家常了，你就坐下；想劝妈再进医院了，你就出去。这个冤枉钱不能再花了，妈也确实受不了了。与其让妈再受那种比死强不了多少的怪罪，还不如让妈再在床上好好躺几个月。妈的身体已经跟游丝差不多了，稍动一下可能就断了。你们体会不来，妈心里最清楚，花啥钱都是多余的……"

我不知多少次近距离端详过自己的母亲，然而，从来没有这一次这样让人伤感，母亲是真的被病痛折磨得命如游丝了。当我拉住她的手时，几乎已经很难感觉到生命的律动。她想用力握握我的手心，那力量却只能让我感到一种细浪的轻抚和棉絮的缠绕。她的脸颊在慢慢脱水、变形；眼眶也点点凹陷；本来花白的头发，已全然银白，完全不是一个五十八岁人的精神状态。当我用药酒给她擦抚因脊髓受压引起病变的膝关节时，我才深切地感受到母亲十几年如一日的艰难负重；当我用药酒给她揉搓疼痛的脊背，面对第一次手术的创面和那已明显凹凸不平的畸形脊柱时，我的眼泪再次吧嗒吧嗒滴了下来。就是这个脊梁，撑持大了我们，又撑持大了她的孙儿孙女；就是这个脊梁，在她疾病缠身的时候，仍为我们创造着本不该再去创造的各种财富。我们没有任何理由让这个脊梁垮塌下去，即使只有百分之一的希望，我们也必须义无反顾地争取。而这种决心，兄长比我更坚定百倍。

我们只兄弟俩，兄长一直离母亲最近。父亲去世后，十几年来，其实兄长一直担当着这个家庭父亲的角色。他在县上商业部门任一个大公司的总经理，本身公务极其繁忙，加之身体又不好，每天确实是在超负荷地运转。特别是在对待母亲上，可以说是一个忍辱负重、百依百顺的孝子。我一直在很远的地方工作，母亲的小病小痒，我们即使通电话，他也从不提起，只是到了实在迈不过的大坎时，才让我回去一下，商量些办法，而具体实施，又都落在了他的那副宽厚的肩膀上。

当我回去做了一天工作毫无结果时，这天晚上，我和兄长静静坐了半夜。两包烟都抽完了，仍拿不出新的方案。因为这事不能勉强，母亲如果不配合，强行往医院拉，搞不好会使她的腰部受到更大的挫伤。在我回去的前几天，兄长曾试图拉过一次，救护车都叫到楼下了，谁知母亲从床上翻下来，跪在地上反锁了自己的房门，差点没闹出大事来。兄长说："再不敢硬来了。"望着兄长憔悴的面颊和肿胀得穿不进鞋的双脚，我只能在心里默默祈祷：这根顶梁柱可千万不敢累垮了呀！

这天后半夜，我刚迷迷糊糊睡着，突然听到从母亲房里传来了硬物击地的声音。我急忙爬起来去看，发现母亲手拄竹棍，正在保姆的搀扶下，弓着快九十度的腰，一步步艰难地向外挪动。我问她干什么，她说上厕所。我说："都这样了，咋不在床上方便？"母亲说："等实在病成瘫子……挪不动了，我就会在床上害你们的……"这就是母亲，一个永远追求自食其力而不愿意给任何人添麻烦的人。上一趟厕所，在一套一百多平方米的单元房内，她来回整整走了四十多分钟。这四十多分钟，几乎走碎了儿子的心。我在暗暗咬着牙骨：不提高母亲的生活质量，我们确实不配做人。

第二天，我们继续轮番做工作。专程从西安赶去看望母亲的画家朋友马河声，听说工作咋都做不通，有些不相信地说："哪有这样的怪事，放在有些家庭，老人想治病，儿女不孝，还不给治哩。让我去试试，我就不信，还有兵临城下了不缴械投降的。"他信心十足地进去，谁知半小时后摇头叹气地出来："真是固执，我连死人都能说活哩，没想到咱姨是铁板一块，水火不进。连我这张嘴都说不转她，恐怕也再难另请高明了。"

商量来商量去，最后是叔伯兄长陈训做了决断："打一针大剂量安定，等她睡迷糊后抬上走！"叔伯兄是医生，又是县医院副院长，我们便一切听他的安排。很快，母亲便在"止痛针"的欺骗中，呼哧打鼾睡着了。我们一溜烟把她抬下楼，抬上救护车，送进了县医院。等她醒来时，一切检查都结束了。尽管她觉得受了愚弄，但面对儿子的孝心，也不好再说什么，只是仍然坚持："不管咋，我是不会二次上手术台的。"

这时我们也不想再跟她商量什么，只是急切地等待着所有检验报告和 CT 片。一场艰难的说服工作，最终并没有将她说服，但在无奈的欺哄中，我们总算还是拿到了最重要的病理依据。

我连夜回西安了。

二次手术

所有会诊结果，都十分令人沮丧。连非常像样的大医院的大专家，都判定已错失手术良机，爱莫能助。我抱着一线希望，来回穿梭于一些医疗机构的楼上楼下，双腿如灌铅一般沉重。当听到一声声冷酷的判决，心情更是重于坠石。终于，托在西安进修的同乡陈继平和叶明冬大夫的福，在西京医院找到了一位著名的骨科教授，他看完片子后说还有手术指征。我接到这个电话时，双手抖动得连红红的烟头都掉在了裤子上。第二天一早，我就急急忙忙去了西京医院。

这位教授名叫王臻，四十出头，已是军内骨科权威，现任西京医院骨科副主任、硕士研究生导师。他曾成功参与完成过世界首例"十指断指再植"手术，在国内外具有一定影响力。当我被叶明冬大夫领进他办公室时，首先，我被他诗人一般的激情和饱满的精神状态所吸引，这是一个完全出乎我意料的医学权威形象，他不仅年轻，身材高大挺拔，而且浑身灵动，充满了似乎是医学以外的睿智与豪情。当他知道我是搞写作的，我们很快便从莎士比亚谈到海明威，再谈到画家毕加索、莫奈，又谈到路遥、贾平凹，直到进入正题，话语才显得沉重起来。他一边调着电脑里的资料，一边对着我母亲的腰椎 CT 片说："老人的腰椎确实破坏得很厉害，二椎已完全销蚀得不留痕迹；三椎也已基本破坏，存在部分全是病灶和死骨；四椎也有不同损伤。腰段脊椎呈位突畸形，结核组织已使被侵犯椎管深度压迫脊髓。这么严重的腰椎结核病变，我见到的还是第一例。现在必须进行腰椎置换术，就是把死骨全部清除，换上人工椎体，不然你母亲可能从此就彻底瘫痪了。"

"换了人工椎体，能让她站起来吗？"我急切地问。

王教授几乎不假思索地说："可以，只要手术不出意外，老人以后的生活是可以自理的。就是手术材料相当昂贵，像这么严重的病情，恐怕得用世界最先进的，不然将来再造成内固定断裂、人工椎体脱落，麻烦就更大了。"

我当时干脆就没有问价钱，心想只要能让母亲站起来，即使倾家荡产，也在所不惜了。我很快将情况通报给兄长，兄长跟我是完全一样的心情：手术只要能做，即使负债，也得先把母亲从生命的煎熬中解救出来。后来因为需要准备款项，我从侧面打听了一下，数字确实惊人，对于工薪阶层的兄长与我，意味着每人要拿出四五年不吃不喝的全部工资。这个消息无论如何都不能让母亲知道。她一旦知道，手术是绝对无法实施的。因为我们各自为买房所受的煎熬，她都一清二楚，如果再知晓了这次手术所需的惊人数额，兴许她会做出异常极端的事来。

一切都在有条不紊地运作、铺排着。兄长在那边继续做母亲的工作。亲戚朋友们也持续进行着"车轮战"。大伙说："你就是不为你想，也该为两个儿子想想。你病成这样，他们要是不给你治，不说他们自己心里过得去过不去，社会上会怎么议论这个问题？他们在外面都有很多事要做，你的病一天比一天重，缠绕得他们啥都干不成，你这倒是为了儿子还是害了儿子？"终于，母亲看"胳膊拧不过大腿"，更是看着兄长和我为此奔波忙碌得可怜，到底还是放弃了自己的意见。最后，她不无戏谑地对兄长说："你们实在要动刀杀老娘了，那就朝手术台上抬吧！"

手术选在镇安县医院做，这是母亲的一再要求。一来在家门口，二来人都熟。加之镇安县医院的骨科技术在全省县级医院中处于领先水平，因此王臻教授同意赴镇安担任主刀，县医院院长、骨科专家马彦绍和其他几位骨科骨干担任助手。很快，母亲的第二次手术，便在一个多月的艰难准备中，进入了最后的实施阶段。

　　手术那天，母亲的精神状态令教授非常满意，一向痛苦不堪的她，那天显得特别平静，甚至谈笑风生。她不停地对我们说："妈是一颗红心，两手打算。活着抬出来了，就好好活；死了拖出去了，你们也算是尽了孝心。"兄长颤抖着双手，在签完了"手术可能导致病人死亡或各种后遗症"的"生死契约"后，我们一一与母亲捏了捏手。随后，母亲便被几位穿白大褂的人送进了手术室，时间是早晨八点半。紧接着，一场比炮火硝烟战斗更让人惊心动魄的手术便开始了。

　　我和兄长坐在手术室旁麻醉师的办公室里，虽然这里禁止吸烟，但熟悉的麻醉师还是让我们一根接一根地吸着。而在手术室外的过道上，亲戚朋友已将走廊围得水泄不通。这是一个特大手术，在镇安县医院的历史上尚属首次，在全省据说也不多见。教授要求录下手术全过程，因此，县电视台的工作人员也在里外奔忙着。叔伯兄长陈训因在医院工作，也便干脆穿上白大褂进了手术室。是他来回传递着消息，一会儿告诉我们，麻醉已经结束；一会儿又通报说，切口基本拉开，是从腹部动刀，直拉到背部，伤口有一尺多长。我们都紧紧咬着牙关，不敢想象那种惨景，好在母亲在麻醉中是人事不知的。手术前后进行了七八个小时，我们就那样吸着烟，一直静静等待着里面的消息。几十位亲戚朋友，自始至终围绕在手术室附近，有了这些精神与道义上的支撑，我和兄长也便在极度不安中有了一份慰藉与平静。术前王教授曾讲，这个手术最大的危险在于撞破脊椎动脉血管，一旦撞破，病人很可能就会死在手术台上。因此，每当护士出来要血时，我们便会冒出一身冷汗来。好在手术终于在下午三点多顺利结束了，当王教授笑吟吟地从手术室走出来时，我们当即百感交集地迎了上去。

王教授说："手术进行得很彻底，把里面的死骨和脓肿全部清除了。你母亲是一个非常顽强的人，骨头已经被结核侵蚀成蜂窝状了，用一个形象的比喻，腰部整个成了'豆腐渣工程'，能坚持到今天是个奇迹。这下你们放心好了，手术用进口钛金椎体替代了完全取掉的二、三腰椎，她会跟正常人一样站起来的。"

我和兄长的喉头都无比激动地哽咽着，什么话也说不出来。很快，母亲是活着被从手术室里推出来了……

蓝天微笑

母亲在有惊无险地经历了七十二小时危险期后，终于慢慢地露出了笑意。她开口说的第一句话是："妈这个老废物……怎么还没死呀！"我笑着说："教授说了，从理论上讲，这次给你换的人工钛金椎体，在体内至少能使用一百二十年。"母亲说："那我还不活成老精怪了。"

说实话，我们不指望母亲能再活一百二十岁，只期待她在有限的生命中，活出一个人应有的结实身板，活出最起码的生活质量。母亲一生为我们辛苦操劳，即使在重病期间，仍坚守自食其力的生存原则，这让我们感受到了一种在书本上永远也感受不到的精神引领和意志提升作用。母亲是我们生命的来源，母亲是我们生命的钙质，母亲更是我们精神的蓝天。不敢想象，在没有母亲的日子里，还有谁能对我们取得的任何成就发出如此由衷的赞叹和会心的微笑；不敢想象，在没有母亲的日子里，我们遭遇了风吹雨打，雷劈电击，还有谁能像母亲那样无私地接纳、呵护、抚慰。母亲是儿子永远的根基，只要这个根基在，无论走到哪里，我们脚下都不会产生虚飘空洞感；母亲是儿子永远的蓝天，只要这蓝天在，无论飘到哪里，我们都会感到有一把无形的伞，在随时遮挡着无常的风雨。母亲是个人，但她更是一棵树，一眼泉，一架桥，一个巢，一座温馨的老房子，当我们远离时，她是孤独寂寞地存在着；一旦我们走近，便感到了无与伦比的亲切、祥和、静谧与安宁。这种任何亲情都无法替代的感觉，是一种真正的人生归属感。无论你能上天，能入地，唯有这种归属是最安全的感觉。

　　母亲终于一天天好起来。有了兄嫂的真切呵护，有了小保姆的细心体贴，有了亲朋好友的诚挚关爱，我相信这片蓝天会越来越灿烂的。我该走了，儿子又该远行了，我拉着她的手说："妈，我走哇，你的腰板这下是要彻底硬朗起来了！"

　　母亲说："你走吧，好好干你的事，只要你们的腰板硬朗着，妈的腰板即使断了，感觉也永远是硬朗的……"

最火的男旦

一说起男旦，人们第一个想起来的大概是梅兰芳，下来依次是程砚秋、尚小云、荀慧生，再就是梅兰芳之子梅葆玖，还有"四小名旦"之一张君秋等，其他的就不怎么妇孺皆知了。其实在戏曲男旦的历史上，"秦腔巨星"魏长生当是最火的一个，如果那时有今天这样的媒体攻势，魏长生当在各种影像栏目和娱乐版面上被说得唾沫星子乱溅，仍有"粉丝""铁丝""钢丝"们冷缠热粘，追捧不息。可惜清朝少了这些热闹景观，我们便只能从文人笔记和戏班传说的雪泥鸿爪中，窥探魏长生的生命轨迹和大红大紫了。

魏长生是乾隆"上任"第九年，即公元1744年出生在天府之国四川金堂县的，因排行老三，故人称魏三。家里的清贫，是他与唱戏结缘的根源。据说他拾过破烂，做过流民，还混迹于一个叫"啯噜子"的川府下层江湖组织中，习练拳棒，四处闯荡。后流落陕西，在一个卷烟铺做学徒，因遭邻里殴打，失手伤人，不得不"抱头鼠窜"。后在关中东府一带，栖息于一个同州梆子戏班中，由此收敛野性，潜心学艺，从而开启了一个秦腔大家的生命雕塑。

唱戏这行当，唯有"苦大仇深"的孩子，方能下得死功夫，出得"稀世"活儿；稍有后路者，在三心二意的犹豫徘徊中，便把时间耽误完了，纵是有灵性，也只能弄个"半迷儿"。富贵者，玩票什么的还可以，要想成大家，多是一种梦幻和说辞而已。因为这行当太苦，蜕不了几层皮，是不能蛹虫变蝴蝶的。当然，在现今这个光怪陆离的时代，一天吹出一堆五颜六色的"著名"气泡，连"大师"这样的帽子，也随便谁都敢跳起脚来抓一顶，使劲揞在自己的尖脑袋上而不脸红，又另当别论了。魏长生在走投无路中，捞到一根唱戏的稻草，那种珍惜与发奋，自然是常人难以想象的了。在艺不惊人死不休的刻苦磨炼中，一个穷困潦倒的"流寇"，终于发掘出了再也精彩不过的人生"宝石"。

中国知识分子历来有"学成文武艺，货与帝王家"的情结，屈原、李白不能免俗，连民间艺人也概莫能外，"魏长生"们在地方上火到一定程度，自然就要思谋着"晋京演出"了。那时似乎没有"调演"这一说，各路艺人便自费不"调"去"演"了。好像没有京城的肯定，这戏唱得再火也是白搭一样。当然，也正是这种"南腔北调，备四方之乐"的大"会演"，才引发了戏曲史上的"花雅之争"，最终使魏长生成为"打败"雅部（昆曲）的"花坛盟主"（以秦腔为代表的各类地方戏曲联盟）。那时，魏长生就是以"厚实的功底，灵动的嗓音，俊美的扮相"而使京城"到处逢人说魏三"的。其实花部"打败"雅部的更深层原因，当是"平民化"与"贵族化"的较量使然，只是因了杰出秦腔男旦艺人魏长生的出现，才使得过分贵族化的雅部艺术，提前"休克"了而已。

戏曲男旦在唐宋时期就已出现，明清不断发展，到了乾隆年间，以魏长生为代表的男旦群，就已成为"见怪不怪"的舞台景观。尤其是京剧初创阶段，不允许女性登台表演，剧中大量女角都得由男性装扮，因此，男旦便成批涌现在京都梨园了。魏长生所率戏班，因行当齐全，演出剧目生活气息浓郁，且"善于传情"，而呈"一杆独高"之势。连皇亲贵族也有"一时不得识交魏三者，无以为人"的感叹。也许是明星的过分"遮云蔽月"，而使妒忌谗言纷呈，最后，京都是以其正统之姿，将"淫声秽语"的魏三以"扫黄打非"的名义逐出城池的。

魏长生当时在帝京演红的所谓"黄色戏"叫《滚楼》，故事取材于唐传奇，本戏已失传，只有在二十世纪八十年代，陕西省文化局抢救整理的近千部秦腔剧目史稿中存下短小的一折，舞台上早已无人问津。这折戏的大意是：骊山老母（一个传说中的老女神）的小弟子张金定（这名字很男性化），欲求天朝大将王子英为夫，听说王子英这天要从庄门外经过，便央求老爸张壳浪在门口等候。英俊潇洒的王大将军果然来了，但他看上的却是张金定漂亮的师姐高金定。好在将军提亲未从，被高从家里赶了出来，这时，张壳浪与女儿定下计策，将王子英和追打他的高金定让进家中，用酒灌醉王子英，欲逼他就范。谁知王子英聪明过人，反使高金定落入"遗失绣花鞋"的圈套，挣脱不得。而张金定也在与"醉将军"的"滚楼"中，因"男女授受不亲"，故意让其父拿到"证据"，终使王子英欲罢不能，最后师姐妹双双与王子英结为夫妻。这个故事在今天演来，是有违背《婚姻法》的麻烦，但在当时，倒不是一夫多妻的问题，而是在"滚楼"中，魏长生饰演的张金定，可能"骚情"得太过火，而使看官们在大饱眼福后，顿生"有伤风化"感，才终于将这个"骚旦"和他的"黄班子"一道踢出京城的。

魏长生并不甘心这种失败。乾隆四十五年（1780），他再次打入京城，开始了真正站稳脚跟的"帝京八年"演艺生涯。这次进京，他以更加成熟的艺术资质，不仅救活了散落京城的秦腔戏班，使"观者日至千余"，而且让"六大班伶人失业，争附入秦班觅食"。正是这八年，秦腔日渐压倒过于典雅的昆曲、京腔，创造了"到处笙箫，尽唱魏三之句"的秦腔鼎盛时代。据说，一次魏长生在四川会馆戏楼演出，乾隆皇帝甚至还带着他的宠妃，乔装改扮，偷偷前来看过一次戏。此前这位妃子的一个"独苗"公主不幸早夭，她正悲痛不已，见魏长生所扮人物酷似小公主模样，便硬要收他做"替代品"。魏长生自是推辞不得，戏毕，便扮作公主模样进宫"谢恩"了。由此，魏三就多了一顶"魏皇姑"的"红帽子"，以至死后，连家乡的坟墓也被叫作"皇姑坟"了。魏长生喜不喜欢这个"尊称"不得而知，反正民间自是以此为荣，而让名伶魏三的故事更加传奇了。

不过从后来的发展看，这顶"魏皇姑"的"高帽子"，也未能给他带来多少实际利益——八年后的再次被"挤兑出局"，与皇家的"高压"态势，是有着深刻联系的。魏长生尽管有大红大紫的京都"班头魁首"之誉，但伴随他一生更多的仍是争议、非难和驱逐。就在他红透京都的时候，正统之声再次发难，他不得不二度离开京城，开始了又是长达八年的南方演艺之路，最终落脚在了商贾云集的扬州。与京城相比，扬州属于一个相对开放的地方，不仅是盐运、漕运枢纽，也是一个学术空气较京城呼吸自由得多的文化集散地，仅戏曲班社就有数十家之多，加之时任盐运史又是"戏曲爱好者",不仅看戏票戏,而且还组织机构编戏印唱本,因此,魏长生很快就在这里找到了新的驰骋天地。

唱戏人特别讲究"戏缘",也就是亲和力,有些人挣得咽肠断气,也挣不来观众的叫好和掌声,说穿了,其实是艺术的个性魅力不足。魏长生无论走到哪里,都能刮起一股旋风,这不仅有剧种特色、剧目内容的作用,更是他的个性魅力的强辐射。这种个性魅力很大程度来自他的创造力。魏长生不仅在唱腔、做功方面高人一等,对舞台绝技的超常运用,也让人难以仿效企及。据说他的"踩跷"功,甚至使许多模仿者为之骨折、肌肉拉伤、椎间盘突出,可仍达不到魏三的"瑰丽俏姿",以至于他死后,这项技艺就逐渐在舞台上消失了。今天的戏曲,之所以魅力不足,很大程度也取决于演员绝技的严重缺失。无技不成艺,当演员们都想以最小的投入获得最大的回报,有时不得不靠傍几个"娱记"或"牛皮匠"来进行"一锄头挖个金娃娃"的速成工程时,那种摄人心魄的魅力,自然就在虚假与矫饰中丧失殆尽了。魏长生不仅注重舞台呈现的技术含量,而且在造型艺术上也颇多研究。他发明的旦角"贴片术"(用多组梳理特别的发片改变脸型),不仅一改男性扮女性在脸面化装时的不足,而且对女性扮女角的美化作用也是明显的,它可以使窄脸变宽,宽脸变窄,也可以使短脸变长,长脸变短。时至今日,这种贴法仍是古装戏最主要的化装手段。

由于多重因素的胶合,特别是个人魅力"青山遮不住"的显露,使魏长生每走一处,都会"睹者蜂拥""观者如潮"。本来同行是冤家,但当你技艺确实高过他许多时,他又会低下头来,朝门子、拜码头。人不服人的,多是那些不相上下主儿,真要拉大了距离，自己不能望其项背了，钦佩、景仰、崇拜，这些使自己钙质软化的精神因子，便又会悄然袭来，自觉不自觉地就做了人家的精神俘虏。魏长生以"花部泰斗"的声名坐拥江南，甚至连雅部班社也有返回头来尊他为"教父"的，这一来说明了雅部的雅量，二来也确实证实了他无与伦比的实力和魅力。他的艺术创造工程，不仅推动了民族戏曲的多样化和个性化发展，而且由于"徽伶竞相效仿"的铺垫，对后来在"徽班进京"基础上所产生的京剧艺术也起到了发轫的作用，连梅兰芳和齐如山这样的戏曲界巨擘，对魏三之于京剧的功劳，也是要再三再四加以肯定的。

尽管魏长生在江南尝尽了做超级大腕的甜美，但命运并没有使他一帆风顺，就在他正欲三次晋京献艺时，地方与朝廷双管齐下，再次开始了对包括秦腔在内的花部艺术的围剿践踏。班社遣散，"顶风作案"者戴枷，"戏妖"魏长生自是不能幸免，也有说他是"遭人暗算"的，反正最后他被官方"押回原籍"了。对于四川来讲，"戏妖"被遣返故里，当是再也幸运不过的幸事，很快，在魏长生与文学家、戏剧家、超级票友李调元和一帮川剧艺人手中，川剧翻开了"整合五腔""注重文本""雅俗合体""渐入佳境"的一页。

虽然天府之国的善待、呵护与捧场，使一代乾旦大师倍感温润、和谐与安定，但心中的远大理想与抱负日夜驱使着他必须到具有最大辐射力的京都，再展花部艺术之英姿。一次次被赶出帝京，也一次次焕发了他的热情与斗志，在即将进入花甲之年时，也许英雄已感到来日不多，他便再次率领他的秦班（不是川戏），踏上了晋京的"不归之路"。

魏三的第三次进京，自然引起了又一阵"魏旋风"，那种艺术上的娴熟、老到和人格上的不卑不亢，已被清人笔记广泛记载。但"烈士暮年"的"壮心"再阔，毕竟已是虚岁六十的人了，这对于特别注重演做工戏的他来讲，体力不支当是不争的事实。可始终有一种力量在顽强地支撑着他的舞台践行，就在一次演出秦腔《背娃进府》（本戏已失传）时，他以惊人的毅力唱完了最后一个音符。当艺人们再用椅子将端坐着的他抬上前台谢幕时，狂热的观众怎么也没想到，一代大师的心脏，已在刚才下场后骤然停止了跳动。

这种"壮行"，对于一位舞台表演艺术家来讲，真是再也精彩不过的戏剧结构学上的"豹尾"了。那种壮观，在今天回想起来，也是要让人眼含热泪的。有人说魏长生是悲剧的一生，有人说他是喜剧的一生，还有人说他是正剧的一生，这些总结似乎都有道理，又似乎都不能全面概括他充满了传奇色彩的一生。应该说他的一生，本身就包含了民族戏曲的全部生长形态和因素，他的生命既是欢天喜地的，又是严肃悲壮的。他的实践，之于民族戏曲，具有恒定的认识价值和象征意义。

在中国戏曲史上，伶人多是一副寒酸苦难相，靠唱戏富贵起来的人少之又少。而魏长生却凭着他的一身绝技与为人，不仅一次又一次获得了富裕且尊贵的地位，而且还资助过许多乡邻、艺人、儒生。尤其是高达"一戏千金"的"出场费"和"纵有金钱不轻至"的艺术尊严，不仅使自己"举止自若""儒雅备至""仪态万方"，而且让一群又一群伶人尝到了唱戏的甜头，品味到了做人的尊严。这是中国戏曲史上的一个奇迹。在生命的最后时刻，魏长生身上的金钱已为同行和乡邻、朋友挥霍干净，以至于赤条条归去时，"贫无以殓"，他是靠平日受其恩惠者资助，才勉强移柩四川，"薄棺入土"的。

我们在国难当头或国民精神萎蔫时，总有文化人要以戏曲舞台上的男旦作为一种指斥对象，从而把艺术与生活的界限给搞混了。我们所敬重的鲁迅先生，在《论照相之类》中说："我们中国的最伟大最永久而且最普遍的'艺术'是男人扮女人。"这句话咋分析，似乎都不像是对这门艺术的"正面"界定。郑振铎直接将男旦斥为"人妖"，钱玄同干脆把这种声音喻为"猫叫"。连陈寅恪这位严肃的历史学家，也忍不住要为男旦赋诗一首："改男造女态全新，鞠部精华旧绝伦。太息风流衰歇后，传薪翻是读书人。"内容虽然是叹息"读书人"被"改""造"后的"精神无能症"的，但对男旦艺术本身的刺痛，仍是留有太多遗憾的。

随着女性演员对舞台艺术的自由介入，男人扮旦角的时代已经渐行渐远，甚至有绝迹的趋势，倒是女人扮生角的艺术（越剧）愈发火了起来。在艺术创造上，异性相互用另一种视角去审视窥测对方内心隐秘，有时会达到同性所不能企及的效果，从这个意义上讲，"乾旦"和"坤生"都有存在的必要和价值。写过《往事并不如烟》的中国艺术研究院研究员章诒和说："由于形体和生理条件等方面的优势，男旦演员在舞台上所表现的腰功、腿功以及声音的力度、厚度及广度都是女演员很难达到的。"同样，女性扮男性，也有男性不能抵达的形体柔度和精神深度。再者，仅从一种独特的艺术表现形式来讲，濒临绝种的男旦艺术，也是应该抢救保护的。

呵，可怜的男旦。

辑二

文化的尊严

西部的声音

当走在毛乌素大沙漠里，走在陕北黄土高原上，走在内蒙古大草原中，走在云贵高原上，走在川、渝的峡江、巉岩中时，生命如果不呐喊，那真是会憋闷得胸腔积水甚至窒息而亡的。而走在江南的小桥流水中，走在四处碧波荡漾的小土丘上，走在雕龙凿凤的纤巧园林中时，人的声音便更适宜于如鸟的鸣啭，如水花一样的轻溅。谁若铜嘴钢牙，喷雷吐火，必遭行人侧目。因此，无论研究人性、人情、人文，乃至政治、经济、文化、哲学甚至军事，都可以从南北方人的发声中，找到可以细细篦梳的纹理。

我不是语言学家，也不是音乐家，但因不是聋人和哑巴，又从事着戏剧这门与声音有着密切关联的事业，因此，便对声音有一种特别的敏感与关注。无论唱歌唱戏，其实都是说话的一种延伸、夸张和感情需要推向极端的表现形式。古人云言犹未尽则咏之歌之，歌犹未尽则舞之蹈之，当属此意。

由于工作关系，近年我曾走过一些西部省份，但真正让我感到能抓住声音底气与精神的，还属西北，特别是生我养我的陕西。当我面对榆林的广袤沙漠、陕北的纵横沟壑、陕南的崇山峻岭、关中的一马平川时，便理解了陕北民歌的率性奔放、陕南民歌的穿山破谷、关中秦腔的震瓦欲碎。总之，声音是一方水土养育那方人生存、演进的第一生命要素，这种要素在很大程度上决定着这方水土上的人的生存性格和精神质地。当然，这一切总的还是来源于"世界上没有同一条河流"的地域环境。

前几年炒得很火的"西部电影"的形成，在很大程度上依赖于西部音乐形象的成熟。而这个音乐形象传递给世界受众的，恰恰是这个群体发自生命内里的对精神、物质生活自由度的渴慕、追求与呐喊。每当我听到美国西部摇滚音乐时，就对秦腔产生一种遗憾，它是一种比摇滚的表现形式丰富多少倍的音乐生命形象啊，可惜至今还龟缩在一个小圈子里，让西方人自以为只有他们才具有如此奔放激扬的生命个性。好在近年秦腔在与西方的文化交流中，已使他们感到了我们的浪漫与个性张扬。

另外，陕北丰富的民歌资源，我以为并不亚于它天然气和石油的丰富藏储量。可惜，我们的眼光总是盯着能立马换回银票的物质，而慢待了对更有利于生态建设与保护的精神资源的开发。因此，谁听到谁叫好的陕北民歌，也便永远只能成为一种"盛典"的点缀品，而少了输出天然气和开采石油的"霸气"与"牛市"。从韩起祥到今天的王向荣，永远都只是唱几句小曲、挣几个小钱的民间艺人，而最终走不进经济的主战场，登不上金碧辉煌的大台面。我想，西部开发，应该是到了对文化资源进行采掘天然气和石油般的开发和推销时期了。也许我们的许多文化资源负载者，现在正提着瓦刀、背着"油漆、装修、通下水道"的牌子，走在大街小巷，或蹲在某个马路旁被前驱后赶地左顾右盼着天上掉馅饼，谁又敢保证他们中间没有韩起祥和王向荣呢？因为我总固执地认为，陕北民歌、陕南民歌，以至关中秦腔的真正"原声带"，是在民间。我们常常被一些很不起眼的人的三两句小调，唱得耳聪目明，心潮起伏，这又何尝不是西部音乐的某些真谛在价值没有得到认可前的资源流失与慢性自杀呢？

最可悲的是，我们一些专业人员，正在"走向世界"的浪潮中，把自己的声音改造得不伦不类。如果所有有个性的声音，都在全球化的声浪中丢失了个性，那么民族音乐就对文化环境资源造成了比开小煤窑和造纸厂更可怕的污染与破坏，这个环境要想治理好，恐怕同样需要几代人来付出艰巨的努力，有的甚至已经形成"恐龙灭绝"般的灾难。我们一定要清醒地看到，在与世界全方位多角度的接轨中，西方人连声音也是在向我们大倾其销的，如果我们再自轻自贱，将来恐怕连《梁祝》《二泉映月》《黄河大合唱》这样的民族音乐精品，都会退到舞台边缘地带的。昆曲艺术最近被联合国教科文组织列入了"人类口头和非物质遗产代表作"的保护范畴，我们的许多地方民族音乐，为什么不可以尝试着走这一条路子，先被保护起来呢？

西部的声音，演化到最高形式，就是西部音乐。西部音乐的发展创新，千万不敢在西方音乐的冲击和流行曲的污染中，变得非驴非马。我们应该有一种顽固的地方音乐立场，保守地防止血液的败坏和外部挤压造成的栓塞。每当我听到李娜唱《青藏高原》时，浑身就不由自主地抖动起来，这种具有强烈民族地方特色的经典音乐，为什么就这样凤毛麟角呢？李娜有这一首歌，我觉得就已经完成了她的全部生命价值，无论她是出家还是全然自我封存，都已显得无关紧要。我以为她和那首歌的创作者，继承和创造了真正的西部声音资源。如果我们都以那样的精神状态去呐喊心灵的渴求和天性的自由，去振奋我们已经日渐嗲声嗲气的萎蔫声音，给一个支点，又何愁撬不起热闹过一阵但又委顿、消沉下去了的西部音乐呢？

为善良呐喊

一九九九年的日历撕完了，最后一张我保存着，并不是有啥特殊意义，而是觉得若干年后，它有可能成为一些收藏家的稀罕物，因为那是上个世纪的遗迹。不过那时我已不在了，活一辈子，最终能留下一点使别人稀罕的东西，也算是活出了一点人生意义。

人们都激动着新千年的来临，说、写、唱、跳个不停，我却没有一点感觉，像是仍在经历着过去那不温不火、不红不黑的每一天。在一九九九年岁末，我甚至为一些莫名的辱没气愤得暴跳如雷，但仔细一想，也不过都是些小儿科式的诋毁，与人生大道、千年更替无碍，也便一笑了之。

当告别旧时岁月的时候，如果要写人生总结，我想毫不谦虚地给自己写上"善良"二字。除此之外，我觉得自己也再没有活人的技巧。正因为缺乏技巧，也便常常跌进人为的圈套钻不出来。有时真想国骂几句，骂完也就完了。弄点小报复吧，真要实施起来，又觉得不该是咱干的事。因此，被蛇咬了也就咬了，自己悄悄压着伤痛，蛇以为这人好咬，便使劲地再咬，我想善良的人大概都如此。

新的千年管你愿不愿意它不打招呼就来了，都说保护自然环境是人类未来最大的问题，这个我倒不担心，因为有那么多人在喊叫，我想总能管点事。我担心的是人类自身心灵的环保问题，虽然这方面喊叫的人也多，有的甚至不惜笔墨，动辄几十万言（评起职称来倒是符合一些莫名其妙的评委的口味），但说得玄而又玄，又挠不到痒上，也便给自然环保方面又制造了更多的垃圾。其实简单到"善良些"三个字也就好操作得多了，可这样说又怕层次太浅，更何况操作起来还那么难，也就都不这样说了。

两千年来，虽然一直有人在做这方面的工作，孔子、孟子、屈原、吴承恩……可收效却越来越不明显了。仔细想，人这个自私的东西，怎么愿意别人比自己强大、能行、富有、阔绰呢？一旦遇见机会，不日鬼、不压制、不榨取、不掠夺才算怪呢。上天可能也实在是对这些怪物没有办法了，才制造些疾病来加以惩罚，可疾病又常常瞎了狗眼地落在一些善良人头上，悲观、厌世、绝望这些无可奈何的情绪便随之而来。有人寄希望于法律严明，可连法律也是有伸缩性的呀！常常是善良人做了冤枉鬼，恶人手上却握着朱笔。

因此，我觉得新的千年最应该倡导的是"善良"二字，尽管这个倡导在今天显得那样苍白无力，但为了都活得好一些，我们还是应该为善良呐喊。

文学是戏剧的灵魂

戏剧是靠讲故事取胜的，讲故事就是文学，无论唐传奇、宋元话本还是明清小说，都为中国戏曲提供了丰富的思想精神营养。许多精彩故事，都是你中有我、我中有你，相携而生，几乎难分彼此。近百年来，话剧、歌剧等戏剧样式到了中国，其核心仍然是需要讲好一个故事。故事之皮不存，其毛自无附着。今天，我们几乎到处都能听到一种呼吁：要讲好中国故事。这已经是一个泛故事的概念。作为戏剧这个靠故事安身立命的文艺创作样式本身，讲故事的能力就更需技高一筹。想想中国历史上的名剧《赵氏孤儿》《窦娥冤》《长生殿》《桃花扇》《牡丹亭》《西厢记》，哪一个不是因故事讲得撼天动地、精彩绝伦，而放射出了永久照耀历史、社会、生命、人性的精神与思想光芒？再拿西方的莎士比亚说，哪一部剧，不是一个能够口口相传的好故事？世界上那些久演不衰的歌剧如《卡门》《图兰朵》《阿依达》《茶花女》《悲惨世界》，更是在简洁中把一个个故事推向了经典位置。因此，故事永远是戏剧的命脉，而故事的本质是文学，文学是戏剧不可撼动的思想与精神灵魂。

　　戏剧一旦忽视了文学的力量，立即就会出现苍白的缺血资质。忽视文学的戏剧表现形式是多种多样的。首先表现在文本的粗糙上。故事编不圆，前后矛盾，不时出现叙述漏洞，有的甚至有比较大的硬伤；还有的，故事也编圆了，所有缝隙也抹平了，但故事就是缺乏异质光彩，哪儿都似曾相识，看了开头谁都能料定结尾；再有的，完全是新闻构件，当新闻性不再时，故事的魅力也丧失殆尽，与文学艺术压根儿没关系；还有一种时兴戏剧，专写地方历史名人，堆砌一些史料，编织一些放在谁身上都可以用的"强烈冲突"，却无法打开一个历史名人的心灵世界，让人在干巴枯燥中看满舞台"拉洋片"。凡此种种，都是文本自身忽视文学力量的表现。

　　其次表现在，不注重对文本的思想诠释与精神升华，只过度强调外包装的作用，尤其是对舞台设计与声光电的倾心依赖。一些演出，就显得形式大于内容，很像是当下那些堂皇的商业包装，外壳精致无比，大而无当，内核却显出一副萎缩、干瘪、寒碜相。不适度的包装，是会破坏作品内在精神意象释放的。有时舞台上最重要的布景道具，可能就是一棵象征无穷生命力的树木，甚至是一株需要特别强调的小草，硬要弄出铺天盖地的森林、草甸来，反倒是把一种重要性遮蔽了。还有些大制作、大场面、群体舞的运用，让一些本来可以进入思考的段落，变得躁动不安、浮皮潦草起来。戏剧的思想感情和艺术张力，一如绘画、书法，很多地方是要通过留白来完成的。有些演出，炫目的灯光甚至全然屏蔽了表演，观众永远看不真切演员的脸面、表情，更遑论细微丰富的变化，戏剧的表演主体反倒成了客体，这同样会消解戏剧文学的力量。文学是人学，在戏剧舞台，"人"是通过演员来传情达意的，在这里，演员是中心的中心，一切不能为演员表演提供帮助的辅助手段，都是不可取的。

戏剧文学是舞台演出集体努力的方向，一切的一切，都是为了讲好故事、塑造好人物，让故事变得波澜起伏、情感跌宕交错，让人物变得立体圆融、生命丰富多彩。因此，呈现到这里的，无论是布景、道具、灯光、服装、音乐、动效，抑或是表演，都为讲好故事、塑造好人物而来，即使是歌剧这种以音乐与歌唱为主体的演出样式，戏曲这种"戏一半曲一半"的审美品格，也都是围绕着人物来展开音乐形象的。在戏剧舞台上，其实每个参与者，既是具体的导演、演员、作曲、舞美、演奏等艺术工种的分工，同时，也都是文学创作者，一旦哪个部门脱离了该剧的文学统摄，这个部门可能就出了艺术创作问题。因此，戏剧文学又不单指文本，而是指的这个剧统领故事、思想、精神情感的那个魂灵。

转一圈说回来，戏剧还是要在文学这个基础上下功夫，只有基础扎实，二度创作才可能飞升起来，一旦基础不牢不稳，二度创作发挥、增生、堆砌得越多，越会让作品的缺陷暴露无遗。主干肢体都呈现出病变与坏死迹象，穿上再华丽的衣服，涂抹上再炫目的指甲油，戴上再华贵的脚环、手链又有什么用呢？一切文学艺术都是以动人为前提的，动人的根本，就在于对所塑造的对象性格、心灵的精准开掘与把握。舞台剧由于时间、空间与篇幅限制，对人物塑造的要求尤其需要单刀直入，让性格显现快捷。因为你无法进行大量的巴尔扎克式的文字描写，只有通过精彩洗练的独白、对白、旁白、咏叹、宣叙、对唱、重唱、合唱，来完成人物的生命个性、故事的起承转合、思想感情的波澜起伏。每一句话，每一句唱，都须反复推敲打磨，尽量做到富含"一石三鸟"的内蕴，才是戏剧这种独特文学样式创作的要妙。一句话：由于长度的规制，戏剧文学创作，只能使劲压榨水分，拼命捞取"干货"，别无他途。当然，戏剧文学的根本，还是要扭结在对历史和时代的责任上，任何精致的戏剧文学，一旦脱离了社会责任，即使雕刻如精巧的鼻烟壶，也终不过是一种玩物而已。诸如《窦娥冤》《铡美案》《杨门女将》等这些几乎所有剧种都可以久演不衰的戏曲经典，就向我们深刻地昭示了这一点。

文化的尊严

　　德国迈宁根市，在世界地图上是很难找见的，如果与中国某一个城市相比，我甚至觉得它的规模比我家乡镇安县城大不了多少，但它的现代化程度和文化根底却绝不可小视。它敢连续举办八届有世界影响力的国际艺术节，并且是从五大洲每洲选调一台剧目，经费全由他们承担。除经济基础外，这种文化胆略和文化意识是令人惊奇咋舌的。

　　迈宁根剧院有一百三十年历史，当我们进去时，没有看到一点破败相，相反，自拱顶至地面的典雅富丽，让人有一种置身宫殿的感觉。听剧院舞台经理讲，剧院的保护经费除演出收入外，更多的来自迈宁根市市民的捐赠。一千多把座椅每把价值一千荷兰盾，全从荷兰进口，质地异常精良考究。我奇怪每把椅子背后怎么都有一小块文字各异的铜牌，原来那上面镌刻着捐赠者的姓名。不知我们具有悠久历史的文化设施，能否招来这样的捐赠，如果能，我想我们的人民剧院和易俗社老剧场就不缺好椅子了。

　　最让我感动的是，剧院能把一百三十年来上演剧目的画幕完好无损地保*存*下来，那一幅幅精美的油画，配以气势恢宏的交响乐和简约的解说词，如同一颗颗散落的珍珠被镶嵌起来，形成了一轴历史与艺术的风情画卷，不仅赏心悦目，而且让人从中看到了德国一百多年政治、经济、文化、艺术发展的历史轨迹。我想这种压缩饼干式的历史凝结，我们也可以搞出许多来，仅民众剧团到陕西省戏曲研究院六十多年间上演的剧目，就足可以装裱出一轴融政治、经济、文化、艺术发展于一体的壮阔历史画卷。然而，我们有如此小心翼翼地珍藏吗？我们还能找到红火了半个世纪的在延安大生产运动时期创作的《十二把镰刀》里的"镰刀"吗？而迈宁根剧院骄傲地向我们展示了一百多年前的演出服饰，由此使我对这个民族的历史意识和文化意识产生了敬畏感。也正是这种历史意识，才提高了文化的含量，而使得这种无形的精神产物具有了生命的活性、品格和尊严。"猴子掰苞谷"式的操作法，永远形成不了集约炸弹式的文化爆破力量。

在德国的另一个感受是观众非同凡响的素养。过去总听人说西方人看歌剧，严谨庄重得犹如参加某项盛典，这次亲历目见，深有同感。我们演出的秦腔历史剧《杨七娘》长达两小时，除中场休息二十分钟外，一千多人的剧场没有发现一个来回走动者。观众基本是开演前两三分钟就全部坐定，演出中不断为精彩绝妙处鼓掌，结束后全体起立，以长达十几分钟的热浪似的掌声向艺术家喝彩致敬。我自始至终坐在观众席，除感受到观众的审美激情外，更体味到了文化的尊严感。我们演出时的室内气温大约在二十五摄氏度，然而观众全都穿戴齐整，随着场内灯光和人体热量的扩散，许多人腮边涌流着虚汗，却没有一个剥去外衣、脱鞋挽袖的。至于传呼机和手机的呼叫声，在这里更是闻所未闻，我想大概是因为他们不再把这种平凡的通信工具当做"耍派"的手段吧！整个剧场甚至给人一种宗教氛围，有时肃静得落下一根钢针都能听到当啷一响，正是这种朝圣心，才使艺术创造工程具有了圣坛祭祀般的神秘色彩和神圣感。难怪我们的一些艺术家要说：这种演出真是一种享受了。

我在剧院创始人的雕像面前站了许久，倒不是感到了他的伟大，而是在思考德国人对文化史的尊重。像这样的文化人雕像，在小小的迈宁根市不下十几处，有的是出生在这个城市的，有的是灵魂安放在这个城市的，有的是为这个城市文化建构做出过贡献的，当然还有其他各类精英人才，他们除了思想、功绩不朽外，面庞也以铜质、钢质、石质的坚挺，永远沐浴着清风明月。如果这样"级别（实在是为了好理解）"的文化人，都能享受人们世代的顶礼膜拜，我想仅长安几千年的文明史，恐怕至少能竖起一万尊来，然而，我们有几尊？也许是历史太悠久，该敬重的多得敬重不过来的缘故，我们许多文化精英的面庞，便在历史的苍茫中混沌模糊了。竖起来的多是奔马、飞鹤、熊猫、牛羊之类的生灵，好像我们都特别热衷于保护动物似的。文化的质感，已在众多的迪厅、桑拿、洗脚、踩背、保健药品广告中，茫然得难以触摸了。

是不是把德国说得太好了，怎么不说希特勒，怎么不说纳粹？好在这篇文章涉及的是文化问题，并且是迈宁根市的文化氛围。文化是人民创造的，德国人民是友好的，作为有五千年文明史的华夏古国，应该有吸纳人类一切文明成果的博大胸襟。我们有许多被世人称道的东西，但这并不妨碍我们还应有谦虚的学风，我们有长城、兵马俑这些世界文明的奇迹，但我们还应该有创造了这些奇迹的人。就像哥伦布发现新大陆，首先是哥伦布，其次才是实用的新大陆。文化的尊严，在很大程度上讲是文化人的尊严。我们不能只有美好的《史记》，而没有美好的司马迁；有传世的《窦娥冤》，而没有家喻户晓的关汉卿。我们应该在历史的航船中，小心翼翼地珍藏那些更有价值的东西，从而使这个民族的文化人格呈现出魅力四射的光芒。

为小人物立传①

　　我在文艺团体生活过好几十年，当离开的时候，忍不住独自怆然泪下。我突然有一种撕裂感，觉得自己的精神肉体，与这一块特殊的生存土壤，是刺啦一声，皮开肉绽地撕裂开了。

　　我的一切喂养，都靠的是这块土壤，尤其是这块土壤上生长的人，一种人们称之为艺术家的人。我与他们朝夕相处，做同事，做伙伴，做朋友，相互砥砺、激荡，也相互雕刻、塑形。几十年下来，许多形象，已在我心中挥之不去地存活下来。作为一个写作者，我觉得这些形象、这些故事，足够我受用此生了。

　　也许我离开他们的时间还有些短，距离还有点近，形象、故事，还都混沌如雾中庐山。写作时，一提就是一嘟噜，无法删繁，无从简约，几次尝试，都像街边的杂货铺，已经摆得层层叠叠，压胳膊枕腿了，可还觉得有许多要紧的东西没摆上去。因此，也就只好暂时放弃。

　　可咋放弃，有一群人，还是总在我眼前晃悠，他们是这个群体

————————————

　　① 本文系长篇小说《装台》后记。

以外的人，但又是这个群体不可分割的一部分，他们就是装台人。

所谓装台，对于这个行业以外的人，是需要解释的。自然舞台，永远就是那样空空旷旷的，可以行车走马，一旦演出，要在这个舞台上布置出一个故事的典型环境来，就需要装台。装台又分两大部分，一是布景，二是灯光。布景还分软景、硬景。软景就是那些用平布画的景，上面可能有楼房、山脉、村庄、宫殿，但是可以折叠的，一叠起来，一包袱就可以提溜走。而硬景包括那些可以行走、运动、升降的平台、山峦、巨石等，一件是一件，有时一组平台就能装几卡车，装在舞台上，也是要能力挺万钧的。

现在舞台演出特别讲"创新"，讲"震撼"，内容创新不了，心灵震撼不动，就得上感官。有些演出，一组平台是要站上去百十号人，甚至数百号人"手之舞之，足之蹈之"的。非钢筋结构，不涡轮增压，岂能在掌声中精彩谢幕？灯光就更神奇了，什么花样都能变幻出来，照明已经是它的副产品，重要的，据说是为舞台铸造灵魂。要为舞台铸造灵魂谈何容易，那层层叠叠、起起落落的神秘光斑、魔幻魅影，就需要大量的光源去支撑。而这光源，就来自数百只甚至上千只作用不同的灯光的化合勾兑，最终才能形成"不知天上人间今夕何年"的效果。而一只灯，有的重达百斤以上，这么大的劳动量，自然就在传统的七十二行以外，催生出一个新的行业——装台。

过去的老戏楼，几乎不用装。有钱人家的戏台，本身就是雕梁画栋的，请一班戏来，所谓布景、道具，也就一桌、二椅、三搭帘。"搭"是桌椅的搭布，"帘"是门帘、床帏，是为了表演做些必要的遮挡而已。那时没有装台这一说。演一晚上戏，就一个

"检场的"，负责桌椅搬上搬下，床帏挪进挪出，有时还兼管着后台的服装、衣帽，业内叫大衣箱、二衣箱、三衣箱。后来开始演时装戏了，就讲究一点环境的真实，过去靠表演就能说清楚的进门、跳墙、织布、纺线之类的做工戏，都用实物代替了，进的是真门，翻的是真墙，织布、纺线车也都是真材实料的，能推能转，以至弄得越来越邪乎。有的演出，竟然把真驴、真马、真汽车、真飞机都拽上了舞台。装台这一行，不火都不由人了。

其实最早的装台，主要还是靠演出团体的自家人，乐队、演员、后勤人员一起动手，毕竟是搞艺术，不是搞建筑，不是搞各种水利、土木、机械、钢铁工程，局外人焉能染指。但后来舞台装置越来越像搞建筑、水利、矿山、木材、钢铁、机械加工，这些艺术家就不得不退位了。加上那活儿已不需太多的艺术思维，只要照技术图纸这只"猫"，画出"老虎"就是，且基本都是重体力活。因而，就把一群特殊的装台人推到了前台。

因为工作关系，我与这些人打了二十多年交道。他们是一拨一拨地来，又一拨一拨地走。当然，也有始终如一，把自己无形中"钉"在了舞台上的。熟悉了，我就爱琢磨他们的生活。他们大多是从乡下来的农民工，但也有城里人。往往这些城里人就是他们的"主心骨""洪常青"，当然，也有的，就成了他们的"吸血鬼""南霸天"。别看装台是个小行当，可在一个文化的热闹期，这行当就被放大了。有时几乎到处都升起了吊着巨幅广告标语的气球，那气球包裹的中心，就搭建着一个又一个希望放大、放飞、炒红自己的舞台。因此，装台又不独指文艺演出的舞台；演员，也不都是靠演唱讨生活的职业演员，有的可能是企业家，有的可能是银行家，有的可能是政治家，有的还可能是出家人。连知识分子也多有魂不守舍的，由"素心"变"荤心"，由"斗室"进"道场"，反正都在表演，都需要一个十分抢眼的舞台。

装台与舞台上的表演，完全是两个系统、两个概念的运动。装台人永远不知道，他们装起的舞台上，那些大小演员到底想表演什么，竟需要这么壮观的景致，这么富丽堂皇的灯亮。而舞台上表演的各色人等，也永远不知道这台是谁装的，是怎么装起来的，并且还有那么多让人表演着不够惬意的地方。反正上帝的归上帝，恺撒的归恺撒，装台的归装台，表演的归表演。在我看来，两条线永远都是平行的，交会不起来的。这就是我想写装台人的原因。

小说说到底是讲生活。他们在生活，在用给别人装置表演舞台的方式讨生活。他们永远不可能登台表演，但他们与表演者息息相关。当然，为人装台，其本身也是一种生命表演，也是一种人生舞台。他们不因自己永远处身台下，而对供别人表演的舞台持身不敬，甚或砸场、塌台、使坏；不因自己生命渺小，而放弃对其他生命的温暖、托举与责任，尤其是放弃自身生命演进的真诚、韧性与耐力。他们永远不可能上台，但他们在台下的行进姿态，在我看来，是有着某种不容忽视的庄严感的。

我与他们中的不少人，都有或多或少的交流。尤其是当我准备写他们的时候，还有意与其中几位比较熟悉的进行了长谈，并且做了好多笔记。鲁迅说，他小说中的人物形象，往往嘴在浙江，脸在北京，衣服在山西，是一个拼凑起来的角色。我小说中这些人物与故事，也在偷着向鲁迅学，是黏合起了好多装台人的形象，最终团成了刁顺子这样一群特殊的装台人。

底层与贫困，往往**相连接**。有时人生只要有一种叫温暖的东西，即使身在底层，身处贫困，也会有一种恬适存在。最可怕的是，处身底层，容身的河床处处尖利、兀峭、冰冷，无以附着，再加上贫病与其他一些生命行进装备的胡乱组装，有时连亲人也不再相亲，儿女都羞于伦常了，更遑论其他。问题是很多东西他们都无法改变，即使苦苦奋斗，他们的能力，他们的境遇，也不可能使他们突然抖起来、阔起来、炫起来，继而让他人搭台，自己也上去唱一出体面的大戏。他们永远都不可能在森林里遇见连王子都不跟了而专爱他们这些人的美丽公主，抑或是撞上天天偷着送米送面、洗衣做饭、夜半飘然而至、月下勾颈拥眠的动人狐仙。他们只能一五一十地活着，并且是反反复复，甚至带着一种轮回样态地活着，这种活法的生命意义，我们还需要有更加接近生存真实的眼光去发现、去认同。

无论写作时，还是写完后，我都没有琢磨出更多的意义，只是因了那些不能忘却的记忆。我没有整块时间去梳理这些记忆，只能在晚上和节假日休息时间，去一点一点地接近他们、还原他们。

眼下有一首很流行的歌，叫《时间都去哪儿了》，问得每个人都想把自己的时间再回刷一次屏。其实一个再忙的人，哪怕忘了吃饭、误了约会，都不缺交给心灵的时间。我觉得写作，就是肉身给心灵的思想汇报。记得几年前写长篇小说《西京故事》的时候，每天晚上六点下班后，就开始给自己汇报思想，直汇报到深夜一两点，第二天上班反倒是清醒的。一晚上不汇报，哪怕九十点就上床，早上开会反倒打哈欠。前一阵看新闻，好像开会时丢盹儿在某个国家是要枪毙脑袋的事，可见清醒有多重要啊。一个人忙一天，晚上若能把精神盘存一下，当是再好不过的事情了。无论得意也罢，失意也罢，高兴也罢，不快也罢，能定期定时盘整回望，当更有助于面对明天后天那些惊人相似且带着轮回样态的生活。对于我，这个盘整就是写作。

业余时间，我喜欢把自己关起来，拧了反锁，拉了深色窗帘，让暗室只留一个光源，能照耀出一块仅够罩住两只伏案胳膊肘的光圈足矣。光圈以外的地方，越幽暗越好，目光止处，思想前行。写不下去了，我也会用一个大礼拜重读一遍《悲惨世界》或《卡拉马佐夫兄弟》或《霍乱时期的爱情》什么的。出了门，所有的物质，包括人，都是四个以上的多维影像。熟人见了，还疑似我目中无人了。

读书与写作，对我是一种盘存，更是一种能孤独享用的快乐与休息，无论生活中你经历了多少无奈、伤害与精神痛楚，一旦进入写作，那些神经都会变得麻木起来，只有笔下的人物借我的躯壳不住地抖动着。有人说，我总在为小人物立传，我是觉得，一切强势的东西，还需要你去锦上添花？即使添，对人家的意义又有多大呢？因此，我的写作，就尽量去为那些无助的人舔一舔伤口，找一点温暖与亮色，尤其是寻找一点奢侈的爱。与其说为他人，不如说为自己，其实生命都需要诉说，都需要舔伤，都需要爱。

感谢作家出版社不弃，出版集团副总编辑黄宾堂先生亲自审读拙作，并给予鼓励。责任编辑李亚梓老师，更是认真负责，为成书，甚至耗掉不少由北京到西安的长途资讯费用。中国作家协会副主席、著名评论家李敬泽先生，拨冗为小著作序、推介，让《装台》平添了一份"上演"的信任，在此一并谢忱！

用浓烈的生命体验浇筑创作^①

　　我写了半辈子舞台剧，其实最早也写小说，写着写着，与戏染上，就钻进去拔不出来。后来创作一个叫《西京故事》的舞台剧时，因到手的素材动用太少，弃之可惜，也是觉得当下城乡二元结构中的许多事情没太说清楚，就又捡起小说，用长篇那种可包罗万象的尊贵篇幅，完成了《西京故事》的另一种创作样式。写完《西京故事》，得到不少鼓励，我就又兴致盎然地写了十分熟悉的舞台"背面"生活《装台》。出版后，鼓励、抬爱之声更是不绝于耳，我就有些手痒，像当初写戏一样，想"本本折折"地接着写下去。其实在好多年前，我就想写一个唱戏的"角儿"，不过不叫"角儿"，叫《花旦》。都写好几万字了，却还拉里拉杂，茫然不见头绪。想来实在是距离太近，有点"不识庐山真面目"——提起来一大嘟噜，却总也拎不出主干枝蔓，也厘不清果实腐殖。写得兴味索然，也就搁下了。终于，我走出了"庐山"，并且越走越远，也就突然觉得是可以拇出一点关于"角儿"的头

---

　　① 本文系长篇小说《主角》后记。

绪了。

我在文艺团体工作了近三十年，与各类"角儿"打了半辈子交道，有时一想起他们的行止，就会突然兴趣盎然，甚至有一种生命激扬与亢奋感。有一天，一个朋友突然给我发来一段微信视频，是一个京剧名角在演出《智取威虎山》中的一段准备工作："杨子荣"在镜前补妆，几位服装师正为他换行头。而此时，雄壮的"打虎上山"音乐已经奏响。圆号那浑厚有力的鼓吹，全然绷紧了前台后场的情势。可给角儿换装、抢装的工作尚未完成。当虎皮背心、腰带、围脖、帽子、胸麦全都装备到位后，只见角儿极其从容地呷一口水，润了润嗓子，音响师就恰到好处地将话筒递到了他嘴边。"杨子荣"一边整装，一边抬头挺胸地唱起了响遏行云的内导板："穿林海，跨雪原，气冲霄汉——"那是一个十分精美漂亮的甩腔。唱完后，舞台上的锣鼓点已如"急急风"般地催动起来。只见角儿猛然离座，大步流星地向前台走去。直到此时，其实打扮角儿的工作还在继续：服装师边走边帮他穿大衣，道具师趁空隙给他手中塞上了马鞭。当他走到上场口时，一切才算捯饬停当。而此时侧幕条旁，还有舞台监督正在迎候。在战马嘶鸣中，音乐进入了最激越的节奏。只见舞台监督双手十分亲切地朝他肩头按了一下，既像镇定、爱抚，也像出场指令，更像一种深情相送。"杨子荣"便催马扬鞭，英气勃发地走向了灯光曝亮的舞台。立即，观众的掌声便如潮水般涌了上来。整个视频仅两分钟，却把舞台"一棵菜"艺术的严谨配合，展示得淋漓尽致。这是一连串如行云流水般的协同动作。一个团队，几乎像打扮女儿出嫁般把主角体贴入微、天衣无缝地送上了前台。那种默契与亲和，以及主角自顾不暇却又从容淡定、拿捏自如的做派与水准感，看后让人顿生敬畏与震撼。而这样的幕后工作，我经历了几十年。因此，在写《主角》时，几乎常常是一泻千里般地涌流起来，并且时常会眼含热泪，情难自抑。

角儿，也就是主角，其实是那种在文艺团体吃苦最多的人。当然，荣誉也会相伴而生。荣誉这东西常遭嫉恨怨怼。因而，主角又总为做人而苦恼不迭。拿捏得住的，可能越做越大，愈唱愈火；拿捏不住的，也会越演越背，愈唱愈塌火。能成为舞台主角者，无非是三种人：一是确有盖世艺术天分，"锥处囊中"，锋利无比，其锐自出者；二是能吃得人下苦，练就"惊天艺"，方为"人上人"者；三是寻情钻眼、拐弯抹角而"登高一呼"、偶露峥嵘者。若三样全占，为之天时、地利、人和。既有天赋材质，又有后天构筑化育，再有强者生拉硬拽、众手环托帮衬者，不成材岂能由人？可主角是何等稀有、短缺的资源，是甚等闪亮、耀眼的利诱，岂容一人独占、独享、独霸乎？因而，围绕主角的塑造、争夺、捧杀，便成为永无休止的舞台以外的故事。

成就一个角儿真的很难很难。现在的影视艺术，倒是推出了不少不会演戏，却因颜值与绯闻而大红大紫、大行其道者。可舞台艺术，尤其是中国戏曲，要成为一个角儿，一个响当当、人见人服的角儿，真是太难太难的事体。一个百十号人的演员培训班，五到七年下来，能练成角儿者，当属凤毛麟角。有的甚至"全盘皆废"，最多出几个能演主角的二三类演员而已。这么难产的艺术，却因传媒与网络时代无孔不入的挤对，而呈现出更加萎缩、边缘的存活态势。因而，出角儿也就难乎其难了。尽管如此，中华大地上数百个剧种，还是有不少响当当的角儿，在拔节抽穗、艰难出道。因而，戏曲的角儿不会消亡，它将仍是一个值得长久关注的特殊行当。更何况，角儿，主角，岂是舞台艺术独有的生命映像？哪里没有角儿，哪里没有主角、配角呢？

我在陕西省戏曲研究院担任过二十五年专业编剧，还交叉任职过十几年团长、院长。这是一个大院，有自己的创作研究机构，还有四个剧种各不相同的演出团。六七百号各类吹、拉、弹、唱、编、导、画、研人才，几乎都把腮帮子鼓多大，在这里日夜吹响着"振兴秦腔"的号角。我任院长的十年，刚好陪伴着一百多位学戏曲的孩子走过了他们从儿童到少年再到青年的成长历程。孩子们从平均年龄十一二岁，长到二十一二岁，我就像看着一枝枝柳梢在春风中日渐鹅黄、嫩绿、含苞、抽芽、发散，直到婀娜多姿、杨柳依依，几乎是没漏掉任何一个成长细节。不能不交代的背景是：孩子们一脚踏入这个剧院时，二十一世纪才刚开启三四个年头。外面的世界，几乎是被"全民言商"的生态混沌裹挟着。任院墙再高，也难抵挡"急雨射苍壁……漫窍若注壶"的逼渗。可孩子们硬是在相对封闭的环境中，每日穿着色调单一的练功服，走着与时代渐行渐远的"手眼身法步"，演唱着日益孤立无援的古老腔调，完成了五年堪称艰苦卓绝的演艺学业。他们的毕业作品是《杨门女将》。当平均年龄只有十六七岁的一群孩子，以他们扎实的功底、靓丽的群像，演绎一台走遍大江南北，甚至欧洲、北美、亚洲、港澳台地区都饱受赞誉的大戏时，我不能不常常用"少年英雄群体"来褒扬他们的奉献牺牲精神。说他们是"少年英雄"，其实一点都未拔高。在最离不开父母时，他们撕裂了父爱、母爱；在最需要关心、呵护时，他们忍受着钻心的疼痛与长夜寂寞，让濒临失传的绝技，点点走心上身。尤其让人感动的是：在官贪、商奸、民风普遍失范时，他们却以瘦弱之躯，杜鹃啼血般地演绎着公道、正义、仁厚、诚信这些社会通识，修复起《铡美案》《窦娥冤》《清风亭》《周仁回府》这些古老血管，让其汩汩流淌在现实已不大相认的土地上。以他们的年岁，本不该牺牲青春去承担他们不该承担也承担不起的这份责任，但他们却以单薄的肩膀、稚嫩的咽喉，担当、呼唤起生命伦理、世道人心、恒常价值来。他们不是英雄谁是英雄？

在我读过的书里，让我记忆犹新的人物，有斯托夫人《汤姆叔叔的小屋》里的那个白人女孩儿伊娃。她就担当了她本担负不起的解放黑奴的责任。斯托夫人并没有把她写成一个解放者，而是用天使一般润物无声的善良、无邪、爱心，让她身边所有人都感知到了被温暖与融化的无以匹敌的人性力量。

长期以来，我就有书写戏曲艺人成长的萌动与情愫，尤其是不想放过他们的童年与少年时代。因为他们在这个时代就已开始了一种叫担当的传播活动，尽管这种担当于他们并非一种自觉。可客观效果，已然是了。终于，《主角》要开启这种生活了。我是想尽量贴着十分熟悉的地皮，把那些内心深处的感知与记忆，能够皮毛粘连、血水两掺地和盘托出。因为那些生活曾经那样打动过我，我就固执地相信，也是会打动别人的。

《主角》的主角叫忆秦娥。1976年她出场时，还不到十一岁。姐妹俩，她排行老二。父母亲更希望她们能招引来一个弟弟，因此，给姐姐取名叫来弟，她叫招弟。招弟对上学兴趣不大，上完学还得回来放羊，倒不如早早回家放羊算了，她想。论条件，县剧团招收演员，是应该让她姐去的，她觉得她姐比她漂亮、灵醒。可家里觉得姐姐毕竟大些，还有用场，就硬是把她送了去。她舅胡三元是剧团的敲鼓佬，觉得外甥女唤招弟太土气，就给她改了第一次名字，叫易青娥。这个名字，也是因为省城剧团的大名角叫李青娥，才照葫芦画的瓢。后来，易青娥果然出了名，又被剧作家秦八娃改成忆秦娥了。也许是这个名字耳熟能详，又有点意思，忆秦娥竟然从此就爆得大名，一步步走向了"塔尖"，终成一代"秦腔皇后"。

如果仅仅写她的奋斗、成功，那就是一部励志剧了，不免俗套。在我看来，唱戏永远不是一件单打独斗的事——不仅演出需要配合，而且剧情以外的剧情，总是比剧情本身要丰富出许多倍来。戏剧在古今中外都被喻为时代的镜子，而这面镜子也永远只能照见其中的某些部分，不是全部。仅仅伴随着戏剧而涌流的生活，就已包罗万象，丰富得不能再丰富，更何况其他。在写作《主角》的过程中，我现在任职的单位陕西省行政学院，恰好邀请著名作家王蒙先生来讲文化自信。当得知《主角》正在孕育时，他只一个劲地鼓舞："要抡圆了写。抡得越圆越好！"这话在他读我《装台》后，也曾几次提到，说"刁顺子抡圆了"。我就在反复揣摩先生"抡圆了"的意思。后来，因其他事，我跟先生通电话，先生说他正在看《人民文学》上的《主角》节选版，"看得时哭时笑的"，并说他还几次站起来，研究模仿了主角忆秦娥总爱用后脚尖踢前脚跟的动作，觉得很有趣。至于"抡圆了"没，我没好打问。总之，《主角》的写作，是有一点野心的，就是力图想把演戏与围绕着演戏而生长出来的世俗生活，以及所牵动的社会神经，来一个混沌的裹挟与牵引。我无法企及它的海阔天空，只是想尽量不遗漏方方面面。这里是一种戏剧人生的进程，因为戏剧天赋的镜子功能，也就不可或缺那点敲击时代地心的声音了。

　　戏剧让观众看到的永远是前台，而我努力想让读者看幕后。就像当初写《装台》，观众看到的永远是舞台上的辉煌敞亮，而从来不关心也不知道装台人的卑微与苦焦。其实他们在台下，有时上演着与台上一样具有悲欢离合全要素的戏剧。同样，主角看似美好、光鲜、耀眼，但在幕后，常常也是上演着与台上的《牡丹亭》《西厢记》《红楼梦》一样荣辱无常、好了瞎了、生死未卜的百味人生。台上台下，红火塌火，兴旺寂灭，既要有当主角的神闲气定，也要有沦为配角，甚至装台、拉幕、检场的处变不惊。我们是自己命运的主宰，但我们永远也无法主宰自己的全部命运。我想，这就是文学、戏剧要探索的那个吊诡、无常吧。

　　我的主角忆秦娥，其实开头并没有做主角的自觉与意愿，甚至屡屡准备回去放羊，或者给剧团做饭、跑龙套。对做主角，她是有一种天然怯场与反感的。但时势就那样把一个能吃苦的孩子，一步步推到了主角的宝座上。她时或觉得新鲜刺激，时或懵懂茫然；时或深感受用，时或身心疲惫；时或斗志昂扬，时或退避三舍；时或呼风唤雨，时或草木皆兵；时或欧美环球，时或乡野草台；时或扶摇直上，时或风筝坠落、头脸抢地。其命运与社会相勾连，也与大千世界之人性根底相环扣。你不想让生命风车转动，狂风会推着风车自转；你不想被社会声名所累，声名却自己找上门来，不由分说地将你五花大绑、吆五喝六地押解而去。她吃了别人吃不下的苦头，也享了别人享不到的名分；她获得了唱戏的顶尖赞誉，也受到了唱戏的无尽毁谤。进不得，退不能，守不住，罢不成。总之，一个主角，就意味着非常态，无消停，难苟活，不安生。但唱戏总得有人当主角，社会也得有主角来占中、压台、撑场子。要当主角，你就须学会隐忍、受难、牺牲、奉献。我的忆秦娥就这样光光鲜鲜、苦苦巴巴、香气四溢，也臭气熏天地活了半个世纪。

中国戏曲，虽然历史留下的是文本，但当下，却是角儿的艺术。好戏是演出来的。看戏看戏，戏是用来看的。要看戏，自然是看角儿了。但一个好角儿的修炼、得道，甚至"成仙"，在我看来，并不比蒲松龄笔下那些成功转型的狐狸来得容易。有真本事、真功底、真"活儿"的角儿，太是凤毛麟角了。而中国戏曲的巨大魅力，就来自这些苦苦修道者。唱戏需要聪明，但太过聪明，脑瓜灵光得眉头一皱就能计上心来者，又大多不适合唱戏，尤其不适合做角儿，要做也是小角儿、杂角儿。大角儿是需要一份憨痴与笨拙的。我的忆秦娥要不是笨拙，大概也就难以得秦腔之道，成角儿之仙了。戏曲行的萎缩、衰退，有时代挤压的原因，更与从业者已无"大匠"生命形态有关。都跟了社会的风气，虚头巴脑，投机钻营，制造轰动，讨巧卖乖，一颦一蹙、一嗔一笑，都想利益最大化，哪里还有唱戏的"仙家"可言呢？一个行业的衰败，有时并不全在外部环境的销蚀、风化，其自身血管斑块的重重累积，导致血脉流速衰减，甚至壅塞、梗阻、坏死，也当是不可不内省的原因。

戏剧不是宗教，但戏剧有比宗教更广阔而丰沛的生命物象概括能力。宗教因了过度的萃取与提纯，而显得有点高高在上。戏剧却贴着大地行走：生老病死、宠辱荣枯、饥饱冷暖、悲欢离合，凡人情物事，不仅见性见情、见血见泪，也见精神之首，时时昂向天穹，直插云端。契诃夫说，少了戏剧我们会没法生活。俄罗斯人更是把剧院看作天堂，说那里是解决人的信仰、信念，以及有关善良、悲悯、同情、爱心问题的地方。我的主角忆秦

娥，在九死一生的时候，也曾有过皈依佛门的念头。恰恰是佛门
住持告诉她：唱戏更是度人度己的大功德。正是这份对"大功
德"的向往，而使她避过独善其身的逍遥，重返舞台，继续唱戏
这种度己化人的担当。在中华文化的躯体中，戏曲曾经是主动脉
血管之一，许多公理、道义、人伦、价值，都是经由这根血管，
输送进千百万生命之神经末梢的。无论儒家、道家、释家，都或
隐或显、或多或少地融入了戏曲的精神血脉，既形塑着戏曲人物
的人格，也安妥着他们以及观众因现实的逼仄苦焦而躁动不安、
无所依傍的灵魂。在广大农村地区，多少年、多少代人，可能都
没有文化教育机会，但并不影响他们知道"前朝后代"，懂得
"礼义廉耻"，这都拜戏曲所赐。戏曲故事总是企图把历史演进、
朝代兴替、人情物理、为人处世一网打尽。因而，唱戏是愉人，
唱戏更是布道、修行。我的忆秦娥也许因文化原因，只知其然，
不知其所以然地唱了大半辈子戏，但其生命在大起大落的开合浮
沉中，却能始终如一地秉持戏之魂魄，并呈现出一种"戏如其
人"的生命瑰丽与精进。唱戏是在效仿同类，是在跟观众的灵魂
对话；唱戏也是在形塑自己，在跟自己的魔鬼与天使短兵相接、
灵肉撕搏。

　　我十分推崇的小说家陀思妥耶夫斯基说过："长篇小说的主
要思想是描绘一个绝对美好的人物，世界上再也没有比这件事更
难的了。"写忆秦娥时，我也常常想到陀氏《白痴》里的年轻公
爵梅诗金。陀氏说："良心本身就包括了悲剧的因素。"梅诗金最
大的特点，就是能理解和宽恕他人，以致让很多人以为他真是白
痴。我的忆秦娥，倒不是要装出一副白痴相来，有时她也是真的
憨痴，有时却不能不憨痴。她没有过多的时间精明，也精明不

起，更精明不得。太精明，也就没有忆秦娥了。因而，陷害、攻讦、阻挠，反倒成为一种动力，把一个逆来顺受者推向了高峰。我十分景仰从逆境中成长起来的人，周遭给的破坏越多，用心越苦，挤压越强，甚至有恨其不亡者，才可能让其成长得更有生命密度与质量。

写到这里，得赶快声明：小说纯属虚构，请勿对号入座。在小说前，我也十分落套地写下了这句话。无论忆秦娥与小说中的其他人物呈现出的是什么形象，都是虚构的，这点不容置疑。我还是要引鲁迅的那句话，他小说中的人物形象，往往嘴在浙江，脸在北京，衣服在山西，是一个拼凑起来的角色。不过我的忆秦娥因为是秦人，嘴就拼不到浙江去，脸也拉扯不上北京的皮，都是我几十年所熟知的各类主角的混合体而已。很多时候，自己的影子也是要混在里面摇来晃去的。从现在的生物技术发展看，这种人在未来被制造出来也似乎不是没有可能的。我写她，是时钟的敲击，是现实的逼催，是情感的抓挠，也是理想主义的任性作祟。我更希望从成百上千年的秦腔历史中，看到一种血脉延续的可能。很多人能做主角，但续写不了历史。秦腔，看似粗粝、倔强，甚至有些许的暴戾，可这种来自民间的气血偾张的汩汩流动声，却是任何庙堂文化都不能替代的最深沉的生命呐喊。有时吼一句秦腔，会让你热泪纵流。有时你甚至会觉得，秦腔竟然偏执地将中华文化生生不息的进取精神发挥到了极致。我的主角忆秦娥，始终在以她的血肉之躯，体验并承继着这门艺术可能接近本真的衣钵。因而，她是苦难的，也是幸运的；是柔弱的，也是雄强的。

我拉拉杂杂写了她四十年。围绕着她的四十年，又起了无数个炉灶，吃喝拉撒着上百号人物。他们成了，败了；好了，瞎了；红了，黑了；也是眼见他起高台，又眼看他台塌了。四十年的经历，是需要一个长度的。原本雄心勃勃，准备写它三卷，弄成一厚摞，摆在架上也是耐看的。结果不停地被人提醒，说"写长了鬼看"，我就边撒网边提纲了。其实也能做成"压缩饼干"，但我却又病态地喜欢着从每早的露珠说起，直说到月黑风高，树影婆娑。在最后一遍修订《主角》时，得一机会去南美做文化交流，因为有几场座谈，要做功课，我就用两个多月时间，把拉美文学与戏剧梳理了一遍，不仅复读了聂鲁达、帕斯、博尔赫斯、马尔克斯、库塞尼等早已熟悉的诗人、作家、戏剧家的作品，还带着略萨的《绿房子》和萨瓦托的《英雄与坟墓》上了路。除惊叹于拉美作家密切关注社会问题，以反映社会为己任的现实与现代感外，也惊诧着他们表达自己心中这个世界样貌的构图与技法。但拉美文学再奇妙，毕竟是拉美的，只有踏上那块土地，了解了他们的人文、历史、地理，才懂得那种思维的必然。在智利、阿根廷、巴西，几乎遍地都是涂鸦，一个叫瓦尔帕莱索的城市，甚至就叫"涂鸦之城"，"乱写乱画""乱贴乱拼"得无一墙洁净。那种骨子里的随意、浪漫、率性，是与人文环境密切相关的。拉美的土地，必然生长出拉美的故事，而中国的土地，也应该生长出适合中国人阅读欣赏的文学来。从这个意义上讲，《红楼梦》的创作技巧永远值得中国作家研究借鉴。松松软软、汤汤水水、黏黏糊糊、丁头拐脑，似乎才更像我理解的小说风貌。当然，这些原汤、材质，一定得像戏剧一样地拱斗勾连、严密紧结起来。一场墙上挂枪，三场务必弄响，弄不响，我也是会把枪从窗口撇出去的。从出版家的角度讲，都是希望长篇短些再短些，尤其害怕多卷本，不好卖，会说这年月，也没人有耐心看。可我又该锯掉哪条胳膊，砍掉哪条腿呢？抑或是剜去臀尖组织，削去半个嘴脸？我已然把三卷压成了两卷，再压，就算"自残"了。那段时间，我刚好犯了肩周炎，痛得就想把左"蹄髈"浑浑砍掉了事。如果这只"蹄髈"能替代小说的删节，我还就真豁出去了。

回顾创作《主角》近两年的日子，还真是有点感慨万千。要不是突然有了寒暑假，我还的确拿不下这么大的活儿呢。我总是那么幸运，幸运得像上帝的宠儿，在最需要时间的时候，时间就大把大把地塞给了我。突然调到一个新单位，履职的第一天就放暑假了。我还诚惶诚恐地问办公室主任："这样一休儿十天，不违规吗？"他说学校放寒暑假，是天经地义的事。我就扑哧一笑，偷着乐呵地钻进了一个全然封闭的处所，泡方便面、冲油茶、啃锅盔地开始了《主角》的"长征"。

有时甚至写得有一种"沦陷"感。几十年的积累，突然在这个节点上，一下被搅动、激活起来，也就"抡圆"得一发不可收了。我不善应酬，工作之余，不懂任何眼色与关系的打理，只一头钻进书房，像捂着眼睛的瞎驴一样，推着磨碾乱转。一年多时间，唯一停下来的，是在大年初二到初四的三天。我不得不在这里啰唆几句。那几天，几乎所有手机，都被一个打工者的横祸所刷屏。这个可怜人，新年也携着家人去了动物园。他给妻、儿都买了看老虎的门票，自己却为省那一百五十元，而翻越四米高墙，生生葬身虎口。他若手头真的宽裕，又何必如此贱作卑琐呢？让人感到悲哀的是，他的死，不仅没有引起同情，相反还招来了一连串"死了活该"的对逃票的谴责，不少人倒是同情起了被枪杀的食人虎，纷纷对"虎哥"凭吊痛悼有加。我突然中止了写作，不知写作还有什么意义。那几天，我不断想到古老戏曲里那些有关老虎的情节。从来恶虎伤人，都是有英雄要舍身喊打的，怎么现在都站到"虎哥"一边去了？难道这真是一种生命平等、生态平衡的世纪觉悟？直到正月初五，我才又慢慢回到书桌前，努力给自己写下去寻找一点意义支撑：不正是因为人间需要悲悯、同情与爱，忆秦娥才把戏唱得欲罢不能吗？忆秦娥的苦难，忆秦娥的宽恕，忆秦娥的坚持，不正在于无数个乡村的土台子前，总有黑压压簇拥她的人群吗？在中国古典戏曲里，英雄制止恶虎伤人，从来都是关乎"正义""天理"的桥段。因此，数百年来戏曲的大幕总是能拉开。而拉开的大幕前，即使"燕山雪花大如席"，也都不缺顶风冒雪的看戏人。文学与艺术恐怕得坚定地站在被老虎吃掉的那个可怜人一边，最是不能帮着追究逃票者的责任了。我相信我的主角忆秦娥，如果由武旦改扮武生，是更愿意为这个弱者演一折《武松打虎》的。

　　小说写得长，后记话也多，打住，不说了。

喜剧是人性的热能实验室①

  这也是一部写了好多年的小说，开始叫《小丑》，写写停停，直到 2020 年新冠疫情突如其来，每个人都被禁足在一定范围内，我才翻检出来，又开始了断裂十几年的茬口衔接。之所以改名叫《喜剧》，是因为一部外国电影已经叫《小丑》了，并且很出名。而中国舞台艺术中的小丑，是喜剧的天然催生婆，我就改名《喜剧》了。

  这次续写，我首先写下了这么一个题记：喜剧和悲剧从来都不是孤立上演的。当喜剧开幕时，悲剧就诡秘地躲在侧幕旁窥视了，它随时都会冲上台，把正火爆的喜剧场面搞得哭笑不得，甚至会提起你的双脚，一阵倒拖，弄得惨象横生。我们不可能永远演喜剧，也不可能永远演悲剧，它甚至时常处在一种急速互换中，这就是生活与生命的常态……由此让我想到这场百年不遇的瘟疫，不正是在人类喜剧的锣鼓点敲得似"急急风"一般昂扬兴奋时，突然被诡异的病毒拎起双脚，一阵倒拖，全人类立马就进

---

  ① 本文系长篇小说《喜剧》后记。

入了悲剧的哀鸣之中吗？

　　还是先说说小丑吧。小丑是戏曲的一个行当，生、旦、净、末、丑，每一个行当里又有更细的划分。比如旦角，还分老旦、正旦、闺阁旦、花旦、小花旦、武旦、刀马旦、彩旦等。彩旦就相当于女丑，也叫摇旦、媒旦，多以口舌生花、保媒拉纤著称。她们很容易辨认，上得台来，摇来晃去，台步也不讲究动若移莲，属自由率性、奔放阔绰一路；穿大一号的衣裳，裤子高吊着露出脚踝骨，比如今时尚女性早了几百年；嘴里多半还叼根旱烟袋，烟杆一米来长，方便求婚者巴结点烟用；她们脸上注定是要画一颗特别明显的黑痣的，因为女丑过去多由男角扮演，因而化装也舍得下狠手，光一张嘴，就血糊淋荡得能占半截脸。她们的营生多半以夸张过度、颠倒黑白、驴唇不对马嘴导致婚配悲剧而收场。其实男丑行当也分得很细，大的有武丑、文丑。武丑顾名思义，就是能翻能打的主儿；文丑还分老丑、方巾丑（指有点文化，大致能写点戏本、小说、诗歌、书法、公文之类）、官衣丑（指有品阶、顶戴、纱帽的）和小丑等。小丑也分多种，一种是机智、诙谐、幽默者，性格使然。还有一种就是坏得出奇的，干了见不得人的事，还要偷偷给观众卖派一句定场诗："洞房烛灭时，小姐——（做抓耳挠腮、急不可待状）投怀来！等着瞧吧您呐，那是我的菜……嘻嘻嘻！"还有告密、挑唆、盯梢、下套、挖坑、暗算、"打黑枪"等诸般常人使不出的伎俩，他们却干得得意万分、风光无限，不知其勾当之恶之俗之贱之丑，所谓头上长疮，脚下流脓者，就是他们最真切生动的写照。

　　中国戏曲的脸谱化，有其弊端，也有好处。弊端是一眼望穿，难有惊喜改变；好处也是一目了然，明牌亮打，观众不易上当受骗。花和尚鲁智深只会"三拳打死镇关西",外带"倒拔垂杨柳",绝不会做出方巾丑陆虞候卖友求荣、勾引林冲身陷白虎堂并准备把朋友烧死在草料场的恶行。他们的脸上都画得明明白白,包公是黑脸,关公是红脸,曹操是白脸,各自都贴着标签出场,行为处事方式,大致不会越过脸面的勾勒气象。还有一种叫二花脸的,多半也是大花脸的脾性,不过年龄轻些,重要性弱些,更毛手毛脚些而已。他们一般是大花脸的晚辈、徒孙、助理之类,总之是比三花脸要体面、正经许多的角色。唯有三花脸,就是小丑,一曲戏里终是不能少了他们上蹿下跳、无事生非、添盐加醋、煽风点火、抹黑构陷、背叛变节、狼狈为奸、嫁祸于人、落井下石的。好在他们鼻子上那块"豆腐干"标得明白,只是戏里人看不清楚而已。丑角脸谱很有意思:贪财的,鼻子上画枚铜钱,甚至"银锞子""金元宝";做贼的,画只"黑线鼠""白蝙蝠";心术不正之徒,有画一颗歪歪心,烂得流黑水者。总之,演丑角的演员在脸谱上下功夫极大极深,创造性也极强,除了特定人物已被传统造像定格外,一般都见他们搞得同台演员每每忍俊不禁,有那故意提前深藏不露者,甫一亮相,都能让主演当晚的演出补贴因"笑场"事故被罚得一干二净。

当然,小丑也不都是坏的,过去传统戏多是写帝王将相、才子佳人的,脸面自然是要周正阔大些好看,而给他们配戏的书童、马弁、仆从、轿夫等,多以丑扮,也好在太过正经的场面有些插科打诨的看点。至于茶楼、酒肆、粉巷、商号、庙会、集镇、客店、船舱里,引车卖浆、跑腿打工者流,俊扮者鲜矣。他们至多是为了生存,狡黠、嘴溜、讨好、巴结些,见东说东好、见西说西好而已,为人大多还是没有太大毛病的。有的其实就是对底层人的丑化，今天也不好把我的那些编剧同道——过去叫"打本子"的，从棺材里拎出来进行"现代性"与"人格平等"之类的教育培训了。戏者戏也，没戏只能干瞪眼。丑角为戏之有戏、出戏、出彩，可是做了太多太大的贡献。从古希腊到中国的宋元杂剧，再到莎士比亚、汤显祖、洪昇、孔尚任，直到今天的各类舞台剧，他们都是重要的作料、味精，有的甚至是失之即味同嚼蜡的提吊高汤，更别说他们在重要关目上，戳穴、点睛、把南辕扭向北辙、把天堂拉下地狱的"秒杀"绝招了。任何严肃场面，都会有他们的身影，就连高僧大德身旁，也是少不了要有一两个专门"出洋相"的小丑，颠前仆后、油嘴滑舌、自我作践一番，以烘托主子法相庄严的。

好了，该说更名后的《喜剧》了。小说《喜剧》是以剧团里唱丑角的父子三个的几十年唱戏生涯，展开了一段悲喜交加的人生故事。小小舞台，其实永远都牵绊着无尽的社会生活投影。红火了，寂灭了；人五人六了，倒霉背运了；眼见他搭高台，眼见他台塌了。在喜剧演员身上，尤其能显示出这种极具倒错性的殊异况味。当严肃的正剧、悲剧艺术，在以享乐与感官刺激为前提的物欲社会中渐次退向边缘时，喜剧突然像炸裂的魔瓶，以各种新奇、诡异的脸谱、身段、噱头、"喷口"，变幻莫测地粉墨登场了。贺氏父子也从最传统的秦腔舞台上退下来，融入这场欢天喜地的喜剧热潮中。尽管"老戏母子"火烧天希望持守住一点"丑角之道"，但终是抵不过台下对喜剧"笑点""爆款"的深切期盼与忽悠，而让他们的"贺氏喜剧坊"也进入了无尽的升腾跳跃与跌打损伤中。

喜剧是人类调节生存情绪的最佳良药，喜剧是洞悉人性弱点的一台显微镜，喜剧也是自我反观后会把自己吓一跳的凹凸镜，喜剧还是讽刺敲打他人的一种尚留情面的"投枪"方式。当然，喜剧也是一种抹了"鹤顶红"的欢乐"投毒"，喜剧更是一种比悲剧愈加悲惨无情的"无意义生命揭穿"。试想，一个没有喜剧的世界，该是多么单调、无趣的世界，可喜剧一旦泛滥，成为我们的生活习性，尤其是希望把它索要成我们的生命日常，那么喜剧就会变味走样，直至轻浮如鱼鳔、浮萍。喜剧在舞台艺术的表演中，尤其强调严肃性。小说中的老丑角艺术家火烧天，一再告诫儿子贺加贝和贺火炬："我们演丑的，在台上流里流气、油不拉唧，生活中再嘻嘻哈哈、歪七裂八、没个正形，那就没的人可做了。"丑角为人类贡献了无尽的喜剧笑料，但一个成熟的喜剧演员，一定具有十分辩证的哲学生存之道，否则，小丑就不仅仅是一种舞台形象了。小说中大儿子贺加贝在喜剧的时代列车上一路狂奔时，就没有逃脱父亲对丑行的"魔咒"；弟弟贺火炬却在跌跌撞撞中，努力寻觅着喜剧的沧桑正道。以我对戏剧的理解，喜剧，尤其是一种最难把握火候的烹炸蒸馏、煎灼生余。

当一个时代，拼命向喜剧演员索要"包袱""笑点"时，很可能把一个很好的喜剧演员逼疯逼傻。可当他们真的"疯掉""傻掉"时，唾弃最快、决裂最彻底的，仍会是捧他的观众。一个娱乐化，或者叫泛娱乐化时代的造成，不是一群喜剧演员的责任，而是集体的精神失范和失控。我们都有责任为喜剧的沦陷买单。我们索求了太多不该索求的"笑料"，而让他们不得不搜肠刮肚地为我们"抖包袱"。当他们抖尽了生命最后一根笑神经的时候，我们突然发现，怎么已置身于如此低俗的环境之中，而会一脚把他们踢开，从而"热粘猛裂"地拉大距离，以显示出"高雅追求"与"低俗献媚"之间的分野。这也是"国民性"之一种。无论我们集体拥到台前欢呼，还是唯恐退避三舍不及，都显现出了我们比喜剧演员鼻子上那坨"小丑白"并不洁净多少的"豆腐干"。剧场是一个巨大的人性实验室，就像宇宙是科学家探测深空的实验场一样，那里会有无限的可能性出现。人生观、价值观、世界观，包括真善美与假丑恶，也像万有引力一样，在剧场中会相互作用、牵引；掌声和欢呼声更像是星际之间彼此拉拽的引力与潮汐，会形成越来越不可撼动的运行轨迹与规律。可也有很多时候，一些左奔右突的小行星，在看似热情备至的拉拽中，就纵身撞向了引力过大的星球的怀抱，而招致万劫不复的生命坠毁。这就是既渺小，其精神与想象力又可以大到无限的舞台之诡异。

喜剧演员是为人类制造欢乐的人，人类应该感恩他们。古代宫廷，大概是他们最早的表演舞台。当成熟的戏剧将他们一步步塑造成越来越为大众所享受的艺术形象时，他们便具有了生命的高贵意义。他们在娱乐大众的时候，也在提示和警醒大众：你们并不比小丑高明、圣洁。那些鄙俗、阴暗、丑陋、邪恶的心理与行为，时时都会闪念，甚至已麻木地深陷其中而不自知。不过是经他们表演出来，在笑声中被吓煞了亲亲才有所收敛而已。喜剧永远是警示人类生活的最可口饮品，只有喜滋滋地吞咽下去，才感到辛辣刺激，后劲十足。

因职业原因，我有幸几十年时常坐在剧场里，感受演员与观众之间那种无比美妙的互动关系。常常忽发奇想：喜剧就像蒸汽机，是人性的热能实验室，它能产生无限昂扬亢奋的激情和热量，表现出一种升腾与澎湃的生命气象。而悲剧更像内燃机，外表看似平静，一旦内部驱动，便不动声色地点火压强了。人体在热量不足时，会血糖降低、手足无力，而一旦过量，又会皮脂增厚、膨大肥胖，并进一步导致各种器质性病变。如何找到一种平衡，是生命这个小宇宙的最大难点。喜剧从某种程度讲，是人类生存智慧的最高表现形式，其结果代表着一个时代的智性高度，本质上是集体催生的结果，无非是由个别天才表现出来而已。好的喜剧演员绝对是那个时代的生命精华，也可简称为"人精"。他们的智慧高度令人不能不拍案叫绝。但任何智慧都须有边界，大众在寻找这些天才代言人时，也会胁迫甚至勒索他们，希望他们呈现出高过期望值的表演，往往悲剧就发生了。

但无论怎样，我们的文学艺术都需要幽默、诙谐和喜剧，人一无趣，大概夫妻之间也是要过得冰锅凉灶、大眼瞪小眼的，何况为亲、为友、为团、为队、为社、为群乎？尤其是为戏、为文，无趣便"食之无味"，不得不食者，也形同啃鸡肋、嚼矿蜡，须作"硬着头皮状"。七八百年前的关汉卿，写了多么悲惨伤痛的《窦娥冤》，可里面却出现了一群丑角，他不仅是痛恨着那个时代的丑陋，也是以喜剧风格将悲剧引人入胜、导向深刻的一种手法。我在小说中，就给一条狗赋予了小丑"张驴儿"的名字。《窦娥冤》里的张驴儿，正是迫害窦娥的第一元凶。这条名贵的柯基犬，是痛恨着这个贱名的，但人们却偏以喜剧的方式，硬生生强加在了它的头上。它在努力挣脱这种"污名化"，并从它的视角，看到了真正的"张驴儿"。这也是我希望统一起一种喜剧叙事风格的书写方式吧。

我要特别介绍的小说女主人公潘银莲，是一个一直都活在名角万大莲的影子当中的人物，她以她卑微的生命力量，努力走出

"月全食"般的阴影，并发出了自己的光亮。她不属喜剧行中人，但她不缺十分朴素的民间喜剧真理。

喜剧到底来自宫廷还是民间，还需要进一步发掘考证。而它流传至今的形式，都是以戏剧的标本存下来的。既然是戏剧，那它就必须回到民间，只有民间会心捧场并甘愿喂养的形式，才能让它传之久远。我在文艺院团做管理的时候，每每看见民间对喜剧的喜爱和对丑角演员的百般稀罕，就感慨系之：唯有在那里，才能真正看到他们的生命价值和高贵。喜剧应该成为"致广大"的生命群体乐呵呵围拢来的一簇烧得毕毕剥剥的热烈而盛大的火光。

一部小说懒懒散散写了这么多年，却在新冠疫情的禁足中画上了句号。是喜是悲，是乐是忧，五味杂陈，难以言表。调来首都已两年有余，多数时候半夜醒来，还以为是躺在长安的床上。做梦也在原单位开会"分房"，为几百套福利房，每每分出一身冷汗才吓醒来。有时连午睡一小会儿，也梦见的是西安的正午阳光。这大概就是我不得不以《喜剧》的形式，继续延伸《西京故事》《装台》《主角》的命吧！命是无法抗拒的，在我阅世不深的印象中，人类好像已经很厉害了，主了宰了，却怎么大自然随便动了一下小拇指，就措手不及，许多地方甚至乱象横生了。看来人类的力量是远远不能与大自然相抗衡的。谁也不知天上随时会掉下什么来，肯定有馅饼卷大葱，但也不排除能砸伤人的陨石和新冠病毒。悲剧和喜剧的转换都在一瞬间，虽然我们那么爱喜剧，但喜剧并不循规蹈矩、温顺常在。人类唯有敬畏规律、摒弃狂悖、谦逊劳作，才可能在喜剧方面有所收获。

《星空与半棵树》后记

这部小说的初稿是写完长篇《西京故事》后，拉拉杂杂写下的，因为有很多事情还需要拉开时间距离再看看，就放下了。然后又连续写了被称为"舞台三部曲"的《装台》《主角》《喜剧》。有人希望我继续顺着这个路子写下去，也有人说应该转转舵。我倒没有更多考虑与"舞台"的关联度，因为舞台永远是一个平台，无非是供人表演的场所。至于把你的人物放到哪个场所去表演，那要看你对哪个场所更熟悉。如果我摸黑就能找到一个村子的进口、出口，甚至里面的凸包、凹坑、斜巷、死胡同，那我一定先把我的人物带到那里去行动，那里最有可能让我的人物随心所欲地施展拳脚。一个不熟悉的场域，总是会让我那些急着发挥作用的人物缩手缩脚并吃尽暗亏。尽管如此，在《星空与半棵树》的改写中，我还是人为做了人物表演舞台的延展与调试。

这里拉开的是一个从乡村到小镇，再到县城、省城、京城的宽阔舞台，人物也是三教九流、五行八作、高高低低、阶位错落。而抽丝剥茧，最早起因于一个基层干部的几句话。我在省城工作时，他来看我，我问他来干啥，他说劝访。我问什么叫劝访，他就给我讲了几个劝访的故事，其中一个事件很小，仅为两家地畔子上一棵树的产权问题。他说只要基层干部有一句话，也许早就解决了，可偏偏没有人好好说这句话，大概都觉得事情太小吧，结果就越卷越大。这家伙现在已是知名上访户了，上访途中还遇了车祸，伤了腿，更是不依不饶，告得省、市、县、镇都不得安宁。那时我并没在意这个故事，也无意于写"上访小说"，我尤其不喜欢对创作的简单归类。就像笛福写了鲁滨孙二十八年荒岛生活，你不能简单将他归结为荒岛派创作一样。任何表象归类，都只能让归类者的言说变得简洁而容易清晰，却让作家的思考与精神张力走向了闭环与单薄。后来我调到京城，这个基层干部又来看我，我问干啥来了，他说还是老本行——劝访。这次他又讲了几个故事，我脑子里就有一些形象挥之不去了。然后，我几次去看国家有关部门接访与上访的过程，渐渐地，一些形象在我脑海中活跃起来，不是上访，而是我所熟悉的这几十年，以及这几十年"大江东去浪淘尽，千古风流人物"式的漫长历史画卷。而这幅画卷恰与我当初写的那部小说初稿暗合，我就把它翻出来重读。一点一点地，我从儿时在偏僻乡村对星空的深邃记忆，到山乡摧枯拉朽般的河山、村落、宅院、人流的改头换面，再到铁路、高速路、高铁对物理空间的陡然拉近，以至城乡边界的显性模糊与隐性加深等，开始了一种混沌的过往盘点与重新整合记录。

先说星空。

我对山村最深刻的记忆就是星空。在稍高一点的地方，就觉得星空像一顶深深的罐状帽子，是戴在我们的头上，而边沿奋拉到了山脚下。那时反复数过星星，但从来没有数清过，觉得是可以用数以万计来形容的。后来一个天文学家告诉我，我们肉眼至多能看到四五千颗，再多，就需要用仪器观测了。我记得上小学时有一个老师是主张我们多看星星月亮的。他说，晚上回去记得数数星星，别老用眼睛盯着脚下有没有分分钱。然后在课堂上，他又会讲到围绕太阳系旋转的九大行星，因为那时冥王星这颗不够尺寸的矮行星还没被踢出去。我相信这个老师让大家多看月亮数星星、别老盯着脚下分分钱的幽默提点，一定会让我的同学都记忆深刻。后来进县城工作，星星还是那个星星，但至多抬头看看月亮，因为生活逼得你还真需要时时盯着脚下的分分钱了。再后来进了省城，连看月亮都少了，后来的确也是看不见了。一年时常会有二百多大都在雾霾中，你到哪里数星星看月亮去。星空，就逐渐成了一种存在概念。

也就在这个时候，我突然又被专题片里画面优美、奥妙无穷的太空所吸引，阅读兴趣随之转移。我从卡尔萨根的《宇宙》、霍金的《时间简史》、布莱森的《万物简史》等书中，甚至得到了比一些社会学家纵论社会演进规律更深刻的洞见。他们将人类的生死存亡、宗教、哲学、历史、科学、经济、技术、战争、病毒、进化，统摄在天体的照妖镜下，一一辨析着我们认识自己、改造世界的可行性。随着网络阅读的勃兴，我停掉了几乎所有订阅的刊物，却始终保留着《天文爱好者》杂志，甚至还买了一台天文望远镜，架在阳台上，不时向天空扫射一二。偶尔也会去天文台看一看。朋友里也多了几位天文学家。再回到乡村，我希望依然能找到儿时的满天星斗记忆，但乡村的星空也在各种开发、挖掘、爆破中昏暗一片了。我想拜访那位要求我们数星星的老师，可人已作古。我就想复活他的形象。因为乡村总有那么一些人，让我们看到在逼窄环境中尚存一种深广与辽阔的胸襟与眼神。他手提的老马灯，有时真能照亮一个山村。小说的一个特殊人物——民办教师草泽明就出场了。他有两个学生，其中一个，就是背着一部上大学时购买的漆皮斑驳的二手望远镜，一次次奔波在"劝访"路上的安北斗。他老想仰望星空，可脚下要处理的却偏偏只是半棵树的事。

说说半棵树。

在星空看来，地球都不是个事。如果在太阳系边缘回望地球，几乎可以忽略不计。像太阳系这样的组织在银河的恒星系统中，有数千亿个。而银河系在宇宙的星盘上，也有万亿个以上，连庞大的银河系都只是宇宙的一粒尘埃，何况地球上的半棵树。可在这半棵树的主人温如风看来，它就是有关尊严、权利、面子、里子，一个男人甚至一个人的一切。因此，他便屡屡踏上"出访"之路，连他的老师草泽明也劝不听，且执意要把上访称为"出访"。后来雪球越滚越大，事件越卷越复杂，时间越耗越长，竟然硬生生拖累了志在仰望星空的安北斗最美好的十年韶华。安北斗由无奈、讨厌、气愤、恼恨，到理解、同情、不平、介入，甚至被喻为"同伙"。但他越来越感到自己是干了一件有价值的事，与天文爱好者所梦寐以求的小行星发现之旅殊途同归了。理想信念，看似高蹈出尘、超然绝俗，但最终落到俗世层面上，之于小公务员安北斗，就具体到了帮村民温如风争取那半棵树的权利上。

生活与小说，在我看来，有时就是一棵树的状态。根系越庞大，主干越粗壮，旁枝越纷扰，叶茎越繁复，就越耐看、越有意味。小说只是对生活之树做一种精心的爬梳与打理。把你知道的

有趣世事通过讲故事的方式讲出来，其实还是戏剧家李渔提出的
"立主脑、剪头绪"的问题。只是小说的"主脑"和"头绪"更
加丰沛斑驳一些，因为你有可以"拉平撑展"的长度自由。而自
由恰恰又需一种更大限制，只"拉平撑展"了肯定乱糟无序。一
个村子本来就是一棵不小的大树，包括一群有了生命长度的人，
理清头绪实在是一件难事。何况我还想由村子连带到镇上，再由
镇上带到县上，县上带到省城、京城地拉开更大面向，有时就觉
得这故事特别不好讲。但小说最终仍是对一个村镇的山川地理、
鸟虫花草、人情风貌、生老病死的铺陈，就还是有了一个看待整
体事物的落脚点。河不是那条河了，堑也不是那道堑，人还是那
个人吗？当我儿时趴在山民脊背上，随着父亲调动，一乡·镇地
搬迁时，所感知到的山乡，早已一去不复返了。地理意义上的改
变，新的经济生活方式的无孔不入，拉动着人的行为朝向百般不
可知。孔子的"仁者爱人"、老子的"上善若水"，以及"让他
三尺又何妨"的各种古训，从来都不缺讲述者，但大多已成干瘪
的概念被束之高阁。求神拜佛，更多跪乞的是财运、官运与添儿
续孙的立竿见影。"仓廪实而知礼节，衣食足而知荣辱"的理想
局面似乎始终有待开发。而在这纷纭的激变中，村霸孙铁锤终于
养肥、坐大，在他的巧取豪夺中，更多的人以示弱忍气吞声，但
终还是有温如风这样的屡屡"出访"者在以卵击石。写到此，我
突然想到史家司马迁对弱者的公然偏袒，也想到主教米里哀对冉
阿让偷盗行为的断然包庇诳言。一个社会若缺失了对弱者的悲悯
与"大庇"，将成为同时代人要共同面对的大不幸。幸运的是我
们还有安北斗在屡屡出发，甚至有人为此献出了生命。

　　我所经历的半世沧桑，在历史的长河中，只是一个时间的小

单元。但这注定是一个重要单元，因为有十几亿人口同在。历史不可能忽略这十几亿人的生命共进。仅我们有限的视角，已经读懂了沧海桑田这个成语的丰富含义。无论是"沉舟侧畔千帆过，病树前头万木春"，还是"两岸猿声啼不住，轻舟已过万重山"，还是"此情可待成追忆，只是当时已惘然"，抑或是"千磨万击还坚劲，任尔东西南北风"的诗性，都足以构成我辈对世事巨变的表征会意。而我们无论如何想活得宽阔一些，仍然只能是在一个局部，甚至最后不得不退到一个村镇去仰观俯察，其中的摸爬滚打、拼死拼活、天崩地坼、反复试错，都具有了一个大时代演进史上的独特意义。我们的所有行动都是一个过程，当我们恨着大山的贫瘠、闭塞，认认真真折腾几番后，才逐渐读懂了人与自然生态之间和光同尘的重要。星空与大地，自古以来就是人类认识与把握生存命运的关键点，无论怎样潮起潮涌，最终还会落在敬畏、适恰、呵护与共生上。

　　归根结底，小说还是写人的艺术。由一个或几个人到一群人的命运，再自然地牵连出现实的、时代的、历史的命运。虽然故事各不相同，打开的社会面自然存在很大差异，但出发点和落脚点，仍会在一个个具体可感的人身上。无论他们在怎样不同的文化和生命情境中，如何应对种种艰难困苦，但最终还是在完成着人的个性与共性的塑造。无数的个性汇成共性，在共性的洪流中，个性再次夺路而逃，世界由此变得灿烂喧哗。鲁迅说"无穷的远方，无数的人们，都和我有关"，我越来越体味到这句话对于文学的意义。当我们感觉不到远方所发生的一切故事与我们作为人的牵绊时，说明我们正在麻木或堕落，文学也变得无意义。

　　一千个小说家有一千种写法，生动有趣地讲好故事，努力塑造更多有血有肉的鲜活人物，始终对我有着巨大的吸引力与挑战。人是最复杂、微妙、多变的，我们阅不尽、品不够，其价值、尊严、智慧、力量之综合体现了他的高贵性。而善良与恶行、淳厚与奸诈、正大与宵小、爱怜与仇恨、守常与贪婪，交汇出人的百态千面，这是作家无法描摹穷尽的世相。小说当然也要探索新的艺术技巧和表达方式，需要不断地求新变异，但最重要的仍然是对人，对由人牵连出的广阔时代、现实和历史的打理记录。文学是关于人的一系列行为的系统性安排，人的行为的变数，决定着小说的前进方向，任何技术都只是人的行为的拐杖。当拐杖影响了人的行为时，哪怕这个拐杖再漂亮、再精美，大概都得忍痛割爱，而让行为或传统或老旧或现代或后现代地朝前挺进。这部小说里有一只猫头鹰，它比我说得多，比《喜剧》里的那条柯基犬说得更多。但愿它不是某种后现代的刻意，而是一个我们尚没有沟通方式、更难以进入四维空间的真实存在。这只猫头鹰始终很焦虑，尤其是对自己的生存环境深表不安，它不时对人类的过错絮叨个没完，有时对自己也十分不满。但愿人类有更多的它（他）在，从而用更广阔的视角来加持自己更高层次的觉悟。

感谢《收获》杂志在 2023 年第一期节选了《星空与半棵树》上部，《作家》杂志 4 月号刊载了下部。全本将由人民文学出版社推出。因文内涉及天文方面的话题较多，我特别要感谢张长喜先生，他是研究太阳活动的专家。感谢他用了大量时间与我交谈，并审读了初稿。我喜欢这次伴随了我好多年的星空纵深之旅，更喜欢那半棵一直紧紧牵绊着我的乡间田埂上的树。

共同讲好文明的故事^①

　　我们相聚在戏剧人的节日里，以戏剧的方式，共话有关世界和平与理解的时代话题，意义深远且重大。我以为世界的本质，其实带着一种戏剧性的运动，充满了人与人、人与族群、人与自然环境以及人与自身的冲突与和解。其中的变数，一如戏剧的一波三折，云谲波诡，深不可测。因此，我们戏剧人更应该研究世界运动的本质，从而更好地把握人类戏剧演进的规律。

　　在整个文学艺术门类中，戏剧是最早开始讲述文明的故事的一种样式。按人类学家的判断，自五万年前晚期智人走出非洲，日渐散布世界各地，其实就是孕育文明萌芽的大幕开启。甚至这个大幕比五万年前开启得还早一些，但目前我们只能按照人类学家的研究成果，进行粗略的划分。那时我们共同的祖先，面临着许多共同的问题，首先是对自然认知的限度：我们不知道突如其来的打雷闪电是怎么回事；更不懂得呼啸而过的长风是从哪里来，要到哪里去；那巨大的潮汐怎么就能像魔鬼的血盆大口，长

――――――――――
　　① 本文为作者在 2024 年世界戏剧日上的主旨发言。

舌一伸一卷，便会让整条海岸线一次次重塑。包括地震、火山、洪涝、冰雹、干旱以及天体运行中的日食、月食、彗星、流星等自然现象，都给我们的先辈带来巨大生存困境，他们最早只能是恐惧、躲避、逃亡、无奈。渐渐地，其中一些聪明人，萌发创造欲念，尝试着担任起了"编剧""导演""主演"的角色，开始了对自然的抗争"戏码"。

最早的"戏码"，主角是巫师，他们能"呼风唤雨"，能阻止狂风大作，也能防止"日月残破"（就是日食、月食）。其实他们是最先掌握了风雨雷电以及日月星转的部分规律的人。感觉他们很"灵验"，就经常有人请他们去"演出"，甚至能给到很高的"戏价"，因为这是有关生死存亡的大问题。但大自然的高深莫测、行动诡异，直到今天，人类仍是一知半解，可想而知，我们的前辈"编导演"们，不知遭遇过多少"把戏被揭穿"的尴尬，很多时候，戏都演砸了，"演出台口"也就日渐式微。但这些"编导演"们并不甘于退出历史舞台，便从"指天骂地"的巫师角色，转换为"敬天畏地"的宗教角色，仍然上演着轰轰烈烈的有关或进"天堂"或入"地狱"的"大戏"。随着人类科学认识自然能力的不断提升，宗教的很多"戏份"被逐渐论证为"这是戏!"而非真实存在。中国的先贤孔子对他弟子季路说："未能事人，焉能事鬼?"这是人类认识自然的一个很重要的跨越阶段。世界不同地区的"编导演"们，在两千多年以降的时间里，一步步进入对自己所生存的社会尤其是"人"的根本追问与探寻的深度拓展之中，探讨的问题十分宽博，包括政治、经济、历史、宗教、哲学、军事、外交等，几乎无所不包，这也是世界戏剧对人类经验智慧最集中的总结概括时期，出现了大量影响人类精神生命进程且至今仍品质鲜活的经典戏剧作品。

戏剧面对的最大故事讲述对象是人，是人本身的生命探索和精神演进。人类千辛万苦走到今天，创造了无尽的灿烂文化和文明，从身裹兽皮树叶、茹毛饮血，到华冠丽服、钟鸣鼎食、诗礼簪缨、香车宝马；从单打独斗、家族群居，到社会集团、都市国家、全球畅通、网络互联，经历数千年的文明开辟，我们喜气洋洋地陶醉于"地球村"的扑面而来，但世界远不是我们想象得那么文明顺遂、万里晴和，有时甚至越发感到沟通的艰难与冲突的难以消弭。世界的不太平，人类的各种"条块划分"，甚至局部的分崩离析，都让我们深切感受到"百年未有之大变局"加速演进的残酷现实。作为始终在沟通人类共同精神情感、思想价值的戏剧，我们也始终在场，自然应该发挥戏剧的沟通能力，去探寻彼此消除隔阂、增进了解互信的"牵手"。

此时让我想起两个戏剧故事，一个是中国的传统戏曲《梁山伯与祝英台》，一个是莎士比亚的话剧《罗密欧与朱丽叶》。1954年在日内瓦会议上，周恩来总理为了让与会国际代表更好地沟通交流，特意播放了《梁祝》这部戏曲片。他只在请柬上写了一句话："请你欣赏一部彩色歌剧电影——中国的《罗密欧与朱丽叶》。"播出后效果极佳。这是一个有关沟通的故事，其中内涵十分丰富。首先是两部作品内部人物之间的沟通不畅，所带来的巨大悲剧命题。梁山伯与祝英台相互爱慕，因沟通误会，也因家庭干预，造成无法挽回的死亡悲剧。而罗密欧与朱丽叶，完全是家族恩怨、社会矛盾，全然无法沟通，酿成了双双含恨而去的后果。这是第一个层面的沟通问题。另一个层面的沟通，即是国与国之间的情感沟通，在没有翻译字幕的情况下，周恩来总理仅以一个比喻，迅速沟通了不同文化之间的共情故事，为在世界舞台上的合作对话提供了人文价值基础。彼此的文化虽然存在差异，但我们的生命样貌、人际关联、感情形态是基本一致的。

但是，直到今天，局部战争仍在继续，有些火药桶也处在一引即爆的危险之中。很多曾经建立起的伙伴关系也在分化瓦解，眼见曲终人散。从这个意义上讲，呼唤交流、呼唤信任、呼唤和平，将永远是世界的重大主题。而这个主题，也正是2024年世界戏剧日的主题，足见戏剧人对世界的担当。

信任与合作，是建立在文化认同的基础之上。从人类各不相同的文明背景看，无论差异多大，个性特色多么鲜明，其根本价值仍是趋同的。善良、友好、互助，公平、正义、自由，互信、互利、和平等，从来没有在任何民族的典籍中具有颠覆性的不同认知。即使处于不同的地理气候条件下，人的性情、面目被塑造得千差万别，或暴躁或温顺，或高大或矮小，或白色或黑色，但人性的本质都是相通的。世界戏剧的所有文本，也都参与了这种人性的证明。即使人类历史所归纳出的那些永远处于"多动症"中的好战者，在基本价值取向上，也不敢明火执仗地对人类这些宝典加以挞伐。他们总是以各种托词，把战争打扮成"天使下凡"的模样。戏剧多有类似的深刻揭示和批判，也从来没有缺席过对战争狂人与滥杀无辜的审判。正是因为我们有许多共同的文化价值基础，人类在陆地、海洋、天空、互联网这些不同位面创造的那些显赫一时的"利器"，最终还是服务了全人类。对当下的发明，人类总是会保留着一个阶段性的深沟壁垒，深深忌惮着别人的获取。一旦这个成果被更新的技术所代替，也便会普惠于人世。数千年前，围绕着地中海文明所产生的玻璃制造技术，是被严格保密的，那些工匠艺人，不仅不许出国，而且在国内也受到特别保护与监视，泄密是有杀头之罪的。在未来的某一天，今天的所有高端技术发明，只要有益，也都会作用于人类的日常，但在走向共享的过程，是一部"谍战悬疑剧"，充满了奸诈、血腥与火药味的曲径。从这个意义上讲，我们要对人类的文明进步保有耐心和信心。任何新的技术，终有一天都会成为我们日用不觉的"锅碗瓢盆"。有着沟通人类情感行为能力天赋的戏剧，在文明的曲线进程中，是有着同政治、经济、哲学、宗教甚至军事、外交一样不可替代的作用的。由文化沟通起来的信任，是我们一再谋求共同出发的基础。

我们戏剧始终在讲述人类文明的故事，各民族将自己最独特的那一份情感，用多样性的手段汇聚在一起，给人类增添了一份无比宽阔的自信与自豪。文化的多样性与丰富性，是我们适应不同山川、河流、海洋、土地的题中之义与必然结果。尊重彼此的个性差异，正是我们遵从自然规律的一种适洽把握。任何骄傲自大、自负、自恃，不仅会成为沟通理解的障碍，也会成为隔阂与祸乱的缘由。尊重他人观点与文化背景，才是达成沟通理解的最重要桥梁。事实反复证明，文明沟通对话解决不了的问题，战争、枪炮、病菌、暗杀、恐怖袭击也不能一劳永逸地解决。有时付出的成本更高、代价更大，反而会酿下永无宁日的后患。我们的戏剧，正是在这个地方显示出了卓越的柔性与韧性能力，从不同地域贡献出不同的文化元素，在个别中寻求到一种彼此欣赏从而普遍认同的价值力量。相互悖谬、情感冰冷的世界，不是文明发展所希望看到的世界。我们也不应该在几千年的发展进步中，没有汲取历史足够沉痛的诸多教训，总在同一个轨道上徘徊或翻车。我赞赏挪威剧作家约恩·福瑟先生为 2024 年世界戏剧日撰写的献词《艺术即和平》中的观点："世界需要同情心、同理心与互助心。"作为人类广泛参与的戏剧活动，应该与弱者和鸡蛋站在一起，不要去做那坚硬而冰冷的石头。我们有太多的对话前提，有太多交流互鉴的可能性，我们是人类命运共同体。于任何一只蜜蜂无益的事，一群蜜蜂也未必能从中获得什么好处。戏剧是最能讲好命运共存这个故事的一种样式，她是艺术，具有一种巨大的超越性，也就更容易在大众传播中赢得根性感染与互动。

我们都应该有一种信念、信心和希望，将戏剧这个富有人性深度与多样性的文化符号，努力传递到更广大的世界，让戏剧从数千年甚至数万年裹挟来的人性成长价值，更丰富地作用于我们共有的世界。人类是用讲故事的方式率领不同族群一往无前的，戏剧最精髓的优势也正在于讲故事。让我们一如既往地用我们的独特优势，去讲好既有个性特色又有人类普遍价值意义的故事，把更多柔软心灵的血脉接通起来，为理想、为正义、为自由、为和平持续拉开演出的大幕！

辑三

感动的记忆

申奥成功的时刻

奥运会终于被中国人申请到手了，在萨马兰奇宣布"北京"的那一刻，我正在太白山里的一个度假村中收看电视，只听隔壁房里"噢"的一声，一个茶杯子就被绊打了。紧接着，荧屏里的所有面孔，几乎都七扭八歪地挂着泪，房外过道里乱糟糟的奔跑声中，夹杂着寻找图像更清晰的电视机的吆喝声。连如此偏僻的山旮旯都有了响动，那些热闹繁华地带的敏感神经，更不知是在如何亢奋地抖动着了。

记得上一次申办奥运，我也是坐在电视机前，当老萨说出悉尼这个让人不太想听到的名字时，不仅我们的申奥官员面色尴尬，连电视机前的人民群众——我，也感到面目僵死得茫然无措，更别说那些比我年轻，比我热情高涨的"追奥族"了。好在一晃几年过去，这个世界上最大的游戏活动，终于轮到我们坐庄发牌了。我一脚踹起同室的马胖子喊："都啥时候了还睡，申奥成功了，起来摸两把，庆贺一下！"用打牌的方式庆祝申奥成功，虽然俗气了些，但作为人民群众，又置身深山野洼，既无锣鼓可敲，又无演讲可发表，也只好用这种通俗的形式来表达"今日真高兴"的心情了。好在电视里一直播着欢庆的场面，我们就都沉浸在比年节还欢欣的气氛中了。神奇的是，连牌局也多了"炸弹"和"杠上开花"。

奥运会之所以能牵动如此多的人的神经，除了体育竞技自身的魅力外，我想更重要的，还在于它游戏规则的公正、公平性。自现代奥运一八九六年重新燃起圣火至今，又是一百多年历史了。一种世界性的游戏，在没有枪炮的校正下，能延绵百年不衰，并愈演愈烈，除了这项运动直接折射出了人的生命状态的进步外，那种被人类普遍认同的游戏规则，恐怕是使这根神经持续抖动的根本原因。它不因你是自视高贵的白种人，就跑得最快，跳得最高；也不因你是军事强国、豪门大亨，就能靶靶十环，力举千斤。它是剥离了一切霸权、歧视、恐怖、优越之外的一种人类在智能面前完全平等的挑战和争雄。换句话说，它也是获得了人类最广泛认可的政治与军事演示。我们呼唤奥运，是因为我们认同它公平的原则；我们高举奥运圣火，是因为我们在这个公平的原则下，都有了一个不害怕受捉弄的完全一致的挑战生命极限的起跑线。

只听砰的一声，马胖子又炸了，不知不觉中，马胖子坐了十六庄。有人喊叫"再坐就不打了"。马胖子说："既然大家高兴，在一块儿玩，就要尊重游戏规则，不尊重游戏规则以后就不要玩了。"大家一想，马胖子既不是领导，又没有使用卑劣手段，为什么不能坐十六庄呢？我说："有本事你就直管坐。"

电视里欢庆的声音如火如荼。

关于感动的记忆

人世有许多事是感人至深的，即使是个"硬心肠"，也会有"男儿有泪不轻弹，只因未到伤心处"的时候。男儿的这个"伤心处"，多半是感动使然。真正的伤心，常常会使男儿情感走向内敛，形态趋于静默。每个人都会经历很多的人生感动，随着时间推移，真正沉淀下来，时时搅扰自己并能继续净化心灵的，可能就是那么几次切入肺腑的感动记忆。

那还是在很小的时候，有一次我跟邻居家的孩子玩耍，事后邻居家孩子的母亲给我父亲说，她孩子身上的五毛钱不见了，看是不是我无意间揣在哪个兜里了。这个对"偷"进行了某些修饰的"揣"字，很是刺激了我父亲，那时还很年轻的父亲，脾气暴躁得二话没说，等我从学校一回来就闩了大门，端直一脚把我踹跪在地上，刑讯逼供长达两小时之久。虽未坐老虎凳、灌辣椒水，但鞭棍并用，拳脚相加，开始我还正襟危跪，大义凛然，渐渐被拷问得骨软筋松，就屈打成招了。但由于无法说清钱的去路，不得不继续长跪自省。就在这时，邻居家的孩子和他母亲敲响了我家房门，当门打开时，他母亲手里拿着五毛钱正在晃悠，说钱找到了，是在孩子书里夹着，并且不停地赔情道歉。我母亲先是哇的一声哭了，把我从地上往起抱，我一动未动地又跪了好久，直到父亲动手拉我，我才匍匐在地上号啕大哭起来。至今我清楚地记得当时内心的感受：那是一种洗雪了耻辱的宽慰，那是一种饱受委屈后的释然，更是一种重新确认自己作为一个好孩子的先决条件的感动。我感动着邻居家的孩子和他母亲在冤枉我了以后所具有的那份真诚；我感动着自己母亲在无法劝阻父亲的暴怒，而当真相大白后，抱着受了委屈的我的那声撕肝裂肺的痛哭；更感动着父亲那个辗转难眠的哀叹之夜。他甚至像个犯了错误的孩子一样，被母亲臭骂得蜷缩于床之一角，第二天一早便去集市上购回了两斤猪排骨，极其讨好巴结地趋附着一家人阴沉的脸面。

这件事后来被我写进了我的第一部戏剧。那是一部校园剧，名叫《她在他们中间》，这件事作为戏中的一个主要情节，写出来仍很感人。在我十八岁时，它就为我赢得了省级二等创作奖的荣誉，也正是这个荣誉使我踏上了戏剧创作的不归之路。回想起这件事，我至今感慨万千，除了不满意自己在父亲的严刑拷打下，窝囊屈招，有些像王连举和甫志高的骨头（好在没有牵连别人）外，其余留下的都是一幅幅感情图谱。我记得也就从那次后，父亲再也没动手打过我，而那年我才刚满十岁。

另一件让我特别感动的事，是在我当了专业编剧以后。那还是在陕南一个小县剧团的事。有一次一个很不起眼的乡下老头儿来找我，说他写了几个剧本要让我看看，我很是例行公事地跟他敷衍了几句。他留下地址，叫我看完一定给他个消息，然后就走了。他走后，我随手把剧本翻了翻，看实在不入辙，就撇在一边淡忘了。谁知过了一年多，一个老太太来找我，说她老汉曾经交给我几个剧本，咋一直没有消息，老汉快病死了，躺在床上想知道剧本的下落。我当时蒙了，急忙到处乱翻，总算找到了几本用棉线装订起来的手写本。老太太说，老头儿是个戏迷，听了一辈子戏，最后自己也动手编起了戏。为这几本戏，他忙活了好多年，连地里的庄稼都懒得种，满以为县剧团能排演，可一直没有回音。这几天他急得连药都不吃了，催着她进城一定要把消息打听实，要不然死都不得瞑目。我当时心里受到了极大的震动，歉疚之情油然而生。我让老太太赶快回去，说一个星期内保证回音。老太太走后，我急忙认真读完了全部剧本，至今我还记得一个是写秦始皇的，一个是写朱元璋的，还有一个是用"之、乎、也、者"写现代计划生育的。戏确实都不成样儿，但从剧本中能看到一个初通文墨者创造的艰辛与努力。我记着老太太那句让我特别感动的话："老汉快死了，最想知道的就是这几个本子的下落，你可一定要给个回音，哪怕编几句谎话也成。"我想我是无论如何得去一趟。

第三天，我就和县文化馆管创作的干部一道，去了那个老头儿的家。老头儿可以说是家徒四壁，老太太一背过病入膏肓的老头儿就埋怨，说老汉一辈子好吃懒做，除了迷戏啥都没感到有劲过。家人和乡邻对他也没有多少好的评价，将他统归为不务正业之流。我们坐在床边，听老汉絮叨着肚子里背下的几十本戏，他连过去演这些戏的演员的脾性嗜好都琢磨得一清二楚，真是让我们深深为之惊叹。面对老头的追问，我们不得不说出已经编造好的谎言："那本写秦始皇的戏我们准备排练了，朱元璋那本也准备着手谱曲，计划生育那本将来也会搬上舞台。"老汉听着听着，眼里溢出了幸福的泪光。他指指床下，让老太太又拉出了一捆本子，全都是他认为写得不好的，既然那三本都能用，他似乎感到这捆发黄的稿纸，也就不完全是一堆废物了。我答应全部都拿回去认真研究，争取都能用了，要他好好养病。他似乎是很满足地慢慢溜进被窝，异常平静地躺下了。我们回去后不久，老头儿就去世了。而那捆剪贴装订得很整齐的本子，一直放在我的书案下。这个不为家人和乡邻理解的"不务正业"者，勤奋而又窝囊地走完了自己的一生，到头来仅从谎言中获得了一点安慰，真是太具悲剧色彩了。然而他的凄凉奋斗史，却感动了另一位编剧，他在这行不景气的事业中一直惨淡经营至今。我每每想起这位执着的乡间老头儿，就感到自己没有理由不守望这块可能歉收的麦田。人可能有时是生活在虚无缥缈中，但正是一些虚无缥缈的奇思异想才引发了人的想象力和创造力。那位乡间老头儿的编剧人生也许没有多大价值，但他"乡间另类"式的创造精神，间接提升了别人的人生境界和特立独行的意志，那何尝不是一种比直接产生了价值更有价值的人生存在呢？我至今一想起这个老头儿，就为他的精神所感动，我甚至常常把他和追日的夸父联系在一起。如果说夸父对日的无意义追逐是一种崇高的悲剧精神，那么这位老头儿的编剧生涯，又何尝不是一幕极具崇高向度和震撼力的诗性悲剧呢？

在我的戏剧生涯中，还有一件令我十分感动的事，它发生在几年前。那是在我的一部剧作排练上演，赢得各方一些好评，并持续定下了四五十场演出以后。因演出收入分配问题，发生了一些不愉快，作为剧团负责人，我几次想进行比较大的收入分配改革，先是吹风，继而采取了一些推进措施，谁知引起了不小的波动，一些在幕后工作的同志反映分配不公。看着主要演员的辛勤劳作，我在会上讲了一次话，拿打追光的和主演进行了一番比较。我满以为自己讲得头头是道，一定说服了大家，谁知晚上演出时，有人要我上灯光楼看一下，开始我不知道看什么，结果上去以后就傻眼了：两个打追光的小伙子，全都脱得一丝不挂，一人身后放着一个小水桶，头上搭着湿毛巾，而双手戴着棉手套，正聚精会神地随着舞台上演员的来回走动左右摇移着。灯光里好像收藏着整个夏天一样，灼热得让人感到吸进的都是一股火气，几十个聚光灯把一个本来就密不透风的地方烘烤得高达五十多摄氏度。而这部戏由于夜场居多，所有聚光灯前都加了很深的色片，为提高演员脸上的亮度，追光几乎从头打到尾。无论是体力还是凝神程度，他们都要付出同主演相同甚至有过之的劳动代价。他们中间的一个甚至新近才因工资太低养活不起年轻媳妇而离异；另一位，干脆因没有住房和经济条件，至今光棍一条……我的眼睛湿润了，我歉疚得无脸走近他们。我静静看着两条湿漉漉的赤膊汉子，回想着自己极其浅薄的比较和作为管理者平常对他们满不在乎的神情，心里很不是滋味。我悄悄从楼上溜了下来，弄了两瓶冰镇矿泉水，当再次爬上楼梯时，演出已结束，演员在掌声和鲜花中正一次次谢幕。令人感到惊异的是，他们竟然随剧场中观众的情绪一道，为演出成功拼命鼓掌，甚至还一边给身上浇冷水，一边腾出手来打几声响亮的口哨。他们似乎忘了他们身在何处，也忘了自己的生存状态，更忘了我的那番主演与追光比较说。他们完全沉浸在一种艺术创造的幸福中，沉浸在一个团队的集体荣誉与辉煌中。当主演被掌声再一次请出来时，他们甚至又一次打开追灯，把最闪亮的光束一齐聚焦在主演的脸上，而这个程序完全是他们自发的行动，这个行动不仅聚焦了最美的光束，同时也聚焦了他们纯正、美好而又崇高的心灵。我感动得为他们鼓起了掌，两瓶矿泉水就嘭地掉在了地上。听到响声，他俩几乎同时本能地用双手捂住了下身……

　　感动是思想感情受外界事物的影响而引起的一种情绪激动，它更是人生升华境界、擢拔灵魂的运动活塞与催化剂。我们因感动而使自己的生命永远处于一种提升状态，也因感动而使自己的感情生活进入一种深层的理性归整。

　　生活在时时感动着我们，受感动的味道真好。

坐火车回家

二〇〇一年一月八日西康铁路正式通车，老家一个亲戚说要坐火车来西安逛一趟，并且一定要"首航"，结果到晚上又来电话说人多得很，没挤上去。九号一早又通知我接站，结果到晚上再次来电话说，还是挤不上去。直到十一号下午六点多，人倒是来了，新衣服却被挤掉了扣子，皮包也被挤断了背带，出了火车站他的一条腿还不停地抽筋，据说整个行程都扎的是"金鸡独立"式。但毕竟还是来了，并且是坐火车来的，对于一个从未坐过火车的乡下亲戚来说，他的欣喜之情溢于言表。

我是通火车后的第三十七天，也就是二月十三日，才第一次准备坐火车回家。说的是中午十二点五十五分开车，但从安康发过来的火车直到下午三点才进站。忙忙乱乱挤上去，发现车厢里连卫生还没有打扫，便自己用报纸擦了灰尘，半个屁股闪在空里，火车就匆匆出站了。

也不知坐了多少次火车，但这次乘车却完全是异样的感觉，因为这么个庞然大物，会钻山穿沟地从我家门前溜过，真是亲切极了。

镇安自古被称为"终南奥区",山大沟深,神秘莫测,连汽车也是动辄就要跌到沟里爬不出来的,火车说通还真就给通了。虽然慢点,并且见站一停半天,但毕竟通了,我是在坐火车回家了。

一道南北分界的秦岭,过去坐车跨越它,是像沙丁鱼罐头一样,需要两三个小时来闷住头晃荡的,可现在仅仅二十三分钟,就北辙南辕了。当告别关中大地,钻完十几公里秦岭隧道,一眼望见我陕南山水时,我的双眼是泪汪汪的:这么快,竟然这么快。我神奇着天地的魔性,我叹息着山石的软骨,我感念着科技的鬼斧,我惊异着肉体的神工。告别了,那九十九弯盘旋不尽的秦岭公路;告别了,那八十八转环绕不清的黄花岭车辙。无论你刮风下雨、卧雪铺冰,还是飞沙走石、路断车塞,我都和你吻别了,当然,这种吻别的感情是极其复杂的。我坐火车回家了。

线竟然这样直,路竟然这样端,遇山钻洞,逢水架桥,不仅秦岭被压缩成了薄饼,火车从薄饼中一穿而过,而且连柞水到镇安的近百里路途,也被两根直铁轨绷得缠绕在两旁的公路线,酷似静脉曲张。对镇、柞两县的几十万人民来说,这是一个时代的结束,这是一次生活进程的大改道,这是一级生存质量平台的大提升。

我坐火车回家了。回家的路是一道亮丽的风景:冥顽不化的山岩上出现了千疮百孔的灵洞;亘古不变的河床上,飞架起了连接天堑的铁桥。本来沉寂的青山,可能因此招来走读的看客;本来冷清的秀水,可能由此引来依恋的游人。当然,本来憨厚的山民,也可能从此要经历从未有过的欺诈;本来纯净的山水,有可能从此变得"怪病"恣肆,让极其贫困的山区,堕入另一种比贫困更可怕的灾难。总之，现代化是提高生活质量的根本途径，但现代化又是披上了艳丽服饰的妖魔，现代化更是一种深陷其中又欲罢不能的陷阱。无论怎样，我们要提高生存质量，都必须拥抱这个神秘莫测的怪物，而火车是我们接近和拥抱这个怪物的最重要通道。几十万山民已站在这个通道两旁，或翘首以待，或拥上挤下。为了搭上这趟火车，有人甚至匪性地从车窗插进一个头去，而让屁股高高地撅在车外，却绝不丢弃上车的机会。看着确实让人眼含急切、心存怜惜。

我们兴奋着山地的沸腾，但我们也担忧着沸腾中对山地本质的任意切割和掠夺性透支。"狼"来了，"狼"这回是真的来了，我们除了惊恐万状和欣喜若狂外，都做好与之共舞的精神准备了吗？咣当一声，车进站了，又一帮拥上挤下的人群把十几节车厢的铁门堵得水泄不通。还不太注重文明的山民，在车上的，仍然选择越窗夺路而逃的高台跳水法；在车下的，继续实施着从窗口先插进一个脑袋的倒栽葱绝技。一站又一站地加压，已经把这个庞然大物压得每每启动时都呼哧呼哧乱喘粗气，但再喘，它还是在咣当咣当行进着。

我回家了，坐着火车回家了……

南街・北街

上　篇

　　一泓激流，从连绵不断的山峦深处，曲里拐弯地钻了出来。一座脱离了群体的孤山，虎踞龙盘在河道中央，蛮不讲理地阻拦住了河水去路。愤怒的河水，不得不一次又一次与其拼命，结果留下的永远是一幕又一幕的悲壮。当那千万粒粉碎的白沫又重新构合成一个墨绿色整体时，便不得不绕道而行了。就在河水绕过的地方，淤积着一块宁静的沙滩，也就在这块沙滩上，谜一样构建着一条画一样的小街。

　　它叫穆家坪，也叫穆家街。说是叫穆家街，却没有一户姓穆的，只有一个老掉牙的传说，证明这儿曾是一个穆姓人开垦的处女地。话说在很久以前，有一个从湖南逃难上来的穆姓人，突然在路上捡了个媳妇，从此便结束了盲流生涯，在这片没有人间烟火的沙滩上生儿育女了。托送子娘娘的福，才五年工夫就生得七个伢崽，到了男大当婚的年月，没用二老操心，一阵仙风就刮来七个仙姑，自此穆家的子子孙孙便没有穷尽了。那么穆姓人又是如何从这条小街上绝迹的呢？这便又引出了传说的续篇：言说穆姓人后来一代更比一代懒，仅为争夺先祖的一点遗业，就整日钩心斗角，打捶闹仗，相互残害，终于惹怒了天庭，玉帝命龙王爷在更深夜静时将其淹没了。这个续篇虽然离奇，但也不能完全否认它不是某一次真正暴发了毁灭性洪灾的演义。

谁也说不清真正的穆家街是个什么样，反正后来，不是穆家人在此建起的穆家街一直保留到几年前才分两次被彻底毁灭。这条不是穆家人创建的穆家街，也不知起始于何年何月，反正现在活着的人，都说他们一生下来见这条街就是这个样。

小街其实是极不对称的两个合面，北半边坐坡朝河，地势整整高出南边的一倍，北街人平踢出去一个石子，南街人就听到叮当响；而南街却与河床平行，要不是一道古老的堤坝挡着，一打开后门河水就能打湿脚。从建筑气魄看，北街也明显比南街财大气粗——雕梁画栋、四壁绘彩，宅内曲径通幽，户外石狮守门，街沿坎高得南街人硬是要仰起头来才能看见他们的脚。也难怪这等威风，这里昔日曾是一家大地主的宅院。而南街大多是单门独窗、椽檐低矮的小房，瘦精得很是谦恭，活像匍匐在北街人脚下的奴隶。不过这里解放后地主的宅院被二十多户贫雇农化整为零了，因而很难说清现在的南北街到底谁穷谁富、谁贵谁贱。

反正一街两岸的男女，好像都念地气之饱足，感日月之关照，几十年如一日没饿过肚子露过腚，子孙又能层出不穷地承上启下，香火袅袅，他们几乎满足得除了感到活不够外，再没有了其他奢望。一年四季都见家家半开半掩着柴门，男人们四脚拉叉躺在炕上打鼾，女人们三人一撮五人一伙地嚼舌，老汉老婆们蜷缩在太阳地里晒暖暖。一群又一群传宗接代的新生力量，在演出着永远都演不腻的做饭、缝衣、推石磨和结婚、抱娃、过大寿的生活小品。南来北往者，无不惊叹小街人神仙般的快活。

查考祖籍，小街人虽然大多是湖广一带的自然移民，却好像都不会经商了。北街有一位六十高寿的老爹，他家墙上挂有六十个猪脑壳，虽然床上只有一床垫半边盖半边的油花被子，他却永没舍得拿猪脑壳换钱，终日只打坐在"天地君亲师位"前，美滋滋地瞅着猪脑壳哼小曲。直到仙逝之日，猪脑壳总数未减，这在小街传为"老爹守业"的美谈。

有关部门曾多次在小街搞物资交流大会，想刺激一下小街人的商品观念，结果是张飞打脸（化妆）——茄子色不变。每当交流会开始，小街人便赶紧挂了大门的锁，上了二门的闩，生怕"娄阿鼠"的哥儿们趁机浑水摸鱼。开几天会，唱几天戏，小街人就能在台口拥挤几天，看小丑耍怪，瞅小旦闪腰，受活得一天只啃一个生红苕不晓得饿。交流会结束了，小街人也会产生一种怅然若失感，不过那是在怀恋"好玩得要命"的小丑小旦，至于吆五喝六的小商小贩，从来就没有值得他们正经瞅过一眼。

有一次交流会，也曾把南街的一个后生勾引得怦然心动过，他竟然将老姥爷手上传下来的尿罐子偷卖给了古董商，姥爷发现后，硬是逼着后生的爹和爷把他按在大街上捶了个半死。那后生不得不撵到几十里路外，给古董商下跪磕头才赎回了尿罐子，继续每天早晚给姥爷提出端进地孝顺。

小街人就是这样几乎完全麻木地享受着一个又一个自给自足的春秋，从来不想知道除了小街以外的一切，也不爱外面人来小街转悠，更懒得步行到几公里外的过路车站上搭车出山，只喜欢整日拜倒在泥捏的老爷像下磕头烧香，祈求神仙保佑岁岁平安。

可泥捏的老爷虽然吃去了小街人的许多俸禄，仍没能完成"保佑小街人岁岁平安"的崇高使命。就在公元一九八〇年后的一个秋夜，不知因何发怒的龙王爷突然一声虎吼就抬去了小街的半边。

当天亮水退时，低矮的南街硬是被清洗得找不见了张三李四王麻子的地界。"泥爷们"更是被老龙王咀嚼得没剩下一星半点骨肉。一个又一个做梦都在高枕无忧的南街人，突然感到了灭顶般的绝望。

下　篇

地势高出南街一倍的北街，龙王爷几乎连人家的脚都没够着，洪水吞没南街人房顶时，北街人站在大门口还穿着干布鞋。

虽然他们与南街人不怎么对卯，往往为小孩儿站在高坎上对着南街比谁尿得高之类的琐事，争吵得脸红脖子粗，可当南街人一朝落难时，他们也还能不计前嫌，表现出一种雍容大度的宽广胸怀。昔日曾怀疑母鸡把蛋生在了南街人鸡窝里的麻婶，几乎与怀疑对象明枪暗箭地战斗了十八个春夏秋冬，可当对方一跟头栽进穷坑时，她又一把鼻子一把泪地把人家接到了家中，并且还颤抖双手，宰杀了一只正生蛋的老母鸡为其压惊。

落难的南街人，确实在北街人的怀抱里感到了温暖，然而这种温暖没有持续多久，便随着人们对于初落难时那种极度可怜劲儿的淡忘而慢慢消失了。仍是那个麻婶，又率先将仇人赶出门外，并且还骂骂咧咧地要人家把吃了的东西吐出来。

一些活得硬气的，不等人赶，便纷纷用救济款在一片乱石滩上搭起了属于自己的窝。一家几口挤在这样四面招风的破窝里，自然就再也做不出安宁的美梦了。父辈们昔日的威严，也随着填不满晚辈的肚子了而丧失殆尽。一群又一群突然变得"不孝顺"的子孙，吵吵闹闹踏上了通向山外的路。一个又一个浑然不可分割的家庭，慢慢支离破碎得收不拢窠。

这一切都看在北街人眼里，叹在了他们的心上，他们几乎逢人便要讲："南街人真是太不幸了，老天爷抬了人家的窝不说，还要把人家好不容易捆在一起的几代儿孙也拆得七零八落，真格是要把人家朝死路上逼呀！"

谁知时隔不久，那些出山去的后生，又喊喊叫叫地回来了，并且还都谝嘴说自己找到了活路。只见他们四处张罗着搜集了一些在小街人眼里一钱不值的土玩意儿后，发了神经病似的撅起屁股背向了几公里外的车站。小街人有些耐不住性子地等待着他们的归来，因为他们说他们是去发财的——鬼才相信，就凭着那么些土玩意儿还能发了洋财？谁知没过几天，还真有人给腰上别了几个子儿，从山外兴冲冲地回来了。小街一下子变得热闹起来。

在这儿两升苞谷就能换一头的猪娃子，在外面还真是五块多钱一斤呢。"麻狗子"硬是看见人家城里人就那么把猪娃子的毛一烫掉，浑着烤熟吃了。就连一条腿不怎么好使的"根深儿"，也靠几麻袋"木牛儿"赚了大钱。他说这玩意儿在城里俏货得很，只要背到学校门口一放，看见学生下课就用鞭子抽着转，五毛钱一个，保准票子直往口袋蹦。一帮一帮吹得唾沫星子直溅的成功者，把一个又一个手头紧巴得快要吃不起盐的南街人，说得心里像击鼓一样咚咚直响。很快，便有更多的南街人肩扛背驮着土特产向山外扑了去，回来时手里还真有了票子。

　　而这一切在北街人眼里简直是不屑一顾的。他们全是一夜间突然从上无片瓦、下无插针之地的赤贫者变为有产者的。当他们从猪圈牛栏中一个跟头翻进地主的大宅院时，那种超越了人生欲望的满足感，便死死纠缠着他们快活了一万多个日出日落。就在这一万多个日头里，他们几乎很少添置一张桌椅、一双筷子和半边碗碟。二十几户人家，竟然不见一户在外面盖新房的，家家都是几代同堂，房连着房、炕挨着炕，十分紧巴。每日都见家家户户的主人，舒展地躺在只剩下三条腿管事的太师椅上，眯起眼睛细品着已喝了好几天的淡茶。

　　特别是南街被龙王一口吞了时，他们便更是感到了命运对他们的特别关照。而当南街人开始奋发自强时，他们每天都要把太师椅搬到街沿坎边，仰在上面，像看小丑表演一样地观看南街人蚂蚁搬家般的可笑劳碌。尽管有时看见南街人点票子，他们心里也不怎么畅快，可当有人从山外回来连裤衩都险些叫人骗着剥了去时，他们也便更加坚定了"任凭风浪起，稳坐钓鱼台"的信念。一家又一家的婆娘，一早比一早起得更迟，懒洋洋地开开门，磨磨蹭蹭地将一罐罐热气腾腾的尿端到了屋背后。

　　终于，南街有人盖新房了。先是见人家砌了屋根基；过一阵儿又见人家买回了钢筋水泥；又过一阵儿，便有人贴了"恭贺新禧"的对联；一阵噼里啪啦的鞭炮声后，就见人家在堂屋喊开了"八加一"。这些新居清一色地不再用土，而是一砖到顶，四周还镶嵌着五颜六色的瓷花，鳞次栉比地组合成了半边只有电影里才有的洋街。

　　北街有人眼气得搓开了手，可更多的人仍然认为南街人是在"鸡扒命"——命上只造就了那么点儿，再扒也是给龙王爷的女儿准备嫁妆。尽管政府已在小街外面修筑了两道坚固的堤坝，但他们仍不相信南街人命上有享受这溜洋房的福分。

在南街人成功的背后，北街人看到的永远是南街人丢丑的一面：昔日那个曾经偷卖老姥爷尿罐子的混账又因贩"老票子"坐了监；二狗蛋去自然保护区捉鳖被罚了款；朱木匠的女人出山卖樱桃，叫关中人贩子拐卖到了河南……反正他们越来越感兴趣地搜集整理着南街人的丑闻，编成一溜一串的不乏浪漫主义色彩的故事，刻薄地训诫着"瞎子见钱眼睁开"的儿孙。

然而，无论他们如何训诫，如何采取稳定局势的措施，大院子还是变得一天不如一天安宁了。昔日逢年过节时，"磨盘会"总见一推半月不散，东家吃了西家喝，见天都有从高坎上滚到南街人檐下还在喊"我喝得高兴"的醉鬼。现在突然不见了，见天却又有了赵家吵、钱家闹、孙家李家从中搅的怪事，不是为一颗鸡蛋就是为半截砖的所有权，搞不好就见开了打，扭搓成一捆捆的肉绳，从院里翻滚到院外，又从院外翻滚到街心，直撕抓到有一方喊"爷饶命"了才算告一段落。儿女们也越发地不成器了，有的竟然以能与南街那帮混蛋交友为荣；连一些女娃子也竟敢不遵从父母之命，偷偷撇下自己指腹为婚的男人，与南街小子躲在苞谷地里"啃苞谷棒子"。这些不祥之兆，终于使整日躺在太师椅上闭目养神的北街"人精"们，渐渐丧失了那种无忧无虑感，他们甚至在构思着一个伟大的防范计划，准备将开在正街的大门统统封掉，改从后山进出。然而，还没能等这个计划实施，一把大火就把半边街烧了个干干净净。

这也许是一种巧合，也许是命运对他们的特别关照，也许是上天对一块僵死了的土地的故意破坏，反正当火熄灭时，北街人全都只剩下了干干净净没有身外之物的一堆骨肉。

　　好斗的鸡们，在昔日为爱情和一粒米战斗得头破血流的地方被烧焦了；几只不会捕鼠的老猫，也永远火葬在了主人的土炕上……人们全都矗立在这片灰烬面前，良久地沉默着。那是在凭吊，更是在思考这块土地上所发生的一切……

　　五年后，当刑满释放的故意纵火犯麻婶战战兢兢地回到小街时，几乎以为自己是误入了"桃花源"。她连做梦也不曾梦到小街会变成这个样子，恍若有隔世之感。当她步履蹒跚地登上高坎，寻找她那一块烧焦的领土时，发现四周的高楼已将其彻底遮掩在了阴暗角落。她哭了，她感到小街把她彻底遗弃了，而这是仅仅五年的工夫呀！

　　五年前，仅为一颗鸡蛋的主权问题，气得她偷偷给邻居鸡笼塞了一把火，本想只烧死几只鸡解恨，结果却酿成了一场毁灭性的灾难。她一想起逮捕她那天北街人喷向她脸上的唾沫和掷向她身上的石块时，就浑身直打哆嗦，释放后迟迟不敢回小街，生怕北街人余怒未消，把她砸成肉饼。然而当她心惊胆战地回来时，慢慢就感到了那种担心的多余。一群又一群拥向她身边的男女，对她表示了亲热的关怀。她受到了北街人的盛情款待，当一盅又一盅拐枣酒下肚时，她哭了，哭得很伤心……

故　乡

　　故乡，是人生的起点站，抑或是一个在漂流中停泊过的港湾。人无论走到哪里，都会在梦中，或是成功的时候、失败的时候、兴奋的时候、孤独的时候，想到故乡，想到故乡的人。即使像终生都在旅行，终生有许多时间但却从来不回故乡的李太白，也在某一个月色溶溶的晚上，大概是旅行到了一个非常陌生的地方，没有朋友，没有知音，便斜倚在客栈的一张硬板床上，一边喝闷酒，一边吟道："床前明月光，疑是地上霜。举头望明月，低头思故乡。"故乡是什么？故乡是一种情结，故乡对许多人来说，也是人生的最后一道防线，最后一条退路。

　　许多大人物在成功以后，都忽然感念起故乡来，说得头头是道，写得云里雾里。我们小人物，谈故乡便成了一种奢华。但我们毕竟有故乡，虽然在故乡旷工要扣工资，现在超假也要扣奖金，端着同样随时都可能碎的碗，看着同样随时都会变的脸，但在故乡的岁月，已被年轮磨尽了尘垢，留下的只是一些发亮的片段，而现在却是一副既装着鲜桃又盛着烂杏的生活担子。因此，故乡便时不时成为我们气喘吁吁的跋涉途中的一个精神驿站。

　　这个驿站对我来说，基本是每隔一两年的春节才享用一次。它在千山深处，这里没有发生过惊天动地的历史事件，也不可能进行决胜千里的宏大战役，更没有出过彪炳千秋的风流人物，因此地名也就显得寂寞冷清。唯有镇安板栗在省内外还有些影响，据说慈禧都曾品尝过一二粒，因而，每年秋季，倒是有不少天南地北的吃客，站在热气腾腾的铁锅前，一边尝着糖炒板栗，一边打问镇安是安康的还是商洛的。近几年，又因黄金产量过了双万两，而使穷乡僻邑声名大振。据说一个故乡的生意人，在西安吃完酒席，因多用了两瓶高档酒，超了预算，最后短了老板娘九块九毛钱，只说回头补上，却被老板娘阴阳怪气，气得他一口啐出一颗黄亮亮的金牙，当的一下就把盛王八的景德镇瓷盆砸出小拇指大个眼来。"看这值九块九不？"说后扬长而去。这是我在省城听到的第一个有些使人扬眉吐气的故乡的传奇故事。后来，有文友来信说，他也下海开了金矿，并调侃说，要是吃好东西把牙崩了，千万别胡乱装修，回去他给弄个金的。我一直盼着缺一颗板牙了再回去找他，板牙却至今牢固得能嚼碎鸡肋。猪年岁末，我就是带着这样一副绝好牙口回去过春节的。

　　在亲朋家肥吃海喝之余，最深刻的感触是我离故乡遥远了。这是我离开故乡七年后第一次产生的强烈感受。这种感受是由"股东"二字引起的。在省城我所活动的圈子里，很少听到这两个字眼，而在故乡，股东已经成为人们茶余饭后的重要谈资。这不仅仅因为家兄是商业部门的一个经理，就连昔日的一些文化闲人，也在大谈特谈股份与红利分配，它使我感到了自己与故土的格格不入。在一个名叫"金凤"的豪华歌舞厅里，一位旧友问我愿不愿意合资开发桑拿浴或游泳池，我随便问了一句得多少钱，他说一人先拿个二三十万吧。那种一掷万金的身心轻松，把我闹得紧张得只会一个劲儿点唱《一无所有》。

这是一个让我过得很不安分的年。我觉得：七年了，我没有真正融入现代化的都市；仅仅七年，我却被故乡遗弃了。难道眼红的仅仅是故乡人口袋里的那几个钱吗？不，我吃惊的是故乡人猛醒的经济意识、开创意识和现代意识，唯有这些意识，才是山里人彻底摆脱穷困命运的大矿藏。我为故乡写过不少鼓吹的文章，而面对今天这样的经济意识的全面觉醒，却深感笔力不逮。故乡，已不再是一个让人喘息、歇脚、松弛、入静的精神驿站，而是一根鞭子，抽得游子在年宴未散时，便匆匆踏上了通往域外的茫茫山道。

一路上我在想：故乡是不能常回去了，因为故乡对游子已不具有一种休憩性。千百年来，一直被军事家作为调养生息之地，被隐者作为恬淡栖息之所的终南奥区，已经成为与外面没有两样的"花花世界"。连在歌舞厅里唱歌，也已不习惯于光听别人哼哼，而要自己亲自抒情，有的干脆用英语、日语、粤语过瘾。面对这种充实、阔绰而富有激情的现代生活，我真的感到我是一无所有。当翻过逶迤的秦岭，放眼一望无际的关中大地时，我又在想：这是人家关中人的大地，我是被悬浮在一个无根无涯的空间了。

故乡已不再是需要游子创造和完善的记忆，故乡已经成为对游子构成了生存压力的现实。李太白一生不愿回故乡，大概是因为不被故乡人所理解，他们只把一个天才当成"酒疯子"拾掇，而使他终生只愿在异地"低头思故乡"。我辈无太白之才，也便没有不被人理解之累。虽说清贫些，却也吃饱了穿暖了，况且又被故乡人厚待着，又不似叫花子回了故乡还是被人鄙夷着，为何不想再回故乡了呢？不想回故乡，正是因为回了故乡才产生的人生迷失与觉悟。

　　故乡还是要回去的，不过得在自我调整到确立了自信心以后。

十 "看"

看　球

2006 年，四年一届的世界杯足球赛刚刚过去，真是热闹极了，看球的、赌球的、评球的，围绕着球策划活动的、做生意的，真是应有尽有。作为这个世界上的过客，遇上这样的热闹，自然也少不了要往里插一脚。你不插，这一月就几乎融不进社会，什么场合人都拿球做比喻，动辄就把满场人笑翻了，你还不知所云。无论政治的、经济的、文化的，似乎都能把球套进去，拿球说，好像什么都容易明了、透彻、深刻，甚至释然。最重要的是有脱离群体的危险，什么不好干，怎么要干自绝于人民群众的事呢？再忙，再累，这球不看是不行了。

我每晚拖着疲惫的身子走回家时，老婆孩子就已经把频道锁定在央视五套上了。鞋一脱，往沙发上一卧，就算走进了世界杯。茶几上放着个大西瓜，开了盖，里面放着勺子，我常常下意识地就会去挖几下。第一局的上半场一般都能看完，广告出来时鼾声就发作了，这实在是对支持足球赛转播的商家有些不大敬重，可那瞌睡就是让人文明优雅不起来，因此，我始终没弄清，都是谁掏钱让我们这些东方人看了西方人搞活动的便宜。电视里突然一阵炸堂，我会吓得浑身一抖地睁开眼睛——进球了，差点进球了，进了点边边又旋出来了。热闹过去了，挖几勺西瓜，那眼皮便又会撑持不住地耷拉下来。鼻鼾有时也会把自己打醒，但并不影响一浪高过一浪的鼾声卷土重来。也不知又睡了多久，第二局的高潮就又来了，这时我会坐起来，再挖几下西瓜，看精彩回放，听说客煽情，吃得满嘴爽快了，又倒头睡下，等再一轮高潮的惊魂。一般来说，十六强以后的进球，我还都通过不同的方式看到了，每一场的结局，也都在一个大西瓜挖得完全见底时了如指掌了。尽管不像人家行家看得头头是道，说得唾沫星子乱溅，写得云山雾罩，但你说啥我还都能心里有谱地点点头、颔颔首，也就算是终于没有在世界杯这个大是大非面前，稀里糊涂得不知如何立足、表态、站队了。

当然，其中也有因表态不当、站队有误，而差点惹出乱子的事发生。那是英格兰对葡萄牙的八分之一进四强决赛，女儿是英格兰的铁杆球迷，为看这场球，下午一放学回来就睡了，公然违抗老师的作业布置，对抗母亲的监督管理，静夜时分，提前上好的闹铃一响，一骨碌爬了起来。她母亲也跟着卧到了沙发上，从一开赛，家里便分成了两派，我不得不支持她母亲的"正义行动"，我们始终说葡萄牙好，故意把英格兰砸得一塌糊涂，并坚定地预言，葡萄牙必胜。谁知结果葡萄牙还真的把英格兰给撕扯了。女儿哇的一声大哭，我才意识到把大乱子惹下了。这一晚的政治思想工作，可是比平生的任何一场政治思想工作都费智慧，费口舌，我突然感到了不从实际出发而事后开展政治攻势的苍白无力。直到后半夜娃自己瞌睡了才算了。那一晚上的那个大西瓜只挖了一半，咋吃咋没滋味，第二天给扔了。

一个月的球赛，让我感到特别欣慰的是，始终睡在世界杯旁，还始终没有误工作，并且把比脑袋大的西瓜掏空了好几十个，这对今年不景气的西瓜消费市场，可算是做了些比较实际的拉动工作。单从这个意义上讲，球也算看得值了。

看　戏

我几乎天天都要看戏，这是工作，有些戏迷说："你这工作美得很。"我说："见天让你吃鲍鱼，你试试。"戏迷一想，也是，再好吃的东西，一年三百六十天不换汤头地吃，放谁也有厌烦的时候。有些戏我从剧本一遍遍修改看起，直到安场（初下排练场）、细排、两结合（演员与乐队）、三结合（演员、乐队、舞美）、彩排，每个环节都得过一遍甚至几遍，真正到看演出时，已烂熟于心了，戏的起、承、转、合，故事、悬念，甚至连一些关键道白、唱词都一脉清知，脑子里只有漏洞、缺憾、事故，看戏的所谓艺术享受早已荡然无存了。通常所说的专业人士，我想就是指的这一类只会挑毛病而很少发现好处的人。当毛病越挑越少的时候，再看这个戏的意义就不大了。

全国每个地方都有一些以看戏为生的人，京城尤其多，他们每人每年看戏都在一百本以上，天上飞，地上跑，遇上会演，有人一天看三场，常常会在座谈会上张冠李戴，说《周仁回府》哩，却把《游西湖》里的人物拉出来遛一圈，容易把人弄得不知所云。但有一点，他们的意识深处，也是在拼命找毛病，毛病多的自是"烂戏",毛病少的自是"好戏",有暗中交易者,当是另一种"戏"了。总之,职业习惯使这帮特殊的看戏人群也不会产生更多的看戏快乐。

真正快乐的,当是戏迷和愿意走进剧场的观众了。他们是带着审美眼光来的,业内的细微毛病,他们不易察觉,只要大的关目合辙,便会顺着剧情自然而然地往前跟进,直到高潮迭起,掌声雷动,闭幕后久久散之不去。这是真正的看戏。我平生见到的最伟大的观众,当是关中道的老农,他们是剔尽了一切外在形式与豪华设施,而真正走进戏剧脏腑的朴素看戏者。他们一般是闭起眼睛来听的,只有在唱腔、白口出现了他们所认为的失误时,才会睁开眼来向台上睃一眼,看是哪个角儿出的洋相,等一切又入辙了,他们才会再回到那种特别的"看戏"状态。我以为恰恰是这部分观众,在对非物质文化遗产进行着带有根本性质的保护,而我们这些看戏人和所挑的毛病,有时可能是事与愿违,甚至背道而驰的。

不管我们承认不承认,其实今天压倒一切的精神是效率精神,一切都用效率衡量,我们的许多传统文化,便会在这种衡器的考量下灰飞烟灭。科学既要注重效率,更要尊重本质,如果我们在市场化的浪潮中,要求每一幅画、每一幅书法、每一本戏都能变成现金,或以赚取现金的多少来认知作品的优劣,那么在未来的某一天,我们可能会发现这一代人生产的多是泡沫和过时的垃圾。由此,我在想我们的看戏和挑毛病,是不是缺乏了关中老农身上的精神定力和悠然自得?艺术是寂寞的,这是几千年总结出的铁律,我们突然想让她在一夜间火得跟房地产、股市、洗脚房一样车水马龙,恐怕多少是会有些出力不讨好的。我们在更多的效率原则和市场原则前提下生产艺术，什么时尚往里塞什么，什么赚钱往里填什么，迟早会把包括戏剧在内的所有艺术品都打磨得什么也不是。艺术是人的精神润滑剂，不是生猛海鲜、灵丹妙药，吃下一口马上就能做冷发热。艺术对于人的作用是水盆显影式的，她应该有一种超然物外的优哉游哉感，面对无所不在的效率原则，我越来越感到了职业看戏的后怕。

看　书

这个话题说的人太多，但见说，就有卖弄看书之嫌，可话又说回来，如今看书还值得卖弄吗？傻乎乎的，与"时间就是金钱""效率就是生命"甚不搭界，说来道去，岂不惹人耻笑？可看书的人，一遇见好书，就爱介绍读过的体验，就有推荐给朋友的"恶癖"。几年前我看熊召政的《张居正》，高兴了，先后买过六套送人，后来"检查"时，发现一个也没读，从此我便再也不做花钱还不赚吆喝的傻事了。看书就跟挖耳朵一样，舒服了，自己偷着乐去，何必非要咦哟嗬嗬地把受用喊出来呢？读书人这个爱吆喝的毛病真是讨厌得很。

小时候看书很简单，就是大家都熟悉的那么几本，或者几十本，仅《西游记》《高玉宝》我就看过好几遍。有一段时间中外名著解禁，记得那时弄钱还不是人生主要目的，全民把书读得如饥似渴，我也跟着看了个昏天黑地。后来经济建设了，谁不知道抓钱，好像谁就无异于"瓜货"了，除了学生被逼无奈，还气鼓气胀地在"为未来能赚更多的钱""不要命"地读书外，自己觉得需要看书和觉得看书还有用的人，就越来越少了。奇怪的是，看书的人少了，书却几何式增长地多了起来，开始进书店还能买几本，后来就买不成了，一是本本都是"精品""极品"，个个都是"大师""泰斗"，且精装、线装、丝织、木烫，更有甚者，干脆拿黄金滴鎏嵌镶，把让人看的书弄得翻一下还得戴手套，书的本来意义就荡然无存了。最让人迷糊的是，同样的书，"穿一个马甲，好像就认不出来似的"，左策划，右包装，拉长抻展，加水掺沙，把读书视线搅扰得比电脑遭遇了病毒还模糊混杂。

其实孔子的《论语》才一万五千字，据不完全统计，仅注解、品读的书籍就有两千三百多种，如果盲目进入，恐怕一辈子也钻不出来，何况还有新的解读"大师"在源源不断地输送着更新的"精品力作"，你把这一辈子都搭进去能弄灵醒了？前年我接受了一项任务，要写一个《司马迁》的电影剧本，我先后用了八个月的时间通读有关史料，然后开始找传记，仅在西安市面和朋友家中，就搜罗到十一种之多，读着读着慢慢发现，好多说法相互矛盾，让人不知所云。有些情节就连文字都几乎一样，让人怀疑其中必有"文抄公"。后来我干脆用三个月时间啃了五十四万言的《史记》，才发现好多传记都是用《史记》里的情节杜撰的。比如写司马迁"少年壮游"，干脆就让他把《史记》里涉及的人物故里都走一遍，话是《史记》里的话，事是《史记》里的事，无非找些不同的老婆老汉再说一遍，情节与语言的雷同也就理所当然了。读了《史记》我才发现，我们平日挂在嘴边的许多成语、掌故，原来出处在此，如果仅靠品别人的唾余，那今生有许多书的妙处都是读不出来的。从这个意义上讲，看书是要回到源头的，也只有回到源头，才能在"新渣泛滥"的书市中，不至于眼花缭乱得如堕五里雾中。

古人宋濂、袁枚都说过，真正看书，借是最好的办法，借来的你会珍惜，并且人家屡屡催促，你会看得又快又认真，看到好的地方还会抄下来，这也是避免买书上当的一个手段。不过今人一借去就忘了，还不大好要，书又不是股票、优惠券、打折卡，何必要看得那么认真呢？总之咋弄都不对了。可无论怎么说，书真的是多了起来，比起鲁迅用别人喝咖啡的那点时间读书来看，我们的时间也实在不缺，缺的恐怕只是看书的精神需求和人生必要的优雅了。

看　棋

我并不是棋迷，但对棋迷有一种特别的敬重，我敬重那种专注的神情和生命投入状态。在大多数棋摊上，总要"猴"着一堆人，有的是"君子"，绝对观棋不语，哪怕下一步就要"打闷弓"，结果"老将"的命了，他仍能沉住气，看你还能使出啥解数；有的就是"小人"了，不仅"烂嘴"，而且还爱动手，有时简直是抢，抢着抢着，棋子就有可能崩到对方的额头上。下棋人一出手，这个地方最便捷，也最能解恨，何况从人体解剖学上讲，额头比较结实，料一颗棋子也惹不下太大的乱子，崩一下就崩一下，没出血，揉都懒得揉，就接着看棋了。当然，也有恼羞成怒的时候，要么棋摊子就被踢飞了，要么相互衣领上的扣子就嘭地飞到街对面去了。

现在，什么娱乐工具都用来赌博了，象棋可能也未免俗，但总体讲，还是一种比较干净的娱乐方式。局一般都设在大街上，或是院子的最光明处，生怕没人围观、起哄、促摊子，单是这种磊落的摆设，就与赌徒喜暗、喜静、喜偏僻的心理，有了质的区分。在现今这个弄啥都要先讲效益的时代，下老半天棋，竟然与收入无关，那些痴迷者，你能不承认不是一种真"玩家"？下了棋的，好歹还能过过手瘾，论论输赢，那些凑在一边的"看家"，手不好乱动，嘴不便胡说，输赢与自己又无关，瞎忙活半天，"烂一回舌头"，额头还可能招致一"飞子儿"，就确实有些让经济学家们丈二和尚摸不着头脑了。有一个流传很广的笑话，说一个棋迷扛了一袋面粉，路过一个棋摊，半边身子勉强"搩"进人窝，一看就是老半天，后来下雨了，那袋面越扛越沉，他竟然毫无知觉，直到摊散人去，他嘴里还在嘟囔："人家'老将'都'歪'出去了，你还架的是个鸟炮！"想那厮扛着一袋"稀拌汤"，趔趔趄趄回到家，老婆不给他使几个"治理整顿"的狠招才算怪了呢。

在全民"抓钱"的时代，"不知有汉，无论魏晋"的棋迷，在我眼中简直是超然世外的"另类"。就说那个扛面袋看棋的，咋想都是一个可爱的人，虽然家里人可能不大喜欢，嫌他没有把生命投放在有价值的地方而任凭"风吹雨打"，可他是一个真正有癖好、有趣味的人。癖好和趣味，是一个人可爱的第一要素，林语堂和梁实秋都说过，没有癖好的人是靠不住的。想天下所有老婆，最希望的事，恐怕就是老汉能靠得住，那个扛面袋看棋者，能如此专注地坚守棋摊，在面对家庭、面对老婆时，生活的"面袋子"即使湿漉漉地越背越重，只怕双目也是不会轻易"旁骛"的。从这个角度讲，家有棋迷，也算是老婆的福分和大幸了。当然，家里都快揭不开锅了，如果那厮还蹲在棋摊上不思柴米，老婆跑来照尻子踹几脚，也不能怨人家处理问题"简单粗暴"，太不给男人活人的面子。

这个时代，人都太浮躁了，浮躁的根源是急功近利。本领与财富的积累，都是有过程的，有些人一夜暴富了，有些人三天炒红了，这种过程的缩短，导致了整体社会价值判断的紊乱。当人人都企图通过速成法，变得"有本事"或"有票子"时，一锅本需要文火熬炖的靓汤，就提前"皮焦里生"地开锅了。听见别人锅里煮得噗噗嘟嘟乱响，也就不能不跟着满世界"胡扑"，大家都"扑"来"扑"去，那张"饼子"也就越"撕"越薄，到了了，还是那些稳扎稳打者最终收获了没有简化过程所历练出的"足金"。达摩面壁十年，悟道成佛；玄奘苦苦西行十七载，方取回真经。我们今天，都跟张天翼笔下的"华威先生"一样，腋下夹个包，不分昼夜地满世界"奔流"，也不知人生的起点和落点在哪里，反正见天都忙得一塌糊涂。有个流传很广的手机上的段子说："现在人上班更像下班，下班更像上班；干活更像玩耍，玩耍更像干活；教授更像老板，老板更像教授；'小姐'更像明星，明星更像'小姐'……"从这个意义上讲，一个人肩上扛一个面口袋，管它尘世如何喧嚣，物欲如何横流，看棋就看棋，并且能淡定到雨淋湿面粉还浑然不觉的地步，真是人生的大境界了。无论他老婆怎么反感，路遇这号老兄，我们都不能不向他脱帽致敬。

看　景

无论你愿不愿看，各种景观都会来到你面前。推开窗户，哪怕咫尺之间，又一座大楼的又一个窗户正对着你，那上面挑着各种衣服、长筒袜，色彩斑驳，临风飞舞，难道那不是景观？出了门，见一老头，上身赤膊，瘦骨嶙峋，下束短裤，腿如麻秆，跑得热汗涔涔；紧随一狗，却是仪态雍容，深秋着装，体裹毛衣，还喷嚏连天。那也是景观。进了公园，见一胸阔臀肥的"压秤婆"，水桶一样吊在小树杈上来回晃悠，小树被压得咯吱吱，肥婆累得呼哧哧，那同样是景观，不过让人觉得有点以强凌弱而已。至于花草顽石、楼台广场，那就更是大景观了。景无处不在，也无处不得观，套用一位名人的话说，缺的仅仅是发现景的眼睛。

如果要专门出去看景，那景致就更多了。先前好像一个省就那么几处或者几十处，现如今，一个乡镇都能弄出个"东线一日走""西线一日游"来。大量伪造景点，杜撰史实，煽得清水能点灯，吹得死人变活人，不仅把游客搞蒙了，连当地老百姓都以为是撞见鬼了。你如果仅选名点走，那里面也大多变了味，最美好的地方总是与钱瓜葛太深，弄得人不看不舒服，看了气呼呼。再加上各种旅游品的"特色"陷阱，晚上回到宾馆，一盘点，老婆就有可能为老汉或孩子"多饱了个眼福"或"多上了一次当"而产出一顿臭骂。

有些自然景观确实很美，但却缺乏好的诠释，在国内大多溶洞景观中，不是"孙悟空"，就是"猪八戒"，再么就是"老虎""狮子""狐狸精"，连桂林七星岩这样的"老字号"，也不能免俗，许多美妙之处，便在无诗意、无趣味、无创新的絮叨中，让美感悄然消失了。还有一些自然景观，刻上去了太多不自然的欲名垂千古的书法，而使美景徒增其丑，连华山这等"神品"山岳也未免遭荼毒。至于佛塔上的"我爱你"，长城上的"张二狗登临"之类的佛头着粪之句,更是连绵不绝,千刀万剐不穷。这些属于景给人带来的不快。还有人给景带来的难堪,在今天这个全民旅游的时代,也是竞相亮相,好戏连台。几年前,我在安徽开创作会,结束后去品读黄山,未到半山腰,就有两组人马在前面大打出手,我们始终未弄明原因,但见一组比一组下手狠,最后,甚至有穿着十分入时的美女猛扑上去,照着对方男士的要害处飞起一脚,当下就让那男的窝在地上,双手捂住疼痛点,满地打滚爬不起来。黄山的一切景致在我心中很快就淡忘了,但那美女的一脚,却使我终生想起来都浑身痉挛,再旅游时,在山上遇见美人经过,两只手总要下意识地把什么地方捂起来保护一下。

卞之琳有这样四句脍炙人口的诗:"你在桥上看风景,看风景的人在楼上看你,明月装饰了你的窗子,你装饰了别人的梦。"我们在看风景时,其实在别人眼中,我们已然是风景,至于好看不好看,全在我们的行为了。近几年国人腰上别了几个银子,蜂拥到国外看景,结果弄了许多标签回来,诸如"随地吐痰族""高声喧哗族""到处便溺群"等等,在许多地方,华人旅游团已属"最不受欢迎的人群"而频遭"退单"。尽管资产阶级和资本主义有它可恼可气可憎可恨的地方,但老用这种方式去"蔑视"和"战斗",恐怕也不是个长久之法。国人在许多事情上,好像不是一个太喜欢抱团的群体,可在名胜景点、候机大厅和宾馆电梯、走廊、大堂里,有些人却最爱"秀"成堆,或是勾肩搭背地合影,或是脑袋套脑袋地争睹别人的照相成果,或是搞"幽默"、说"段子",动辄轰的一声炸堂,招徕四座侧目,还浑然不觉,即便知觉了,也是不管不顾的大大咧咧。时间长了,拿你无奈的"资产阶级",就会对你实行"眼不见为净"的"××禁止入内"。

有些人出去看景，纯粹是"干呼呼"，真到了好的景点，未必真有兴致。我在敦煌看莫高窟时，就见许多国内游客，只在一层看上一两个洞窟，就坐在一旁等起了同伴，嘴里还念念有词："都是些泥娃娃，有啥好看的。"然后便拿出手机，弄起了"拇指文化"。有人开玩笑说，中国已经进入了"全民写作"时代。这话还真不是吹的，你看无论何时何地，都见一群一群的人，在手机键盘上埋头"创作"着。手机"写作"，不能不说已是我们最夺目的一道风景。

我们看景，也被人当景看，景色衬托了我们的身影，我们的身影能为景色增添和谐的光斑吗？

看　房

这是一个几乎人人都要经历的问题，尽管你有了房，可能还免不了看房的扰攘和泼烦。朋友让你看房；亲戚让你看房；同事有了新房，也免不了让你去"烘房"。总之，人一辈子与房子的联系是最密切的。对于工薪阶层，房到手，就算是把人生最大的一件事办妥帖了，要不然，好像一切都悬在半空，两只脚再蹬跶都着不了地。当然，有人能弄几套房，那就是另一种弄法了。

房子已成为人生世相的重要看台，贫富贵贱，在这里形成了巨大的落差分界，有些人去看一次别人的房回来，就眼暴筋胀地失衡了心理，甚至有活不成的感觉。我倒没有这么严重，但每经见一次人家的豪华，出来也得辨辨东西南北，不然就突然有一种路径迷失感。一次差旅北京，有朋友带我去长安街旁看一豪宅，一平方米价值三万到六万元不等，水龙头都包了金，建材更是只差到月球上采石料了。走出大门，我觉得是需要调整调整价值观了，不然，就有可能打银行的主意。自那以后，我就不太容易被人怂恿着去看房了。仔细想来，房就是人的一个窝，温馨、洁净、清雅当是最好的境界，何必非要给水龙头和坐便器上都镶一圈黄澄澄的金子呢？这也许有点酸葡萄式的追问，但用金子来包坐便器，咋想也都觉得是拉得太奢华了。人类在行进中，始终把对物质的攫取放在第一位，虽然极大地提高了生活质量，推动了生活进程，但也使精神世界失去了悠闲、自在与轻快。那些豪宅门口重兵似的看护把守，现代化探头和红外线不分昼夜地窥测捕捉，以及只有在二战影片中才能看到的防御敌人的铁丝网，还有藏灵獒、大狼狗的忠于职守，不正是这种如惊弓之鸟般生活的真实写照吗？

拼命追求离群索居式的富贵感，其实也是限制人身自由的一种过程。鸟们只有一个简捷的窝，才有了到处飞翔的欢乐和歌唱的时间，而人类却在窝的奢华搭建中，耗尽了心血和财力，再加上精神上的防御过度、同类之间的戒备森严，甚至你死我活的主权争斗，到了一决算，付出的成本真是有点太大太大了。

国土资源部门每年都在公布土地锐减的惊人数字，但大小城市仍在水洇宣纸般快速往外淫浸着。过去一家几口住三五十平方米的房子已感满足，现在说谁住了二百平方米也没吓人一跳。卧室能打乒乓球，阳台能打羽毛球，客厅能学贝克汉姆，后花园还能做跑马场的豪宅，已不是凤毛麟角。与此同时，几代同室、人均不足八平方米的捉襟见肘者，也不在少数。阔绰的更阔绰，龌龊的更龌龊，时间长了，恐怕仅凭狼狗和铁丝网，是不好保证席梦思上粉红色嫩梦之长久的。

我们这一代人，把山上的石头烧成了水泥，把田里的泥巴烧成了再也不能繁衍任何生物的砖坯，然后，再把大片的土地建成森林般的高楼。据说，它们的使用寿命都在八十年左右，八十年后，这些"伐倒的森林"，又该去向何方呢？看来我们不仅是把各类资源疯狂地透支了，而且还给我们正孕育和即将孕育的孙子、曾孙子们，丢下了一个巨大的垃圾场，大家似乎还在暗自窃喜：看狗×的将来咋弄啊！

房这东西真是没啥看头，再往后看几十年，只能看见孙子和曾孙子们，在那片破旧的"森林"中，一边进行定向爆破一边破口大骂着：狗×的爷呀！

看　车

不是我们要看车，而是车随时随地都可能堵住我们的去路，不由人不看。

我第一次真正看车，还是在陕南山区的时候，大概是二十世纪七十年代初，襄渝线修铁路，部队要到山里拉木料，一条简易公路很快便通了。来的全是解放牌军车，开车的也都是当兵的。沾老舅的光，通车典礼那天，他给一个混熟的老兵一盒宝成烟，然后把我抱到一辆大卡车上，车一动，我立马失去平衡，一头撞在车厢上，额头蹭去一块皮不说，下了车才发现，还留下鸡蛋大个的包。由此我知道，车这东西对人并不温情脉脉，能远离就尽量不要跟它套近乎。

那年月，让我把车看扎了，每天都有一百多辆军车从那条道上呜呜地过去。一看见车队过来，我们便会聚集在一旁数数，时间一长，部队与地方上打交道多了，我们有时还能钻进"司机炉"（驾驶室）里到处"野逛"。后来襄渝线修成了，军车再不见了，那条道便冷清了下来。有时几天见不到一辆车，偶尔见一辆，司机比公社书记都牛，脾气大得逮谁骂谁，有时我们好不容易挤到严重超载的货车顶上，用一根草绳把腰系住，还让人家用长竹竿磕了下来。眼看着人家女孩子就坐在"司机炉"里热热乎乎"上县（城）"去了（那"司机炉"里明明还能再坐一个人的），男的却只能用两条腿拼命地在后面"一二一"。

那时我见到最豪华的车就是"帆布篷"（北京吉普），那是真正权力与地位的象征。在我居住的小镇，出过一位县团级干部，每年那辆"帆布篷"都会回来两三趟，每次回来，都会成为小镇的热点和看点。尤其是到春节的时候，但见那家开始打扫院落，不一会儿，公路拐弯处，就见那辆"帆布篷"轻盈快捷地回来了。车有时会在那个院子停几天，一镇人也便都感到了"风景这边独好"。也不知啥时，离镇子不远的修车铺也弄回一辆"帆布篷"来，并且整得通体油污，老板娘和一堆娃娃动不动就坐着"帆布篷"上街去买盐打醋。紧接着，贩鳖的、"拐人"的，也都坐着"帆布篷"来了，我就知道"帆布篷"作为权力象征的时代已经过去了。

再后来，车多了，牌子杂了，也就越来越看不过来了。

二十世纪九十年代初我调到西安，开始人生地不熟的，下午吃了饭没处去，便坐在护城河边，一边看车一边打发时光。慢慢认识了许多标志不同的车牌，那时林肯、奔驰、宝马、凯迪拉克这些名车还属凤毛麟角，拥有这种车的人，在这个城市绝对都是名流，圈内人扳着指头就能把人给你数出来。而出租车几乎是清一色的奥拓，对于工薪阶层，咬着牙坐一回，已是十分奢侈的生活"越位"了。九十年代中期，我去了一趟德国，发现街上所有出租都是奔驰、宝马，连地里的拖拉机都是"大奔"的标志。这不仅让我深刻地感受到了国产汽车工业的落伍，也突然"金贵"了身子，再坐奥拓，就觉得不仅"挤卡"，不舒适，而且还有点"丢份"，遇到重要场合，远远地就提前下来了。对于这种不断作怪的"资产阶级"思想，尽管我时时在自我批斗着，可还是不能有效地矫正过来，并且越滑越远，直到跟全市人民一道，彻底告别"地瓜牛"出租时代。

再后来高档车就多了，并且方向盘很多都掌握在美女手中，这车我也就越来越看不懂了。尽管有身份和地位的人，还能从车号上加以区别，但仅从车的档次看，既不能区分财富多寡，也不能辨别职务高低。我的一个老熟人，八九年没见面了，有一天突然在我散步时，将一辆十二缸进口越野车顶在了我面前，车体高大威猛，一看就吓人一跳。闲聊中，得知他在山上栽树发了。没过几天，就有另外的朋友告诉我，那家伙骗取国家扶贫贷款，买了一辆高档车，山上连一棵树也没栽，钱已经"浪"完了，有关方面正寻人呢。现在企业亏损到资不抵债的"漏斗户主"，还驾着一款名车到处招摇的，也不在少数。汽车已经成为复杂世态的多棱镜，它不仅折射财富、身份和地位，也折射人格、品行与追求。

其实车就是人的代步工具，美观与派头都是它的附属品。任何事物回到源头看，便清晰了许多。据说我老家在新中国成立初，县长进省城开会，自己背一个"盒子炮"（手枪），通信员挎一根"汉阳条子"（步枪），拉一匹马，来回要走半个月，而现在，开车只需三小时。当然，都想快速，就又出现了车的劣势。

二〇〇一年我们去伊朗德黑兰参加国际艺术节，对方的文化官员在会见我们时，迟到了近乎半小时，原因是塞车。后来听大使馆的人讲，他们在接待外国首脑时，迟一会儿也是常有的事。这个城市有一千二百万人口，五百多万辆机动车，平均两人一辆，谁急也没辙。想想西安到每两人拥有一辆机动车的时候，不知从文艺路到钟楼，三个小时能到否？

车多了，安步当车又是最好的行进方式，据说走路能走低血压、血脂、血糖，走掉凸肚、赘肉、脂肪，还能走好心脏、肝脏、肾脏，矫正弯腿、歪脖、脊梁，何不甩脚甩手走起来呢？一边锻炼身体一边观景，面对无处不在的"长蛇阵""盘龙阵"和走不出去的"八卦阵"，看车追尾、"顶牛"，看人发急、骂娘甚至拳脚相向，就突然觉得在城市里能有路走，便是再也神仙不过的好日子了。

看民工

有一天，我无意间经过一个劳务市场，突然有人喊了一声："叔！"我很是诧异地回头看了看，见没有熟人，就继续往前走，后面又喊了一声："彦叔！"我听口音是家乡的，并呼出了我的名字，就急忙再回过头，见一个灰头土脸的小伙子，很是羞怯地走到了我面前。我并不认识他，他自我介绍说，是我们家族中的一个晚辈侄儿。我只与他的父辈有联系，而对他们这辈人，由于离家太久，户面又大，加之亲戚也稍有点远，就都不大清楚了。他说他在老家见过我，由于晚辈太多，我已没有了记忆。他说他是来西安打工的，人太多，活儿难找，虽然没有直接开口，我知道他是希望我帮帮忙。我实在没有这种关系，就在身上掏了一点钱，算是打发了。离开时，我感到了他眼中的失望与无助。过了几天，与一个朋友聊起此事，他说他可以给小伙找个临时活儿，我再去劳务市场，就再也没碰见那双期待的眼睛和那个瘦小的身影了。很长时间我都有些歉疚，怎么当时没有留个联系方式。但从那时起，我就深深地知道，民工群里，有我的亲戚。

由于母亲在县城住着，我每次回老家，只是看看母亲和城里的亲戚，乡下许多亲戚便疏远了。但也不断听到乡下亲戚生活的沉重与艰难，他们很多人都在外面打工，有一年，一个亲戚的孩子在山西挖煤，竟然把腰砸成了几截，煤老板十分憎恶地只给了一点小钱，就把人打发回来了。经过一年多的治疗，人虽然勉强站了起来，却是落下终身残疾，再不能负重。有一年春节我回去，看了看他凹凸不平的脊背和终生挺不起的胸膛，再看看年仅十九岁的鲜活脸庞，就不由得心房颤动，泪湿衣襟。他也曾在城市的劳务市场里四处找活儿，那双无助的大眼睛也曾到处发出希冀的目光，但最终选择了毫无保障的私人煤窑，而使生命质量惨遭毁灭性的打击，直至骨架变形，肌肉萎缩，扣胸驼背，青春不再。

民工是到城市寻找活计的，但他们更是城市的建设者，他们总是被与"脏乱差"联系在一起。当把这些地方修建得高楼林立、花坛簇拥时，时尚的人就进来了，门禁就严了，他们就再也进不来了。他们只能站在远远的地方，对新来的伙伴说，哪块大理石是他们贴的，哪丛鲜花是他们栽的，哪个防盗门是他们装的……但哪一种美丽的景色也不属于他们，把哪儿建设好了，他们便从哪儿离开了，因此，民工便永远不会成为城市的所谓表层风景。在一个特别注重外表的时代，他们自然会遇到各种十分不友好的眼光。更有甚者，克扣工资，施威施暴，甚至谩骂体罚他们，媒体多次曝光的老板逼迫打工仔、打工妹下跪求饶的"奴隶主对待奴隶"般的倒行逆施，不就发生在光天化日之下的现代文明都市吗？一些老板的丑陋，是与他们的经济利益相联系的，而普通市民对民工的轻慢，就完全是时风流弊的深度浸染了。一日，我在南郊的一个十字路口，发现一个协勤员用一根竹竿阻挡红灯亮后的车辆行进，一个民工骑一辆手闸不灵的自行车，车后绑着劳作工具和一块写了几个工种的招牌，一时刹不住闸撞动了横杆，那协勤员二话没说，上去照民工的瘦脸就是两拳，并用脚狠踢民工的大腿，企图将其连车子带人都放翻在地。我急忙上前制止，那人见我怒斥之声异常凶猛，才住了手脚。民工急忙加大脚力，离开了现场。就在他灰溜溜远去的一刹那，我突然感到，那瘦小的身影，特别像我那个再也没有见面的乡下亲戚。

在我居住的街道上，有许多没有按要求到正规劳务市场谋职的乡下民工，他们一大早便聚集起来，为一次又一次的机会形成一个又一个的追逐旋涡，有时到了正午时刻，仍有很多人在啃着干馍，苦巴巴地等待着突然降临的"馅饼"。有的人因得到了一份工作，而精神抖擞向同道告别远去；有的人终日"背运"，无人问津；有的人还因此跌入了"坑蒙拐骗"的人生"黑洞"。我没有什么工作要他们做，因此，每次路经此地，都不敢正视他们的眼睛，生怕使他们在瞬间产生希望，又在瞬间遭受失望的打击。我在送孩子上学时，都要远远地向那儿瞅几眼，孩子老问我看什么，我就对她说那里面可能有咱的乡下亲戚。我没有奢望孩子这一代人能对他们不曾相濡以沫的乡下亲戚有什么深度感情，但我总是希望，能在他们的眼睛中，多一份比冷冰冰的水泥路面、水泥墙壁要柔软而又有暖意的对待温润了他们父辈的乡下亲戚的目光。

看字画

也只有在盛世，字画才值了钱了。我们每天都能听到，谁谁字价又涨了；谁谁画价又升了；谁谁是胡吹呢，有价没市；谁谁真的红火，去家里排队都拿不到手。我不倒腾字画，却是个字画爱好者，鉴定不了字画的真假，不敢妄论笔法、线条、用墨、布局的高下，只在喜欢不喜欢、养眼不养眼的层次上瞎晃悠。有时见书画朋友面对一幅作品，立马能辨别出真假，就感到很神奇，更感到自己与书画的真正距离。但这一切都不影响我对字画的爱好，就像认不清真假名牌如鳄鱼、皮尔·卡丹、老人头，并不影响我穿衣服一样。打假是人家专门关心打假之人的事，虽然这种做法显得有点对社会不负责任，可我真的认不出来，还能装？

西安真是个好地方，虽然从上海回来，感到这儿太干燥，卫生也不怎么尽如人意，从北京回来，感到这儿有点小，楼房也没有人家气派，但住久了，对旮旯拐角熟悉了，就觉得这地方特别适合人居住，尤其是适合有点闲适感的人居住。上海那地方，容易让人产生经济压力，没钱，好像不大好玩；北京那地方，容易让人产生地位压力，没级别，好像活得也不大爽快；西安这地方就散淡多了，温饱解决了，大小有个能吃饭的差事，活得就滋润了。也许是几千年历史文明浸润的结果，面对碑林、雁塔、钟楼、古城墙这些沧桑遗迹，历史视野大了，看得透了，对眼前利益就会淡然一些。淡然有淡然的方式，人吃饱了穿暖了，总得有个精神寄托，古人有寄情山水的，有寄情诗词的，有寄情字画的。今天，寄情山水的，出去逛就是了，虽然不是过去那个意义上的寄情山水，但坐着飞机、轮船、火车、缆车，把名山大川遛一遍，也总还不失为一种雅兴；寄情诗词的，没有了过去那种你抄我诵的古朴环境，人也浮躁得不大想咀嚼其中的意味，产出和传播链有些断裂，也就成了越来越小众的个体把玩；唯有寄情字画者，突然找到了比任何时代都风靡的市场，家庭要挂，单位要挂，宾馆要挂，餐厅要挂，连歌厅、桑拿间、洗脚房也是要文化一下的，这玩意儿一下就红火得不得了。

谁也无法统计，西安地面到底有多少书画机构，有多少自封的或相互尊奉的主席、副主席，会长、副会长；更不知有多少人，平日都在写写画画，著名的已经著名，不著名的正在努力著名，尽管也有相差甚远者，喜欢把自己介绍为"著名书画家"，或出个简介之类的小册子，以此标榜，但这一不影响社会稳定，二不拖累经济指标，三不妨碍他人存活，即使是吹了点小牛，又有什么关系呢？经济界，有人注册几万或几十万元资金，对外就敢吹几千万甚至几个亿；书画界，尽管也有一幅字画只卖了三五百元，却要说成三五千元的，但与经济界的"浪漫"夸张相比，似乎还算是比较保守的，更何况，没有了这点自信心，笔墨就张扬不起来。因此，书画人吹吹不违法、不影响经济生活秩序的牛，是大可不必介意的。当然，如果太醉心银两，看谁的书画值钱就拼命模仿造假，那又另当别论了。

也许是这块土地出过太多书画大师，如颜真卿、柳公权、于右任、范宽、石鲁、赵望云等，因此树起了这块土地上人的书画自信心，加之碑林、诸多出土壁画和茂陵石刻等历史遗迹的耳濡目染，使人们手心都有点发痒，不仅寻常百姓爱挥毫泼墨，有的干脆拿一大桶，每早在城门洞子底下就"颜真卿""柳公权"起来。官员也喜提笔运腕，抒发豪情，连已与电脑接轨的作家们，也群起研墨铺纸，真、草、隶、篆，人物、山水、花、鸟、虫、鱼等等应有尽有，这种氛围，真是与作为文化古都的西安极其和谐、般配、融洽了。更有意思的是，一些书画家又打开电脑，写起散文、随笔来，连跑遍祖国大地的余秋雨，都觉得西安这种文学书画同流的景观，在九百六十万平方千米的土地上，是一种不多见的文化现象。

尽管这个庞大的书画群体中有许多人永远也不可能真正著名，但他们对这个城市的总体文化品位，都是有提升作用的。因为没有数量的聚集，就不可能有质量的飞升，这就像一个名将的诞生，永远伴随着成千上万个无名勇士的流血牺牲一样，仅凭几个人或几十个人，是玩不大也玩不火这种"游戏"的。

在中国古代社会，人们的分工都十分粗放，无论作家、书家、画家，似乎都是第二职业，连书圣王羲之，第一职业也是带兵打仗，尽管作家曾巩在《墨池记》里详细记述了他磨砺书艺的惊人毅力，但这种酷爱并没有使他放弃军事管理。颜真卿、柳公权、苏东坡也个个如此，不仅书法、绘画、文章精妙，而且第一职业也干得有声有色。今天社会分工越来越精细，书法家是书法家，画家是画家，作家是作家，官员是官员，技术上可能都会越来越精到，但从综合人文修养与性情练达上，可能就会出现一种技术至上的弊端。从这个意义上讲，专门从事书画者，永远只应该是少数人，他们需要从技术上引领突破，但绝大多数都应该在已有的职场中，把书画、写作作为一种爱好。这种多方位、多角度的融汇、打通，不是也并没有影响于右任、赵望云这样的书画大师的诞生吗？

我曾在一部戏中写过这么一句台词："在西安这地方，古城墙旁的公厕里，蹲了十个人，有九个是书法家，还有一个一查，是著名书法家。"尽管是剧中人的一个小幽默，但也是一种文化渴慕与期待。试想，如果有一天，护城河的污水排净了，一城人都在工作之余，拿着毛笔把清凌凌的护城河涮得跟王羲之的墨池一样墨浪滚滚、香气四溢，那这个古都，又该是怎样一番令世界仰慕的文化气象啊。

看手机

一九八五年，一个叫马丁·库帕的美国人，发明了摩托罗拉无绳电话，那是第一部人能便携的所谓"手机"。那一年，我在一个小县城工作，要给几十公里外的父亲所在的区公所打电话，是要到邮局排队的。单位有部城区内电话，因交不起座机费，里边经常发一种直音，再拍再打，均匀的电流声不变。其实早在一九八七年，也就是手机诞生两年之后，就有人把它引进到了中国，不过从"高端拥有"，到寻常百姓普及，先后却经历了十几个年头。

我是一九九六年用上手机的，当时拥有这玩意儿还是比较奢侈的，啥都办齐，万把块钱就没有了。那时我经常为电视剧和一些晚会写歌词，老有人说跟我无法联系，咬咬牙，兜里就揣上了。开始真有些不自在，一是觉得贵重，老害怕丢失；二是盼着有人往里打，不然就生些"锦衣夜行"的失落。偏偏有了这玩意儿以后，有时竟然几天没人联系我，急得我老害怕是手机出了毛病，过一阵儿就要拿起座机，自己往里拨打一次试试。

当一种奢侈品被人们寻常拥有时，它的许多炫目光泽便荡然无存了。记得手机进入市场之初，有人拿着一块黑砖样的东西，无论走到哪里，抽出长长的天线，就能"吃了没，喝了没"地"炫"谈起来，虽然有时信号不好，机主得像转轴一样，满地打转找最佳方位，但毕竟不是谁都能转得起的派头啊。就像过去时兴镶金牙，谁嘴里要是镶了一颗这玩意儿，见了人即使没有笑的契机，也是要把嘴唇咧开，让那黄澄澄的东西亮一下相的，那也是一种身份、地位甚至财富的象征嘛！如今，那种"富牙"和"黑砖"一道，都不见了，新的炫耀物又在不断产生，但无论什么样的炫耀物，随着时代发展，都会成为昨日的"富牙"和"黑砖"。不过话又说回来，"黑砖"也有"黑砖"的妙处，它不仅能通话，而且能防身，你想，那么沉甸甸的东西，无论拍谁一下，脑袋不糊涂一阵儿是不大可能的。后来手机体积越来越小了，不仅失去了防身的妙用，而且还容易丢失，加上拿手机炫耀的时代也一去不复返了，你在公共场所，尤其是电影院、剧场这些地方，再高声"吃了没，喝了没"，别人投来的就不是当初那种有些羡慕和嫉妒的眼光了，而是一种对一个人素质的叹息和公德缺失的鄙视。

手机的出现，不仅缩短了人与人之间的距离，使世界真正成了一个地球村，而且使办事效率加快、繁文缛节顿失，甚至使素不相识者的交流也成为一种可能。但副作用也是明显的。首先是，使这个世界变得躁动不安了。我们都渴望信息时代的到来，但繁杂的信息恰恰是导致人失去精神定力的最重要原因，尤其是手机信息的迅捷，已彻底改变了人的生活方式，它使一切躲避、隐逸、封闭、超脱都变为一种不可能。除非你扔掉它，否则，无论是彩铃还是振动，都不可能不调动你关注它的神情，因为在未知的信息里，可能有你的机会，有稍纵即逝的收获，有如果在第一时间不知晓就会产生遗憾的忠告，如果你担当着一定的社会职责，还有可能酿成重大损失。总之，一旦拥有它，便须臾不可或缺，也许就在你关掉它的一刹那，你就与某种机遇擦肩而过，甚至失去了挽回某种损失的宝贵时间。反正它已成为左右你生活的总开关，闸一拉，你就会有与世界切断一切联系的孤独无助感。记得多年前，呼机流行时，有人把它叫"拴狗链"，那真是再也恰当不过的形象比喻了。比呼机先进的手机，那更是已成为拥有者的生命遥控器了，你已完全不属于自己，而属于手机这个现代科技产品的俘虏、仆从、杂役和走狗了。

　　手机不仅使人浮躁，而且由于交往的便捷与私密，还开发了诸多感情副产品。电影《手机》中的那种精神赤裸感和生活残酷性，给大众的手机人生笼罩了十分沉郁的阴影。这是一部最不厚道的电影，它不仅破坏了人的基本信任感，津津乐道着对人隐私权的侵犯，而且使人的弹性生活突然变得针尖对麦芒起来。现代人本身就抑郁不堪的日子顷刻间被撕咬得恐怖异常了。这些感情副产品，是人的原罪之泄露，但又何尝不是手机的作恶多端呢？几千年传统礼教的各种限制，都是在精神与物体的双重隔离中得以实施的，而手机这个妖魔，使各种隔离带变得荡然无存，连恋爱也是不需要约会在花前月下来卿卿我我的，还有什么高招，能使人的情感世界在手机的操控下，再回到单纯、宁静与含蓄、内敛的轨道上去呢？

　　可能我们都已十分憎恶手机的存在，但谁也摆脱不了它的掌控，就像恋爱中的人，十分喜欢被对方操纵、摆布甚至虐待一样，我们不能不接听各种有内容和没内容的电话，不能不接受各种有意思还是没意思的信息，也不能不拨打各种有内容还是没内容的电话，更不能不回应各种有趣还是无趣的通知。总之，好像每天有许多时间都耗费在了手机通话和"拇指写作"上，一旦人机分离，就惶惶不可终日。又是一个星期六，我想试验一天没有手机的生活。办公室和家里都会有人找，一个朋友说，他那儿有一间空房，非常安静，特别适宜写作，我便去写这篇《看手机》。我终于把手机关了，可快到中午十二点时，总觉得有什么事在心里搅扰着，便打开手机，看有什么信息，嘣嘣嘣地别出一串来，上面全是："你在哪里？""你还活着吗？""有要事快回电！"我急忙把电话回过去，原来是几个书法朋友聚到一块儿，正在说我临的《圣教序》。书法是我唯一的业余爱好，谁说我书法有长进，比说我编剧有成绩更让我心旌摇荡。何况大家又是催又是骂的，我只好把文章结束了。尽管关于手机还有许多话要说，但听人表扬我书法是大事，无论如何，先把句号一缩，我得快去。

声音的魔性

人类第一次接触的声音，一般来讲，应该是母爱的低吟与呼唤。伴随着那种声音，我们睁开眼睛，张开听力，然后逐渐融入更庞杂的声音系统，而最终在这个声音系统中，才分辨出了大自然的天籁和人的言语、歌唱、演奏声的浑然一体与各不相同。试想在没有声音的世界里，人类将是一种怎样的寂寞存在！伟大的贝多芬，之所以能创造出如此辉煌的声响，恐怕正是一个天才在一个寂寞世界里狂想与苦苦挣扎的结果。

也许我们在唱人生第一支歌的时候，只感到一种心灵的愉悦，觉得那是比说话更能表达内心感情的一种快乐方式。随着人生阅历的增加，我们再唱歌时，可能就是泪流满面的情感流淌，那种人生的失语、苦闷、酸涩、不可名状，也唯有歌声，才能更完整、准确地体现和宣泄出来，而最终得到一种解脱和升华。因此，我感到任何一种文学艺术的表达方式，都没有音乐这个具有魔性的混响，更能给人带来一种心灵的真正填空与滋养，让人的感情和精神，在语言和画面所不能企及的高度和深度，生发出无与伦比的撞击与震撼力。当然，这一切都有一个前提，那就是面对这种声音的生命自身修养所达到的想象力，以及共同完成这种声音创造的感性、理性与人性深度的心灵力量。否则，再美妙、富有的音乐矿藏，也不过是一种有响动的声音而已，我们怎么能看到一头笨牛在听《欢乐颂》时，会产生一种情感激荡，而表现得四肢力搏、立卧不宁呢？

声音的魔性，从大自然的角度，常常让我们产生一种敬畏和渺小感，而一旦经过人类灵魂加工的有秩序的声音，就让我们欢乐、酸楚、悲愤、激动甚至落泪。古有"四面楚歌"的故事，歌声竟然毁灭了一支强大的军队乃至一个国家。据说西方有一位音乐家的作品，让听者几乎难以逃脱自杀的厄运，以致遭禁。因此，对于由人加工的秩序化了的声音的魔性，确实让人感到一种比自然之声更大的敬重与畏惧感，从而也产生一种更加逼近心灵的情感摇撼与亲和力。由于我们对有秩序的声音的情感需要，因此，对时下许多秩序化声音的排列组合，就产生了一种不满足感。处于如此激变的时代，竟然连《黄河大合唱》这样激动人心的作品都产生不出来，就让人心灵焦渴得不得不向西方经典音乐诉求了。难道是我们的创造力和心灵感应能力退化了吗？这真是一个难解之谜，但那些给时尚搔痒甚或谄媚之声的泛滥，恐怕也是阻碍音乐心灵之剑向人性深层穿刺的破絮与顽石。也许我们在媚俗中故意逃避了心灵经受磨砺的焦灼与痛苦，因此，我们也便失去了获得博大精深的声音秩序排列的密码和钥匙。总之，我们呼唤声音的精神，呼唤声音的崇高和它所向披靡的力量。

孤独的灯

这是一束非常讨厌的光，不分日夜地亮。白天只看见破旧的窗帘里有一个微弱的红团，夜里就亮得让人心焦。我纵然关了灯，房里仍是阴森森地白。冬天我还能拉上厚厚的金丝绒窗帘遮挡出一块静谧的黑暗来，到了夏夜，也就只好任其作践我的美梦了。

这束作践人的光，是从对面窗口射来的。那里住着我儿时的朋友——他。我与他比邻，我住南三楼七号，他住北三楼七号，窗口毫厘不差地对称，楼与楼之间仅几米之隔，更深夜静时，我常能听到他写字的沙沙声。更为有趣的是，我靠编戏领工资度日，他也在做着一个作家梦。开始有人说时我还不信，我想：他这个半文盲还能提起舞文弄墨的笔？怕是写写画画挑逗哪个轻薄女子的爱情吧？可有一天，他还真把厚厚一摞稿子从北楼抱进了我的房间，请求批评指导呢。这是一本叫《命运》的花鼓戏，他说是写他自己的。他九岁进剧团，满以为可以成为一名好演员，可命运偏偏把他一副金嗓子捉弄成了"公羊声"，扮演了十余年的"若干人"后，承包名单上没有了他的名字。他想改行，可这种近乎文盲的三年级文化程度又有谁要呢？他与"包袱""累赘""瘤子"连在了一起，他觉得心里有许多苦水，这些苦水便在泪水的掺和下，化成了洋洋洒洒数万言的戏剧。

我答应看看再说。第二天晚上，他便又轻轻叩响了我的门，进来后就问我看完没。我只翻过几页，被那连篇的错别字和前言不搭后语的句子整得头昏脑涨，哪里还有兴致看完呢。为了让他从作家梦中醒来，不至于耽误了他的人生，我假装给他看手相，非常真诚地告诫他说："爱好这可以，但不能当正经事弄。你最好先去找点挣钱的路，或是贩贩猪娃子、狗娃子、猫娃子什么的，不定还能弄个万元户当当呢。这行'愚人的事业'已经很不景气了，还是别作指望好，我也要洗手做生意去了。"也不知这些话他听没听进去，反正脸上毫无表情。在他要走时，我没有忘了批评那只该死的长明灯。

过了几天，我还真的见他在一个地方卸车卖劳力呢。不过，那只灯仍然彻夜亮着，好在他用一块黑布把窗户遮了个严严实实。

一年多过去了，那只灯一直在茫茫黑夜中神秘地闪烁着，虽然黑布吸去了几乎全部的光线，可那个微弱的红团却在我眼前一日亮似一日。有一天，我终于憋不住，登上北楼，叩开了书写着"愚人斋"的门。第一个映入眼帘的，便是那摞已改名为《我不相信命运》的花鼓戏书稿和厚厚一沓铅印退稿信。在桌旁一堆比他还高出半个头的废稿纸上，压着这样一个条幅——"我在耐心等待着第一千封退稿信的到来"。我被深深地感动了。我说："何必呢……"他咬咬嘴唇说："我不相信命运……"

我静静地坐了许久许久，非常不理解地端详着他和这间有些阴冷的斗室。我不知道这间"愚人斋"能否孕育出人世间的"大智星",可我相信,这间斗室的主人,绝不是在干一件毫无价值的蠢事。我也回房扭亮了那已被蛛网尘封的工作灯,除了继续编织人间的悲喜剧外,更是为了给那只寂寞孤独的灯做伴。

辑四

___

风景无言

___

商州无言

这是一个喧嚣的时代，人事纷杂，雾里看花，许多本真的东西反倒默默无语，而花花绿绿的气泡，却到处吹得明亮虚胖，大而无当。因此，面对商州的历史，我真是感到发言的人太少了，而亏了几千年的丰富律动。

据史载，早在尧舜时期，这里便是商国所在。秦设县。商州称州名始于北周宣政元年，也就是公元五百七十八年，此前二百多年的建制称上洛郡。历经北周、隋、唐、宋、金、元、明、清以及民国等九个历史朝代与时期的反复切割缝合，最终在二十一世纪初的撤地建市中，恢复历史沿革下来的商州称谓。商州是一个饱经沧桑的历史治州，同时也是中华文明的发祥地之一。它几起几落，时有时无，一时划归河南，一时划归湖北，一时又划归关中。由于偎依在秦岭这个特殊的地理环境中，因此，它兼有雄秦秀楚的诸多人文意蕴和内涵。加之"一山未了一山迎，百里都无半里平，宜是老禅遥指处，只堪图画不堪行"的特殊地貌构造，历来都被军事家所看好。李自成的部下就曾在此厉兵秣马、休养生息达十余年之久。解放战争时期，李先念、王震、贺龙等也曾率军途经此地，留下了至今仍可觅踪的足迹。政治上，商鞅之变法使秦国出现了政通人和的兴旺景象，而变法者最终遭谗言被车裂分尸，更是成为中华民族历史上永警后世的浓墨重彩的一笔。在经济上，商州曾是南北交通要道，水陆两路畅通。尤其是四溢的河水，曾经使航运事业十分发达，现存的丹凤县城西南隅丹江岸上的清代船帮会馆，就是自春秋战国时期以后航运事业兴盛的佐证。因此，南方的文明也随之裹挟而来，连民歌也都是四川与两湖之行腔特征，养蚕、缫丝、织锦等手工业劳作，据说也都曾出现过异常繁盛的局面。可惜如今生态失衡，大河成溪，小溪断流，舟船早已绝迹，留下的，只是四处可供今人"大力发展旅游事业"的现代"漂流"。红男绿女们坐在皮筏子上，随着波势，忽上忽下、忽高忽低地乱喊乱叫一通，那水便在历史的流变中，越来越演化成鸭嬉小溪般的风景了。

商州最值得骄傲的文化珍藏，恐怕要算现存于丹凤县商镇的"商山四皓"墓了。据载，四位秦朝时皓首银须的智者，为避秦始皇焚书坑儒之残暴，隐匿商山。后刘汉王朝统一天下，邀四皓出山。四位长者虽然也曾帮汉室建功立业，但终又摒弃高官厚禄，毅然归隐山林，颐养天年。他们的率真性情与人格风范，曾使途经商州，专程拜谒四皓墓的李白慨然长吟："白发四老人……万古仰遗则。"

而商州由于群山起伏、层峦叠嶂、林泉掩映、气候宜人，又使历代文人墨客足迹遍地，墨宝四溢。除李白外，白居易、贾岛、李商隐、杜牧、温庭筠、元稹、柳宗元、司马光，甚至郑板桥、谭嗣同等上百位历代文人雅士，都曾在此留下诗句与画幅，并在民间播撒下了千古佳话与绝唱。新时期以来，以贾平凹为代表的商洛作家群，多以商州为载体，摹写出了许多令世人动容的人间故事，抒发了许多以商州为载体的人间情怀，并进行着新的具有商州特色的文化精神建构。虽然力量仍然显得单薄一些，但它与商州的核桃、板栗、柿饼以及秀美山川一样，已越来越成为一种名品与独特风景。

商州是苍凉的，但商州也是热血奔涌的。随着西康铁路与西南铁路的建设，这里的人群已显得越来越躁动不安，那是一种骨节在伸展运动中的嘎巴作响和肌肉拉动。但商州给我的感觉总是那种默默无语的憨实姿态，不太爱对人讲"我爷怎样能干""我婆怎样能行""我家后沟埋过清朝进士""我家磨盘上坐过李自成"之类的昔日辉煌。商州人比较注重脚下的实际，但这也容易被外人勾勒成人生格局小、气象小之类的"南山猴"形象。总之，外面一片喧嚣，商州人只默默行动。那片蓝天无语，商州无言。

活在秦岭南北

人平时不太注意自己赖以生活的基础以及形态、式样，一旦注意，就会发现，与我们联系最紧密、最不可或缺的，恰恰是我们最不在意、最容易忽略的东西。比如秦岭，我从小就依偎在它的南麓，长大后，又跑到它的北麓找饭吃，但平日能引起注意的，可能是房子，是饭碗，是荣誉，是钞票，是人际关系，是周边许许多多说不清道不明的小环境，至于提供了氧气、挡住了风沙、调节了温度、供给了无尽生活资用的秦岭，反倒不在心中作数，并且还一点都不后怕。因为忽视了小环境，马上可能就面临着饭碗、荣誉、钞票遭磕碰、错位、缩水的困扰，忘记了秦岭的存在，却不会因此回家有石头挡道，登山有荆杖抽腚，正活着突遭氧气管道拉闸或限量、涨价直至停供的危险。这好像正应了老子的一些话，真正大的东西、有用的东西，在我们心中是无形的，似乎也是没有直接利益和利害冲突的，一旦有形、有状、有物，就小了、矮了、贱了。秦岭正是这种大而无形、无象的物质，因此，在我们的世俗生活演进中，它就退至恍惚、无形，甚至让我们已经感到"不知有之"了。

其实，秦岭一直就横亘在那里，以它为界，在南为南方，在北为北方。我家住在秦岭以南百余里的镇安县，因此，给朋友们介绍时总要说"我是南方人"，不过还要补充一句"陕西南方人"。据说我们那个地方的所谓土著，祖上来自两个方面军：一是湖广，多为大江发水时逆河逃难而来；一是秦岭以北，史载秦朝时，咸阳大兴土木，奴隶们被成群结队地驱赶上秦岭伐木，实在不堪重负的，就从这边跑到那边躲起来，另谋生路了。直到一二百年前，那儿还被称为"终南奥区"，也就是不为世人所了解的神秘地方。其实那里的文明遗迹，最早也能发掘到大秦帝国时期，只是一道天然屏障的阻隔，使关中对它知之甚少而已。

现在，高速路一通，我从西安出发，仅一小时零五分，就能抵达县城，有几次，我先用电话告诉母亲，说要吃焖土鸡，结果，车开到家门口时，母亲刚从菜市场拎着惊悚的鸡回来。据说在二十世纪五十年代初，镇安的县长到省城开会，骑一匹马，警卫员挎一杆枪，两人来回是要走半个月的。二十世纪九十年代初，我从秦岭南麓调到北麓，几乎每月都要往返一次，那时车少，天不亮就得到车站挤长途公交车，常常是头进去了，屁股还得外边人用头或膝盖往里顶，勉强搠进去，又常没座位。能看师傅的脸色，蹭在引擎盖上，诚惶诚恐地端半个屁股，就算是十分幸运的了。摇摇晃晃十几个小时，天黑时，两腿跟硬棍一样，扑通一声戳在西安的大地上，还暗自窃喜："今天真他娘的顺！"因为一遇雨雪天气，不定就撂在半山上，几天都下不来了。这一切，都因为"云横秦岭家何在"。如今，它十分慷慨地让人们从腹腔打出一个大洞来，南北由此切近，秦岭对于我去路与归途的遥远、高耸、阻隔感，以及"难于上青天"的无奈诗意，都荡然无存。它已实实在在成为我在老家镇安和西安之间，一道薄薄的凿开了门户的"隔壁墙"。

让我们难以想象的是，绵延数千里的秦岭皱褶中，分布着数十个县，这些文明的集散地，不知潜藏了多少故事人物，仅一个镇安，就牵出了贾岛、白居易等数十位历代知名诗人。在这儿一个叫云盖寺的地方，贾岛隐居三年，竟然留下了这样的千古名句："一山未了一山迎，百里都无半里平。宜是老禅遥指处，只堪图画不堪行。"这是对秦岭山脉最为形象生动的描述。离云盖寺不远，还有一个叫白侍郎洞的岩穴，是因白居易与贾岛等诗人来此唱和而得名。那实在是一个太不起眼的地方，二十世纪七十年代末，这个洞穴还因一对年轻人殉情而名动一时，后经公安部门查清，是一个家庭出身地主的十九岁男儿，"勾搭"上了"根正苗红"的大队支书的千金，婚姻自然受阻，二人双双入洞，用嘴咬响从"修大寨田"工地上偷来的雷管，血肉横飞，遂化蝶而去。如若白侍郎、贾岛和诸位诗人有灵，不知又会写出怎样再传千秋的名句。

想那时的文人，是如何的一种散淡从容情致，仨俩一伙，骑只瘦驴钻进秦岭山脉，一钻就是数月甚至几年，写些诗句，塞在布口袋里，见朋友念一念，遇见喜爱的，再用毛笔抄一抄，不上杂志，不求出版社，更不用传媒、网络忽悠，竟然就千古不朽了。现在信息爆炸，人人都自以为红得发紫了，稍多睡一会儿起来，却发现那紫色就变乌了甚至黑了，反正几天不自我搔首弄姿、抓耳挠腮一番，就黯淡了，就边缘了，就忧郁了，就愤青了，就活得不自在了，就心里堵得慌。如若能放下，学学贾岛之隐，不说在秦岭山中一闷三年，哪怕是三月，甚至三天，也许都是一剂清凉剂。可惜哪能呢？我们的魂灵已经被尘世的浮华、欲望、信息死死攫住，生命的脐带已经须臾不能中断与尘世躁动的连接了。

去年"五一"长假，手头接一"硬扎活儿"，实在无法动笔，就下决心准备进秦岭"隐居"一星期，本欲关了手机，谁知去的地方刚好无信号。开始还暗自窃喜，结果待了一下午，就心慌意乱得不行，很是有离群索居、与世隔绝甚至被人遗弃之感，就急忙跑到更高的地方找信号，竟然找到了。就在微弱信号冲进手机的瞬间，我甚至有一种终于"找到组织"的感动，嘀嘀嘀，几个信息急不可耐地别了进来：第一个是问要不要发票的，第二个是让速把钱打到他账号上的，第三个是问要不要窃听器的，甚至还有一个问要不要枪的。最可怕的是朋友连发的五个短信：一、"速回电，有急事！"二、"??????"三、"怎么回事，还不回电？"四、"真的有急事，速回！"五、"真的不回？再不回，再过一小时就不用回了。"几乎吓出人一身冷汗来。我急忙把电话打过去，朋友似乎很是着急地说："你赶快往回走，还隐居哩，西安的天都快要塌了。"我问什么事，他就是不说，反正让我赶快回。我开始也只当玩笑，结果越熬越觉得好像真有事，快傍晚时，山上一阵乌鸦叫，很是凄凉，我又突然感到一阵无法排解的孤寂，就把包一拎，驱车返回夜光如昼、繁华喧器的都市了。走进朋友画室才知道，他们先是约我吃合阳踅面，其实就是一种泡饼；后来又"挖坑"，三缺一，等我不来，又各方敦促。人早弥齐，我只好嘟嘟囔囔坐在一旁，配合人家娱乐了半夜，不过内心倒有一种饱受孤独折磨后的喜悦。由此我想，我们与能够隐居和游走在秦岭深山中的贾岛、白居易之间的生命定力及精神的距离，已不是一点，而是很长很长，几乎已有千年之久了。

我们总是时常讪笑昔日在终南山中的那些隐者，有些是真隐，没人用，就为民族文化制造一些"不动产"，再不出来了；有的干脆做了道士、和尚。多数隐者，总是三天两头从里边捎出话来，希望组织部门早点来考察，自己已熟透了，再不来就瓜熟蒂落了；实在等不来，也有主动扑出来，亲自吆喝"卖瓜"，直接请求安排的。总之，秦岭山中曾经隐者如织，佳话遍地，不一而足。古之隐士，虽多有待价而沽者，但隐也是真隐了，可笑的是今人，何谈隐，露都露不及，全裸了还怕引不起注意，还得通过各种手段，制造吸引眼球的轰动效应和怪叫声。无论形态还是精神质地，我们都与内涵十分丰富的秦岭历史在分庭抗礼、分道扬镳。现在的我们，基本只打秦岭物质的主意，拼命吮吸着它所产生的负离子，挖掘着它体内的重金属，索取着它身上的绿色植被，偷食或把玩着它悉心呵护养育的珍稀动物，而从生命全息形态把握和精神内存的使用上，正日趋短视、渺茫，渐行渐远。

人类对生态环境气候问题的关注，在大自然越来越强烈的警示中，正进入惊慌失措的议事日程。十分有趣的是，哥本哈根全球气候问题大会正吵得莫衷一是、不亦乐乎时，美国导演卡梅隆的影片《阿凡达》，恰好在全球"震撼上演"。我去看了一场，震撼倒是没咋震撼，感觉还真是有些感觉。故事讲地球上的人类终于把有限的资源发掘完了，濒临灭绝，却意外地发现了一个叫潘多拉的星球上有一种矿物质，可以用来实施拯救，就不顾一切地把现代化战争武器和巨型盗挖工具开拔上去，准备"掘宝"。先是进行政治思想工作，自作聪明的人类，把一个人的大脑与阿凡达人的大脑连接起来，企图通过"卧底""潜伏"之类的人类惯用伎俩，洗了纳美部落公主的脑，而引诱其族群就范。谁知派去

"灵魂附体"的人，竟然被那里的自然和谐所征服，"堕落"成了叛逆者。人类无奈，即对那里的生灵、植被进行疯狂屠戮和捣毁。结果，一切都处在原始自然生态的潘多拉星球上的动植物瞬间通灵，全面发动起来，与入侵之敌展开了不惜流尽最后一滴血的"保家卫国战"。最后自然是正义昭彰，邪恶败北。全片收官那句话说得特别好，大意是：让地球上那些不善良的人回到他们地球上去，善良的可以留下与我们一道生活。只见那些贪得无厌的家伙——被潘多拉星球人称作"战俘"的我们登上外星球进行科考、探险、弄资源的同类——灰头土脸，蔫不唧唧，傻眉搭眼，霜打了似的钻进飞船，滚回地球去了。

影片最美的是潘多拉星球上的风景，用美轮美奂形容，真是再也精准不过。现实中，无论如何也是不可能生成这般完美景观的，唯有人类的想象，才能使这种美臻于极致。据说这部影片曾在中国的张家界、黄山以及世界许多名胜采过外景，可想而知，是拼贴加工而成。我觉得十分遗憾的是，那里面没有秦岭山脉的华山的身影。倒不是希望华山借《阿凡达》扬名，而是这样一部全球都十分看好的电影，没能更加奇妙地展示人类所向往的生存美景，是《阿凡达》不可弥补的缺憾。华山的鬼斧神工、奇险诡谲，华山的生命力度、精神质地，在我所涉足和阅览过的山川图画中，是最具神秘力量的一个。华山我可以年年攀登，并乐此不疲，而其他山脉，登一次足矣。要妙是，华山总给我力量感，给我以脊梁挺拔感，每登临一次，都能平添一些丈夫气概，虽然至今也还没能成为顶天立地的大丈夫，但有华山在，家人和我，就都感到了自己成才的希望在。人们称华山为父亲山，真是再也贴切不过的称呼。华山是秦岭的魂，是秦岭的胆。

秦岭，美在巍峨苍劲，美在雄浑质朴，美在生态原初，美在包罗万象，更美在人文遗存丰厚、内蕴深邃广博。这里曾经漫山书香飘动，这里曾经遍地诗句迸发，这里至今和尚、道士相携游走，这里千古依然孔庙堂堂，香火袅袅。从战乱中，辞了国家图书馆馆长位子，骑一头青牛，带着紫气由东向西而来的老子，是在走进秦岭山脉后，才留下《五千言》，然后继续沿秦岭北麓向西，去深入基层，考察调研，而不知所终的。我觉得秦岭能有今天的生态环境，当与老子的文化浸润不无关系。老子由于饱经了战国时期各位霸主的各种"有为"，而见生灵涂炭，便给当下社会开出了"无为"的良方。对于企图成就霸业的诸位"圣人"来讲，谁又愿意听这个老家伙的絮絮叨叨呢？一气之下，他就从河南老家离开，彻底走向民间，去验证自己的"无为而无不为"去了。

老子对社会上的胡乱作为有一个最形象的比喻，说："天地之间，其犹橐龠乎？"就是我们俗称的"拉风箱"——社会本来好好的，结果一些人总想作为，总想把事整大、煽圆，就把风箱拉得呼啦啦一阵乱响，结果就不稳定了，就动乱了，就民不聊生了。在今天的世界经济争夺战中，大家又何尝不是在抢着拉风箱呢？只听满世界将风箱拉得山响，今天把石油从陆地、海底、山间抽了出来，明天又把稀有金属从岩石中炸了出来，后天再把东河的水赶到西河，再后天又把北面的山移到南面……总之，风箱拉个不住，热气腾腾中天在摇，地在动，钱在旋，人在转。有人说，地震与人类老在地底下抽气、抽油有关，好像是有些缺乏地质构造常识，但又试想，地底下本来憋得鼓鼓囊囊的，突然气放了，油喷了，大风都起于青蘋之末，蝴蝶的舞动都可能带来千里之外的飓风效应，更何况是大地的头颅、腹腔遭无数次挨刀，曝了光，走了气，放了血？无论是否有科学依据，我都相信这个说法有一定的合理性。如若我们都能学点老子，哪怕把风箱拉得慢一点、缓一点、轻一点，也总比全人类都吊在风箱杆子上，把世界拉得飞沙走石、风雷激荡、昏天黑地，还嫌科技运用不足、管理潜能发挥不够、经济增长速度不够快要强些吧。秦岭与老子走得近些，早早就吃了"偏碗饭"，先前不乱拉风箱，而今拉得慢，所以秦岭反倒是有些"无为而无不为"的意思了。它永远是华夏南北分界线，永远是长江黄河分水岭，它还是中国最大的动植物基因库，更是儒释道相互包容、文明史陈陈相因、历史精英层出不穷、文化巨匠纷至沓来的人文胜地。

老子在他的《道德经》中，一直在寻找一种叫"道"的东西，用八十一章，铺排了五千多个字，还是没能说明白，用他自己的话说就是：能说明白的就不是"道"了。老子所说的"道"，是治国，是治军，是治人，是了解天体宇宙，是释疑人生百态万方，当然不好说明白、说透了，能说明白就简单了，也就用不着人们用两千五百多年的时间长度，来揣摩他的"道可道，非常道"了。我们是小人物，我们的问题，是老子《五千言》中所捎带着要解决的那些小人物的小问题，所以，这个"道"反倒好找些。我突然觉得，秦岭不就是我的"道"吗？"道生一，一生二，二生三，三生万物"，吃的喝的穿的住的，都由秦岭而生，精神营养又取之不尽、用之不竭。秦岭不张扬，不趋时，不争宠，不浮躁；秦岭能高能低，能伸能屈，能贵能贱，能刚能柔；秦岭耐得寂寞，忍得寒霜，木讷处厚，高瀑善下。它不是我的"道"又是什么呢？

能活在秦岭的南边和北面真好。

读太湖

可能是北方太缺水的缘故，到了南方，我总是急切地要找有水的地方——进了上海，先奔外滩；到了杭州，先游西湖；去南京、武汉，先上长江大桥；到了无锡，自然是先睹太湖了。

是一首叫《太湖美》的歌使我对太湖心向往之的。去年去苏州就有游太湖之意，但时间安排太紧，只匆匆逛了几个园林，见了些汤汤汪汪的小湖，便急急登上大运河的夜行舟去了钱塘江畔。今年适逢第六届中国艺术节在江苏举行，我们又被安排在常州演出，距太湖仅四十分钟的路程，因而演出一结束，便与朋友们一道，身心轻松地去了太湖。

要说太湖，过去我是见过的，那是几年前从南京到杭州路途上的匆匆一瞥。记忆中它是一种真正的无边无际的浩渺。我总说有机会应该坐上船在太湖上浪浪，这个机会终于在几年后到来了。我们是从无锡的"三国城"和"水浒城"接近太湖的，两部巨片的拍摄遗迹使太湖平添了一道古气的风景，热闹是热闹了，却不大对我的胃口，那种无处不假的造真，使太湖和谐自然的一角镶上了虚浮肿胀的边子，有违天赐地造的原意。好在这截是圈起来的，不愿掏钱的人尽可以不去领略这种泥树木戈的戏耍。

出了两座"古城"，到了鼋头渚，应该说进入了比较天然的湖光山色中。我们乘上一条游船，直逼湖上一个隐约能见的岛屿，那水便把我们孤立得如同大海上的一片浮萍了。据说鼋头渚是太湖最美的风景，那小岛自然是这片景色的画龙点睛之笔。尽管上面亭台楼榭，雕梁画栋，但毕竟都是些似曾相识之物，转一圈便感到索然无味了。唯有湖——那无边无际的荡漾碧波，使人魂灵飞动，遐思万千。如果西安能有这样一汪活水，那将是怎样一个鲜亮的城市呀，只可惜曾经碧波万顷的曲江，连干涸的遗迹都已尘埃落定，绕城的八水也日渐成为远去的神话，照这样下去，又一个罗布泊将复现在这块盛唐土地上的说法，恐怕也并非梦幻般的呓语和危言耸听。

面对太湖，北方人产生的更多情绪可能是嫉妒，轻松的游湖，很可能变为一种失落的沉重。在那些竭泽而渔的大开发中，并没有复原或构建几个新湖泊的宏阔设想，恐怕在人与自然越来越不和谐的生存摩擦中，北方人最终也只能抛却千尺厚土，背井离乡，让曾经水草肥美、城池俨然的地方，最终沦为考古学家捉摸不透的又一片楼兰古国。

读太湖使我失望，这是北方人的失望，甚至无望，因为除了开矿、抽石油，我们还没有看到几个关于在北方重蓄一湖清水的像样构想。我再也不会唱《太湖美》这首歌了，因为它不能给我这个北方佬带来任何生命的愉悦和希望。

呵，太湖……

真风景

连风景前边都要冠以"真"字，这是我们的无奈。因为我们亲历的假景太多，有时出门几日，几乎处处陷"景"（阱），常常是舍了钱财，打了血泡，歪了脚跟，还觅不到一星半点胜迹，故近几年出差，当别人早出晚归地访景问胜时，我一般都蜷缩在宾馆的破电视前"审片子"。任你煽呼得天花乱坠、清水点灯，我这个瘪钱包，是任谁用老虎钳子都难以夹开链扣的。

当然，有一种景观我还是要看的，那就是真山真川真流真潭。尤其是辽阔的江河、无际的湖泊，那种浩浩荡荡的气度，常常让人产生形而下和形而上的双重感叹，我想只有这种动情动心的走读，才是接地摩天的真游览。

作为饮长江水系长大的人，对黄河常怀神秘感。我记得十几年前第一次亲睹黄河时，车还行在渭北旱塬上，人便先站了起来，一眼看见古铜色的河床，心中顿生苍凉和敬畏感。苍凉的是，泱泱大河，怎么只有如此浅薄的一点细水了；敬畏的是，茫茫古道，竟是那般辽远宏阔，想潮汛涌涨时，该是怎样一种铺天盖地的恣肆雄浑哪！

那是一次有组织的深入生活采风，主要是参观东雷抽黄工程。当车顺着黄土塬与河床的切面蜿蜒至河底时，一道顶天立地的壮美景观几乎震撼了所有的人，由于黄土切面突兀高耸，站在河底看塬上，天便是一床覆盖黄土的锦被。那一排排井然有序的硕大的导水管，既像云梯，又像一根根刺向云端的擎天柱，虽然顺坡面斜倚着，但那种承天接地的力量感，却并没有因为立姿的倾斜而减弱丝毫。黄河便是通过它们的心脏，泵到天上去的，最高扬程竟达三百余米。由此提升上去的滚滚波涛，不仅泽及旱塬一百余万亩板结的土地，而且还成为近二十万人畜的生命"龙泉"，想那造化，又是怎样一方硕大的碑记所难以尽述的功德呀！

十几年后，当我再次来到这个地方时，亘古河道没有变，引黄形态没有变，变了的，是塬上千尺厚土的作物品类和环绕人工造化所形成的巨大自然生态游览区。引黄工程，真正成了能够开发、再生的人文景观。这不仅使我想到了西湖的白堤，更想到了巴蜀的都江堰，它们都是人类改造自然的重大遗存，今天似乎已很难辨识人工斧斫抑或天然造化的痕迹，但有一个本质的共同点，那就是它们不仅能够愉悦人们的精神世界，同时仍在以其自身的巨大能量，提升着人们的物质生活，这便是这些景观青春永驻的生命秘籍。而今天遍地开发的各种"奇观"，不是从文学名著中生吞活剥一些故事进行看图识字，就是在神怪演义中杂交一些传说进行红涂绿抹，更有甚者，干脆指鹿为马，硬说某山是一尊卧佛，某石乃一方坐僧，总之，五花八门，异想天开，言者昭昭，听者昏昏。这些急于发旅游财的奇思妙构，不说文化积存，单说眼下掏人腰包的手段，也显得过于幼稚笨拙，更遑论持续发展了。

我以为，围绕着东雷抽黄工程进行旅游开发，是一道越开越发的大菜。在已有十二平方千米的"黄河魂"自然生态游览区内，既有人工造化，又有历史凝结，更有密集的森林、荡漾的芦苇、漂浮的舟排、纷繁的鸟语，加之比邻黄河洽川湿地风景区的优势，我相信这块蛋糕会越做越大的。

黄河是不需要刻意打扮的，无论断流季节还是奔腾时日，都有各自的内涵和韵律，游客自会品读出个中意蕴；抽黄工程是不需要作秀美化的，那种超越自然的努力提升，自会震撼游客的心灵，擢拔游客的精神；至于森林和花鸟，更应唯自然是美，似乎都没有太多必要再去考证周文王是在哪儿爱上了太姒，韩信是在哪儿渡过了大军。我觉得一片风景，越是能够单纯地集中在对一个主题的开掘上，才会越有个性与魅力。"黄河魂"自然生态游览区应在三个关键词上下功夫：一是"魂"，二是"自然生态"，三是"东雷抽黄精神"。唯其如此，这片风景才会越概括越大，越凝练越真。

过柞水

因为家在秦岭更深处，因而，一年总要路过几次柞水县。当你走出漫天黄尘的关中大地，进入终南山的沣峪沟时，第一感觉便是空气湿润清新了。山绿，水绿，连人也想张开嘴多说几句话。特别是炎炎夏日，当城里的洋灰楼、洋灰板晒得脚沾不得、手摸不得、屁股挨不得的时候，你再从城里逃出来，一头钻进山里，就像铁匠把一块烧得通红的铁板塞进了水桶，只刺溜一声，温度就降下来了。

柞水在秦岭的南边，如果没有到过长江的人，翻过秦岭，随便在哪条小溪里掬一捧清泉咽下，就算是饮过长江水了，因为这泉，是长江的毛细血管。再往前穿行一段青的山绿的水，就到了被誉为"西北第一奇洞"的柞水溶洞。已经十几年了，这儿的红男绿女，出洞入洞，逛得很是自在。我却因从小在山里长大，见过许多山的大窟窿小眼睛，便对这一切没有了兴致。直到近几年在城里混饭吃，看多了假山、假泉和历经人工裁剪的花草树木，才又突然眷恋起了真真切切的自然山水。

在一个闷热难耐的日子，我们一帮由山地突围出来的文化闲人，又喊喊叫叫地回去了。之所以要亲近柞水，不仅因为这里的人均森林积蓄高于世界平均水平，素有天然森林公园之称，更重要的是，这儿的山水几乎涵盖了山区所有奇异、俊秀、恣肆、诡谲的表征。

我们喝着啤酒，穿行在如此赏心悦目的森林王国中，有人就喊叫憋不住要排泄诗句了。结果，喷一些顺口溜出来，终觉得是缺了概括自然的大气。不像当年遭流放的贾岛，骑一头瘦驴，走了三天两后响，弄得驴瘸人跛的，勉强爬上一座山梁，却又见一堵奇峰迎面扑来，才颓坐低吟："一山未了一山迎，百里都无半里平。宜是老禅遥指处，只堪图画不堪行。"想如今弟兄们都坐着一日千里的现代化小轿车，仅凭窗户里观得的一点浅红嫩绿，就想吟诵出具有生命震颤感的绝唱，那又怎么可能呢？

外面下起小雨了，车窗玻璃逐渐恍惚，只有如泼的浓绿在满世界淫浸。我们顺着一条哗哗作响的小河，一直由北向南斜仄。当水声由哗啦啦变作轰隆隆时，我摇醒了身旁的沉睡者说："都跌到瓮里了还睡。"他揉揉惺忪睡眼不知咋回事。我说这就是著名的风景胜地石瓮子，一个只需架两挺机枪，就能要了瓮中千千万万将士性命的"口袋阵"。他观了观朦胧山势说："这里有佛在呢，佛法无边，谁敢动刀枪？谁动谁就会耳聋眼瞎，瘸脚跛腿。"问他此话怎讲，他言："感觉。"

既然有佛，那就去拜佛爷洞。这是庞大的溶洞群中开发较早的一个。百十余级台阶顺着公路呈"之"字形向上曲折，当眼前豁然出现一个崖石的半边厅堂时，洞就张开了锦囊绣口。从口入，仅三两步，就有一个能容上千人拜佛的大殿。据说，去年这里还办过舞会，终因面对我佛，凡夫俗女有些畏首畏尾，而使红尘未能在此长久滚滚。其实佛是姿态万千的钟乳。在洞中"三层楼"式的升腾结构中，几乎无处不有佛在。大概是过于庄严、肃穆的缘故，有人喊了声："那佛像一头憨猪。"顿时，所有被佛法震慑得双膝发软、腿肚子转筋的人，统统都放开了芒刺一样的思维。很快，一切佛便都幻化成了似是非是的鸟兽，连万古凝结的"佛堂幔帐"，也成了"无戏幕不拉"的演艺场。三个坐卧念经的"和尚"，更成了现代闲人眼中"三缺一（麻将场）"的寂寞等待。佛似乎并未立即让这群桀骜不驯者口眼歪斜、手脚抽筋，反倒从凡胎无法洞见的地方送来了徐徐轻风，看来我佛也并非想象中的那样见不得人说三道四。

从佛洞出来，入天洞、地洞、风洞，洞洞构造迥异，钟乳仪态万方：或玉宇琼阁，细腰飞天；或阴曹地府，阎罗判官；或曲径回廊，茅棚石庵；或花鸟虫鱼，塔笋柱签。走在阴阳两界，行在人妖之间，追溯着成百万年的溶蚀、刻塑、沉积、淀结，遐想着大千世界的人、情、物、事，便突然觉得洞外关于住房、职称、工资、级别、物价的烦恼，是何等微不足道。据导游小姐讲，石瓮附近，群山皆空，等待开发的神奇洞穴尚有百余。倘若他日有幸尽游，不定真会堕入迷雾，而愿坐石化佛化仙，甚至化鬼化妖化猪，却再懒得朝洞外走人了呢。

出得洞来，细雨初霁。一瓮的苍翠，引来百鸟唱和声声。粼粼碧波，是在瓮底一溜白色鹅卵石上摇头摆尾。大家心绪陡然疏朗辽阔，纷纷指点着瓮中比比皆是的美妙处，天花乱坠地设想着给自己也弄一个"闲人斋"之类的书屋。有的甚至奢望在百年之后，能将尸骨运来瓮中，占去弹丸之角，好与佳山佳水同在。却听人说，瓮中的每寸土地，都已千筹万划，度假村、避暑山庄即将拔地而起。到那时，鱼贯入瓮者，想必多是挥金如土者流。如我辈清贫之士恐怕只能在这样的大美境界中，嫉妒那逍遥在枝头的鸦雀窝了。

旅游部门听说有舞文弄墨者，便在洞前摆下案几与文房四宝。果然有人握管挥就了上好的诗句，赢得观者阵阵赞叹。当一位大作家写下"今作陕南人，来世洞前柞"时，地方名士抱愧道："只有等千山烟囱如林，机声隆隆，厂房座座，车水马龙时，方不亏了你这棵'洞前柞'。"我笑着说："果真那样，他可能就不来了。""却是为何？"我言："那还是柞水吗？"

走读贵州

———————

　　一个地方的驰名，常常依赖于某些风景名胜或有影响力的人物，若剥离了这些东西，我们似乎把许多事情就讲不清楚了。比如贵州，若不说遵义、黄果树瀑布、茅台镇，一切便都显得有些苍茫。一旦提起这些地方，即使未去，也会有些模糊的印象。在二〇〇〇年的最后一个月，《迟开的玫瑰》应邀访问贵州演出，我随团踏上了这片似乎既熟悉但又确实异常陌生的土地。

　　我们下榻在一个名叫黄果树的高层宾馆，这个名字便让我们感到了置身风景区的诗意。加之周边许多小店布满了苗族和布依族的手工艺品，就更是让我们感到了融入异族风情的新鲜、夸张与浪漫。唯有面对那一座座壁立千仞的大楼和清一色的洋灰板大道时，才能感到现代化生活对世界几乎是千篇一律的侵蚀与席卷。作为省会城市的贵阳，整个是被一座环形山圈起来的，站在黄果树大酒店的十六层，便能依稀看到城边山上郁郁葱葱的树木和那条驮着贵阳市的标志性古建筑甲秀楼的南明河。也许是因为丛林的环抱、溪水的缠绕和浓雾的铺盖，而使街边擦皮鞋的摊主，清闲萎蔫得永远都不能理解北方同行们那种精神抖擞的状态和终日忙乱不堪的繁荣景象。

我们的演出地是一个名叫北京路的影剧院，当夜幕降临，穿着不同服饰，讲着不同口音，怀揣不同心情走进剧场的各色人等，面对相同的伦理亲情，发出相同的赞叹，流出相同的热泪时，我们就体味到了中华大家庭这个词组的内涵。在这个拥有十一个世居少数民族和大量外地移民的省份，一场带有浓郁秦地文化色彩的地方戏演出，能以百余次掌声如浪似涛地逐向高潮，确实使我们感到了文化沟通人类情感的魅力与分量。当交流演出一场比一场成功时，我们的游兴也便随着与日俱增。东道主更是为我们做了极其周密的游览安排，第一站便是我们仰慕已久的历史名城遵义。

遵义是以一个会议闻名于世的。当我们乘车一步步钻进崇山峻岭时，便能想见当初交通不发达时的偏僻与闭塞。遵义会议会址，是这个已经完全现代化了的城市中的一个古朴的小二层楼，面积大概还没有我们现在一个普通乡镇的办公楼大。那间决定了一个政党生死存亡的会议室，挤挤巴巴置放着十几张座椅，甚至让微胖的人连身子都很难挤来转去，但它并没有影响这个集体将实践证明确实有智慧有才能的毛泽东推举出来，使身陷绝境的中国工农红军绝处逢生。面对这座朴实无华的小楼，我们不仅感受到了一次"江山策划会"的博大余脉，同时也感受到了一种不虚张声势、少铺排、绝浮华、讲实际、出成效的优良会风。我想遵义会议除了重大的历史价值与作用外，确实还可以成为今天许多花架子会议摆脱奢华、注重实效的风标。

出了遵义城继续往北，还有娄山关、茅台镇、赤水河等风景名胜，可惜我们晚上还要返回贵阳演出，只好抱憾作罢。可是那一个个响彻云天的名字和由此勾连起来的历史人物故事，却使我们一路回味，遐想无穷。虽然未进茅台镇，未涉赤水河，但由这些地方的独特物质酿成的国酒茅台，却使我们真真切切地吮吸到了它们的精华，我甚至在一次又一次品味中产生怀疑：过去喝的茅台可能没有一滴是真的。

在我们顺利完成了五场交流演出任务后，得以抽出一整天时间，前往距贵阳一百三十七公里的中国第一大瀑布黄果树瀑布参观游览。一路因喀斯特地貌形成的诡奇莫测的百里山石景观，确实使我们几乎连眼睛都舍不得眨一下。天地造化的鬼斧神工，是任何一位奇思妙想的艺术家都难以比肩的。加之几处苗村侗寨依山傍水的绮丽点缀，更是使这种天然风光具有了仙山狐媚的神妖之气。

最早知道黄果树瀑布，是从一种香烟盒上。后来看电视连续剧《西游记》，每集片尾师徒四人都要"跋山涉水走天涯"，而到"涉水"时，便见四人挑担牵马地从黄果树瀑布顶端走过，水流湍急，人欢马跳，很是美妙壮观。当我们驱车来到山脚下时，远远便听到了七十多米高的瀑布砸响犀牛潭的沉闷轰隆声。再往前行，悬崖与潭中激溅起来的水珠便似春雨细雾一般，酥软地抚吻着每位造访者，连视线都变得朦胧起来。路湿了，漫山遍野的乔木灌木也都挂上了晶莹。闪闪烁烁间，那八十多米宽的瀑布便似宽银幕一样，不时洞现在树丛的缝隙中，形成了一处又一处你挤我拥的景点。无论美的丑的，都会把自己融进大自然的奇妙景观中，留下一丝挣脱凡俗的亢奋与喜悦。待到近前，那如练的晶体似凝似飞，那轰鸣的声震似乐似鼓，那通天接地的壁挂气势和放荡不羁的率真性情，更是使人在震撼得敛声闭气之余，顷刻间顿悟出许多大气而又浑璞的天地人生之道。想必有真性情的诗人，在此是会得意忘形地唱着说、颠倒着走的。

据导游介绍说，几年前，曾有一个国际组织在此借天工造化之银幕，播放过一次故事片。想那是何等壮丽而又生动的场面，可惜我等无福亲临受看，难以想象出那种自然与现代科技的绝配，是怎样一种互动的画面与和谐的天籁。当我们的双脚还不曾挪动几步时，一个半小时的观光时间已悄然消逝。所有美好的事物都是在这种不知不觉中成为过眼烟云的，唯有心灵才使那些震撼了自己的东西化作永恒。

贵州之行，使我对神奇的大自然产生了无与伦比的敬畏感。那无处不有的奇山异石、灵性水流、幽冥峡谷、碧绿平湖，无不让人感到生存空间的鲜活与清新，而我们游览的仅仅是这个天然博物馆中的几个场景。想作为诗人的毛泽东，当初来回折腾于如此奇谲的山水林石之间，怎不生发出豪气冲天的壮丽诗篇呢？

火车在奔突中驶离了贵州，望着那山、那水、那人、那屋舍，我在想，西部这片美丽的土地，能在大开发中既挣脱贫困又远离工业烟囱的缠绕吗？一群惊诧的飞鸟，似乎是从南国飞来，贵州是它们最后的栖息地吗？

向西安致敬

我是二十六岁调进西安这个城市的，至今已有二十八年。一个生活了二十八年的城市，当我即将告别她的时候，还真是有些百感交集。适逢西安话剧院要我创作一部反映西安变化的话剧，我几番推托，最终是因为想说说这个城市，才答应下来。但要把自己内心对这个城市的感知，用两个多小时的舞台演出长度表现出来，也委实是一件难事。可既然应承了，便不好不兑现。

故事是从 1978 年开始的，为补充我所不在场的那些生活，话剧院专门找了些老西安人，与我进行了座谈，并且留下电话，又跟踪采访了一些人。我自己也走街串巷，去打听了一些不曾经历的东西。从 1990 年我正式调入这个城市，便对大面子上与皱褶里的生活，有个大致的印象了。

我写了西安一个家庭四十年的生活演进。尽管有许多想法还摆不进来，许多东西只是一带而过，但总体对这个城市的生活精神印象，还是有了一点雪泥鸿爪的浅辙。

西安人性硬，尤其是老西安，走的城门洞，端的大老碗，吃的羊肉泡，喝的西凤酒，唱的老秦腔，亲切问候谁都是硬的：

"你个怂来了！"他们不太注重繁文缛节，可许多骨子里的东西，也是梆硬的，水滴石穿也改变不了。尤其走在老西安的皱褶之中，这种感觉更为明显。儿孙可能已经不是他们所希望要长成的那个模样了，但他们依然在按他们的老模子捆饬着、刻着、骂着、喊着。其实他们的骂声中，的确是有一种正大的气象和力量所在，但已不大可能"挽狂澜于既倒"了。

在西安新的城区，已经找不到老西安的模样了，见到的都是与全国任何一个城市完全没有二致的人情物理。有的地方甚至更像欧洲某个城市的一角，唱的是《卡门》，跳的是伦巴，吃的是比萨，喝的是威士忌。老西安走到这里，都有点找不着北，直骂："怂都疯了！"

而我要写的，是一个老西安的故事。老西安有很多特色玩意儿，比如羊肉泡、肉夹馍，都很驰名。在回民坊上，稀奇古怪的好吃好喝更是数不胜数。有时我甚至觉得，一个城市可能是要"车裂"了，新的拼命在新，旧的拼命在旧。新的恨不得把法国塞纳河两岸的时尚店名，全都置换到自己的门头牌匾上；旧的唯恐不旧，把汉唐遗存剪裁过来，还嫌不古，还要上溯、考据、穷究周秦遗风。我们是在"五马分尸"的城市多棱镜像中生活着。

至于我，更多的还是喜欢去旧的摊子上，吃羊肉泡，啃肉夹馍，咥裤带面。我不喜欢去大铺子，最爱挤进民间公认的窄小门面里排队领碗，站在人后等人家咥完起身，立即把半个屁股坐上去，掰馍剥蒜，拿着牌子候煮。偶尔甚至还能看到墙壁上的瓢虫和蜘蛛网，但吃进嘴里的那味儿，绝对是老西安独一无二的。我常跟三两个朋友走街串巷去当吃货，闲来也爱打听哪家小吃赢人，一旦信息确凿，便会吹响"集结号"，将几个贪嘴的聚齐，去试咥，还美其名曰"初审"。边吃边品，边品边评，自是别有一番吃的趣味。自掏腰包，无涉公款，不关说情办事的负担，也便多了吃的快感。

吃来吃去，有一种叫葫芦头泡馍的吃法，最是上心。这种吃法，在今天重养生、讲骨感美的时代，是多有争议的。所谓葫芦头，就是猪肠子，属下水，高脂肪，颇为"高端"吃家所不齿。但葫芦头上接盛唐气象，与药王孙思邈又百般勾连，竟然演变成了一道千年药膳，说是最为养生，最为进补，最为保健，也就在西安有点大行其道了。除了春发生等名店外，背巷里居然无所不在。每每外地来客，也都嚷着要吃葫芦头。漂亮女士更是一马当先，馍里加份肠子，还要外带梆梆肉，也就是烟熏肠，吃得香汗直冒，还说下次还来。

我话剧里的主人公，就是一个卖了四十年葫芦头的倔巴老汉。这看似是一个门面并不金碧辉煌的小店，却裹挟进了四十年的社会进程。无论自己儿孙的生命演进，还是进这个店里来吃葫芦头的五行八作，都会把自己的生命精神形态带进来，让我们在一滴水中，努力去看滴水之外的且走且行，甚或波澜壮阔。

四十年的长度，是可以见到一种叫命运的东西了。我们的命运，常常就掌握在我们自己手中，而在行进中却浑然不觉。只有到了一个节点上，我们才发现：哦，命运原来如此！但掌握的时机可能已经永远错过了。事物变是永恒的，但总有不变的东西，那个不变的东西一旦被我们攫住，就会成就一种愈久才见光芒的品性；也会让所有的变，都显得有了规矩与秩序。变，一旦被欲望的战车所绑架，它的量变常常是会使战车找不着北的。

扯得远了，其实就是在说一个叫秦存根的人，开了四十年葫芦头泡馍馆的事。他养了一大堆儿孙，开始养得可可怜怜，最后又养得麻麻缠缠的。店是大了，房是宽了，日子是好了，秦存根却活得有些焦头烂额了。

活得焦虑不安，已是这个时代大众的普遍症候。

文学艺术创作是应该努力让生活说话，而不是作者自己站出来说——让柴米油盐酱醋茶说，让日子说，让年轮说。作者只不过是用一个箩筐，尽量把它们原汁原样地装进去而已。当然，不能没有装法，装不好，里面是盛不了多少东西的。因为要急于告别这个城市，总是想把对这个城市的印象多说几句，可戏剧的时空又在百般限制，便不得不做些压缩饼干了。但愿这些饼干，还保持着生活的原酵素。

借此向养育了我二十八年的西安致敬！

上善若水

　　老子言：上善若水。我想意思大概是说，最大的善行，犹如水一般随物赋形、润泽无声。依据科学的说法，一个成年人的体内含水量大约是百分之六十五，而地球面积的百分之七十一，也是被海洋占领着。因此，水对人类的生存作用，是须臾不可或缺的。

　　当然水也有恶名在外，譬如洪水猛兽、浊水污泥、恶浪滔天等等，可以说人类在充分享用它恩泽的同时，也饱受其肆虐的痛苦。为了战胜这个恶魔，几千年的文明史中，关于治水的神话与史实俯拾即是，大禹为治水"三过家门而不入"的故事和西门豹治邺的生动传说，都为我们留下了宝贵的精神遗产。尤其是李冰父子在两千二百多年前创造的都江堰工程，更是至今都福利着千万百姓，堪称人类历史上一劳永逸的治水绝唱。

　　我曾先后两次到过都江堰，第一次是去青城山路过，本以为一个水利工程，没有什么看头，谁知一看就不想走，因为两千多年的风雨蚀剥，已使一个人工建构变成自然存在，一切开凿痕迹都被悄然风化，加之由此生成的文化积累，几乎无处不景，无景不富含咀嚼力。因此匆匆过往，便有一种踏入宝山而两手空归的感觉。这次公干成都，得空一人前往，慢慢走，细细品，确实咂出了一些景中之景、物外之物的意味。

从技术层面讲，都江堰工程至今仍让国内国际的水利专家啧啧称奇。我们是行外人，无法从科学的角度进行论述，但却能从世俗的层面进行感知。我总觉得这是一个最不事张扬的工程，看不到雄伟的堤岸，见不着高耸的大坝，匍匐在脚下的是"逢正抽心"的"鱼嘴"分水工程和溢洪排石的飞沙堰、人字堤。就连取名为"宝瓶口"的岷江改道出口，也在树木葱茏中隐蔽得紧急窄小，确实让人无法想象它浇灌蜀地千万亩良田的"供血"能耐。面对这种与自然融为一体的和谐改造，我甚至感到如果没有了庙宇、游人和各种碑记、标示，一切便是一种原初的物象。尤其令人感慨的是，世界上与它同时或先后开创的诸多引水工程，悉数成为"史书记载"和断渠残堤，与其相距仅十数年的郑国渠，今天甚至在许多地方连残槽遗迹都难以寻见，可见都江堰是怎样一种真正的不朽基业和人间奇迹呀！

都江堰工程得以千古不朽，还有一个重要原因，是历朝历代一些心中装着百姓的官员的悉心呵护维修，如果都是一颗龌龊的心灵，只给咱自己建功立业，不给他李冰涂脂抹粉，那么还不知都江堰已成什么堰，在此还将留下几多劳民伤财的"烂尾工程"呢。因此，建立一个良性的吏治循环机制，确实是实现"造福千秋万代"口号的关键词。人民心中是有一杆公平的大秤的，连在维护都江堰工程中犯过错误的蒙古族官员吉当普，都仍被塑像，列入堰功人物系列，可见老百姓是不以成败论英雄的，他们看的是一个人的心地和处事动机。

　　一项工程的成败优劣，常常能从民间故事和民歌民谣中洞见一些本质性的东西。都江堰的修筑，想必也是要费尽千辛万苦，耗尽人力财力的，单就还未发明炸药，仍要豁开玉垒山、洞见"宝瓶口"让岷江改道这一点，不知有多少人流淌鲜血，甚至牺牲生命。然而，翻遍都江堰的典籍传说，找不到一星半点毁誉的文字。而伟大的长城建筑，便出现了"孟姜女哭倒长城"这样惊天地、泣鬼神的悲愤传说。尽管长城在历史上的安邦定国意义不可妄自菲薄，但对老百姓造成的生命重荷，以及由长城维护安全下的封建皇权统治者对人民的欺侮压榨，确实使长城成了一个非常复杂的存在物。如此映衬下的都江堰，却是一个清澈见底的透明体。难怪同是两项伟大工程的缔造者，秦始皇至今毁誉参半，功过难评，而李冰却被老百姓奉为庙堂之神，香火延绵千年不绝了。它们的本质区别，就在于谁能给老百姓带来最直接的利益，其中固然有政治家与老百姓在宏观与微观上的视角差别，但从根本上讲，一切功业只有建立在老百姓能忍受的度上，并为他们带来生命的润泽，才是经得起历史评说的德政善行。

　　我曾到过长城的起点山海关和终点嘉峪关，也上过北京的八达岭，登过陕西的镇北台，作为一个游人，除了跟着游人一道气喘吁吁外，最大的感慨是：把我们的祖先给扎咧！雄是雄哉，伟是伟哉，却留下了太多的人道遗恨。而两游都江堰，心态总是呈现一种悠然的平和感，也许是与水有极大的关系。漫步在低矮的堰堤上，不喘，不累，不焦，不渴，观有清流，扶有绿枝，倚有石砌，卧有草滩，很是舒心惬意。难怪联合国世界文化遗产评估专家要说，都江堰是"人与自然和谐统一的突出范例"了。

　　在渠首工程的臂弯上，依山斜筑着一座二王庙，这是最早用来纪念蜀王的"望帝祠"，在一千五百多年前改为专祀李冰的崇德庙，后定名二王庙，由李冰父子共同享受供奉和香火。连帝王都请走了，供着一个相当于现在省长一级的官员，这是人民对为他们创造了幸福的人的最深刻纪念。我们的祖先有一个传统，那就是把一切智慧、善良、勇敢、忠义的人杰，都要神化成千万尊通灵雕像，安排在一些地理要冲或风景优美的地方，从而让他们永远关照着我们的世俗生活。这是一种无奈，更是一种精神传承与教化，它无疑是有积极意义的。当然有时也弄得有些莫名其妙，譬如把关公也封成帝王，沐一顶皇冠，穿一身龙袍，让一个忠勇的英雄别别扭扭地坐到皇帝位子上才算心甘，确实也有些说不出的怪味。但对李冰父子的祭祀，却让人感到一种神化后的亲和与自然。据四川《灌县乡土志》载："每岁插秧毕，蜀人奉香烛祀李冰，络绎不绝。"这是一种最大的信任情怀。然而后来这种信任被官方利用了，每岁春秋盛典时节，宰羔羊五万头，以致方圆几十里血腥刺鼻，真是变了大味了。想李冰那等善行若水的父母之官，是会在庙中坐立不安的。好在元代以后这种排场便废止了。

时间推移到二十世纪五十年代，才从炮火硝烟中走出来不久的毛泽东视察都江堰，他在二王庙后的公路上拿着望远镜看渠首工程时，问过地方官员这样一句话："都江堰每年岁修，给不给民工钱哪？"这句话深深震撼着我的心灵，我以为这是都江堰工程自完成以来，所有游历者创作的最得修堰要领和最具深刻思想的一句话，它是李冰治水精神的真正发展和延伸。任何伟大的工程、不朽的基业，如果不能建立在对当下人的生存权利和人的劳动价值的确保上，仅用理想的光辉进行遥远的昭示，那是会留下诸多历史遗憾的。尤其是那些"面子工程"，仅为一些钻营者修筑加官晋爵的攀升阶梯，而使民间叫苦不迭，那就更是应该从李冰和持续维护都江堰两千多年的诸多功臣的人格中，寻找修复自己灵魂的间架龙骨了。

　　人间造化，上善若水。

辑五

生命的呐喊

韧性的婉约

其实秦腔也不尽是阳刚激昂、粗犷豪放，婉约起来那也是缠绵悱恻，鸣啭如莺的，它的旦角艺术就表现出了这种轻快活泼、变幻多端的阴柔之姿。不过总体韧性十足，酷似制动皮带上的钢丝牵筋和牛腿肌腱上的白色韧带，任你如何婉转多变，那根筋是离不了大谱、断不了茬口的，一旦离了谱、断了茬，唱出来就不是秦腔了。那么秦腔的牵筋与韧带到底是什么？我以为就是那种对大悲大苦的生存境遇的痛陈与宣泄。尽管秦腔也不乏喜剧、闹剧，但主流仍是正剧、悲剧，让观众感到透彻心脾的总是那些苦情戏，即使人逢喜事、年关节庆，也没有多少人爱看"耍胡子"戏（轻松闹剧），哪怕把他逗得笑出眼泪，乐得满地打滚，离了场子仍要把头摇得拨浪鼓一般，觉得没有过足戏瘾；可哪曲戏若能让他美美哭一鼻子，甚至回家几天后想起来还能抽搐几下，那他就会如嚼甘甜，经年抿而不化。这就是秦腔皮实、韧性、硬扎的生成缘由，即使坤性表达，也始终坚持着韧性的质地，谁要把握不住这个特色，谁就有了保不住饭碗的危机。

我第一次看秦腔《铡美案》，实在觉得有些吃力，先不说那撕裂肺腑的腔调，单说剧情的重复啰唆，就够让人觉得泼烦了，我甚至跟朋友开玩笑说，秦香莲最终被陈世美抛弃，与她见人就爱唠叨自己老公的不是有关。用今天的编剧法来看，这个"打本子"的老先生简直就是缠了裹脚布的"王大娘"，逢场合即解开来原模原样地再缠一遍，苦情是苦情，可一旦跟祥林嫂似的，见人便说"我真傻……"，看官就会觉得是她的神经出了问题。后来由于工作原因，把这曲戏看得多了，且老与乡间观众坐在一起，就越看越有了味道，那些重复多余部分，恰恰是观众最叫好的段落，由此，我们也不得不重新审视传统戏曲的诸多天成法则。得以千古流传的老戏，始终是以能最大限度引流观众情感为故事推动机制的，只要能动情，连合理性也是要"大胆忽略"的，更何况其他今天看来是太缺技术性的巧妙手段。其实，看似不巧的编织正好藏着大巧，试想，任何戏只要能死死缠绕住看官最敏感的那根神经，又何愁他的两个巴掌不下意识地朝一块儿集结呢？

其实《铡美案》的故事并不复杂，秦香莲反复诉讼的一段唱词就基本说明了来龙去脉："秦香莲跪轿前心惊胆战，包相爷坐上边细听民言。提起我家乡路遥远，湖广郡州有家园。我公父名叫陈洪范，我婆婆康氏是大贤。所生一子陈世美，送他南学把书观。大比之年王开选，一家人送他去求官。天不幸本郡三年旱，饿死了黎民有万千。草堂上饿死了他双父母，无有棺材好可怜。无奈了我把青丝剪，拿在了大街换铜钱。买来了芦席当棺板，才把二老送坟园。乡党六亲把我劝，劝我上京找夫男。跋山涉水苦受遍，沿门乞讨到此间。我到宫院把他见，他拳打脚踢赶外边。无处立身古庙站，他又差韩琦杀家眷。那韩琦不忍把我斩，又送银两作盘缠。哄我母子出庙院，他执刀自刎古庙前。把钢刀银两交当面，望相爷与民伸屈冤。"再后边就是包相爷不畏权势，用龙头铡切了陈世美的脑袋。就这样一曲善恶昭彰的戏，也不知演红了多少代名伶，愉悦了多少代观众，反正直到今天仍是所有剧团的看家戏，谁若唱不了包公与秦香莲还想出门"写戏"（走市场），除非不怕人笑掉大牙，甚或踢塌了摊子。

平心而论，这曲戏的文学水平实在不敢恭维，尤其是唱词，更是写得不好详细推敲，但那种通俗易懂和约定俗成，已不敢有任何人修订只言片语，因为成千上万的观众在看这曲戏时有可能是闭着眼睛只听不观的，妇女们可以尽情地纳着鞋底，甚至择着芝麻、绿豆，男人们则滋润地吧嗒着旱烟，那长长的烟锅轻轻在膝盖上磕击着节奏，只有在哪一个习惯了的字没有唱对时才会把眼睛睁开来向台上剜一下，看是哪路神仙有这么大的胆子，竟然连戏都没学会就敢出道唬人。我想这才是真正的戏曲观众，真正的秦腔内行。经久不衰的大秦之腔，正是因为有了这样一群人的生命投入，才显示出永无止境的生命路向。

在不断推进民主进程的今天，我们也常常听到对清官戏的批评，甚至有人叹惜秦香莲不必死死咬住陈世美不放，何不自强不息，重新塑起一个自我来，有的甚至把这归结为一种新观念。我想，在面对千千万万没有能力重新站立起来的"秦香莲"面前，如果包老爷说出这样一段台词："香莲哪，相爷我叹你不幸，怒你不争。你当挺起腰杆，回到郡州一带，饲果子狸，养荷兰鼠，兴蚕务果，抓蟹喂鳖，发展经济，人格独立，何须与陈世美死缠硬磨？你们文化差异如此之大，即使相爷我强行让你们旧梦重续，迟早还是稀泥糊不上硬墙，何不就此打住，唤醒自我，昂首走进新天地呢？你就带着两个小孩去吧，相爷坚信你会有活出自己的那一天！"此时台下的观众若不圆瞪两眼，拿起石头砖块砸扁包相爷的大黑头才怪呢。我们在指斥清官戏和叹惜秦香莲时，忽视了一个最基本的现实问题，那就是身负重债又拖儿带女的秦香莲怎么才能走向富裕自强之路的问题，也正是当初鲁迅先生所思考的娜拉出走以后的问题。秦香莲把一生的成本都压在了陈世美的仕进之途和父母孩子身上，当她苦心经营的果实鸡飞蛋打，且差点招致杀身之祸时，又怎能忍气吞声，装聋作哑，再去重搭锅灶，另立生活？从这曲戏里我们恰恰看到了现代意识，那就是诉诸法律、揭露真相、索要成本、惩办恶人。当然，"天理昭彰""善恶分明"这些词一出来，似乎就与"现代意识"有些不搭界了，在一些人的所谓现代意识中，善恶是不能分清的，一分清就传统，一界定就陈旧，模模糊糊、朦朦胧胧、混混沌沌、糊糊涂涂，甚至连自己都搞不明白的时候立马就现代了。这玩意儿放到最广大的戏曲观众那里，实在是无法玩出才情和思想来的。你整得再高明、再西方、再现代，我就是不买账，你只能干瞪两眼，这也正是当今诸多"精品"出产之日即死亡之时的根本原因。听说某地出了一本戏叫《陈世美喊冤》，据考，陈世美这家伙还真是有点冤情，当初他考上状元，同行者希望得到照顾，谁知这家伙跟老包一样铁面无私，弄得几个老乡心里很是有些不快，便一路写戏作践陈公，直至酿成千古奇冤。我想即便真是这样，这个文字案也不大好翻，哪怕你把戏写得再有趣再煽情再里格儿楞，我都怀疑这曲戏的传播可能，就像上海某位艺术家因人权思考把秦桧捏弄得站了起来一样，不管缘由对否，你要拿棍在庞大受众群的精神心理积淀层乱搅，咋都会落个没事找抽的结局的。

生命的呐喊

　　秦香莲的形象塑造，在秦腔的旦角艺术中占有很重要的位置，这不仅因为她的唱、念、做功需要很高的技巧，更因为成千上万的观众对她有太高的期待，过之则显泼恶，欠之则显柔弱，唯有不瘟不火，韧性中透出婉约，刚毅中强化内敛，豪放中平添阴柔，方能让观者同情、爱怜、愤慨，继而得到美的愉悦与享受。我以为秦腔旦角最能代表秦腔精神的是正旦秦香莲的形象，她受尽屈辱，却饱怀抗争，既心存怀柔，又满腔悲愤，一个秦腔女演员如果扮相周正，身架端庄，嗓音宽厚，即值得在此角上倾注一生之气血。因为我们的社会不会越来越少秦香莲的同情者，因而，众生的精神钙质中就不能不补充秦香莲式的斗争精神。但愿包文拯同志（从除暴安良角度可以结成的统一战线）也能永葆青春，豪气长存。

生命的呐喊

截至目前我还没有发现哪一门艺术能如此酣畅淋漓地表达一个人的生命激情，如此热血涌顶地呼喊一个人的生命渴望，如此深入腠理地宣泄一个人的生命悲苦——它就是秦腔。无论你喜欢不喜欢，待见不待见，珍视不珍视，它都以固有的方式存在着，不因振兴的口号呼得山响而振兴，不因"黄昏"的论调弹得地动而"黄昏"，也不因时尚的猛料生汆桑拿烹熘蒸煮而时尚，总之是我行我素，处变不惊，全然一副"铜豌豆"做派。

秦腔到底生成于什么年代，至今尚无大家都接受的论断。有人在《诗经》里就找到了"秦腔"二字，当然那个秦腔明显不是今天所说的这个"以歌舞演故事"的秦腔；有人说秦腔原创于秦代，这话初听似有道理，可时至今日也无太多史料可供佐证；还有人说秦腔糅成于西汉百戏涌流长安时期，但研究资料缺乏相互支持，尤其是无成形唱本传世，似乎也不足为取。倒是秦腔成于盛唐之说，不仅有正史野史考据，而且有唐人评李龟年唱《秦王破阵曲》"调入正宫，音协黄钟，宽音大嗓，直起直落"的说辞，这种演唱特点和方法，也正是秦腔至今都在传承效法的正宗腔调，因此可以说李龟年的"秦王腔"，当是有史可考的早期秦腔。

秦腔至明朝已是比较成熟的形态，不仅盛行于陕甘一带，而且随着明末李自成农民起义军的四处征战而流播八方。据载，起义军领袖们个个都是秦腔爱好者，有的甚至是高级票友，而李自成出身乐户，唱秦腔更是够得上专业水平，因此连军乐都采用的是秦腔曲调。有如此多的说了话就能算数的大领导关心爱护，加之大规模的战争席卷，自然使秦腔得到了前所未有的推进与发展。到了清朝中叶，秦腔更是登上了中国戏曲的霸主地位，在有名的"花雅之争"中，甚至"打败"（引用典籍语）昆曲、京腔，成为一个时代的戏曲最强音。所谓"花雅之争"就是民间与正统之较量，以秦腔为代表的地方戏曲自是花部，而以昆曲为代表的上流戏曲则是雅部。花即旁出、非主流、野路子、下里巴人之意，而雅则是正出、高档、中规中矩、温文尔雅之资质。今天看来，"花雅之争"其实是民间力量对少数士大夫阶层所固守的"小众文化"的一种潮汐与遮蔽，胜败之说似乎有点过于意气用事。所谓秦腔"打败"昆曲之时，正是洪昇写出《长生殿》和孔尚任写出《桃花扇》的传奇创作巅峰时期，因其思想性与艺术性都达到了太高的境地，随之形成了文人雅士更进一步的雕琢之风，终使昆曲成为"花瓶"，而被广大受众所抛弃。以秦腔为代表的花部戏曲，则带着与生俱来的生命率性与忠孝节义的恒定思维，使观众重新找到了心理适应，它的"杂乐共作秦声尊"的一时显赫当是事物律动的必然。不过这种"香饽饽"时期很快就被代表着士大夫阶层的清政府所搞臭，他们视异常率性本真的秦腔为粗俗、不洁，不仅弄权，而且动武，先是不许秦腔在京城内演出，只让在京郊流窜，后来干脆将其完全赶出京师，并明令严加禁止演出与传播，秦腔艺人被卖身为奴，其子孙三代不得应试。时有陕西华县一个秦腔"大腕"因中举而头颅被"咔嚓"，诸多"粉丝"为其鸣不平悉数遭"严打"……

时间进入公元二十世纪八十年代，秦地有一个叫贾平凹的人写了一篇名叫《秦腔》的散文，异常真实地记录了秦腔在秦地的生命不息，繁衍不止，那种对秦腔生命力的通透阐释与肌理把握，要叫我说代表着这个人散文的最高成就，我甚至预言：秦腔不灭，《秦腔》不忘。后来这个人又意犹未尽地写了一部同名长篇小说，那方面的成就是另一帮人的另一个话题，但仅抽出对秦腔这个生命机体的密码破译来讲，我更喜欢散文《秦腔》的生命概括与直截了当。秦腔并没有因为清政府的"咔嚓"而"咔嚓"，现在不仅"八百里秦川尘土飞扬，三千万儿女高唱秦腔"，就连甘肃、宁夏、青海、新疆、西藏等地都弥漫着豪气冲天的大秦之音，相反，倒是清政府极力推崇的昆曲至今仍须特别加以保护才能维系一脉香烟，个中情因实在不是三言两语所能道明。

现在让人不由得不冒后怕之虚汗的是，当初秦腔要是被乾隆爷爱上，千恩万宠弄进宫去，先把那些"毛糙"的东西打磨掉，再精雕细刻一番，镶上几颗"金牙"，敷上一层脂粉，洒上一些洋人的香水，让男人像鼻子被捏住了一样做女人腔，最终把秦腔搞成"牙雕""鼻烟壶"之类的仅供少数人把玩的"精品"也未可知。看来民间的东西走向象牙塔真不是什么好事，秦腔能有今天的红火热闹，清政府绝对是帮了大忙的，要不是他们飞起脚来把秦腔从京城踢出去，让秦腔远离贵族气、精巧气、鸟笼子气，秦腔还真不会有今天的"三千万儿女高唱"呢。

秦腔最重要的品质就是具有生命的活性与率性，高亢激越处，从不注重外在的矫饰，只完整着生命呐喊的状态。我曾经对一位想了解秦腔的外国记者讲，秦腔酷似美国的西部摇滚，喊起来完全是忘我的情态。那位记者在看演出时，见"黑头"出来一唱他就乐了，直说太像摇滚，只是节奏有些缓慢而已，很快，"黑头"又唱起了"滚白"，节奏之快犹如铁锅崩豆，愤怒之态毫不亚于现代人的愤世嫉俗，他终于对我的"摇滚说"完全信服了。二十世纪末风靡都市的国人摇滚，从某种程度上讲，有点接近秦腔对生命阐释的感觉，但远远只是皮毛，那种呐喊带着太多私人化和情绪化的东西，而缺乏生命的深度，喊一喊就过去了，可秦腔对命运、人性的深层呐喊仍在不惊不乍地继续。我们有时会想当然地把"老戏"归结为宣扬封建传统那一套，那是实在不了解"戏"之"老"，"老戏"对弱者的同情抚慰，对黑暗官场的指斥批判，对善良的奔走呼号，对邪恶的鞭笞棒喝，从来就不曾下过软蛋，且立场之民间更是货真价实，而非伪饰矫情。因而，我对鲁迅先生之于"旧戏"的有关指责，向来都是怀着不敬的，老先生可能看戏不多又喜欢发议论，失之偏颇也就在所难免了。

秦腔是不容置疑的民族最古老戏曲剧种，给个中国戏曲"名誉太祖爷"的名分大概不会引起什么纠纷。在沧桑的世事流变中，多少"嫩花香草"婆娑舞动一番便烟消云散，有史记载的三百六十余个剧种而今尚有几多安在哉？可"太祖爷"却始终没有因年事已高而变得声息渐远，相反倒是随着时间推移愈来愈精神矍铄、老当益壮。据不完全统计，仅西北五省（区）就有各类秦腔剧团数千家，甘肃甘谷县人口有五十六万，业余秦腔剧团倒有六十五摊，而遍布在这些省区大中城市的秦腔茶园，更是擂台叠加，风起云涌，你方唱罢我方唱，无利熙来也攘往。至于在都市旮旯、校园一隅、乡村背街、田间地头抖动着的秦腔神经，那就更是如繁星眨动，数不胜数。在以弄钱为生命本质要义的今天，尚有这么多人爱着这么"土头土脑"的"赔钱货"，且摇头晃脑，闭目击节，"不知有汉，无论魏晋"，真的已经让外人觉得很是不可思议了。

　　我以为秦腔让西北人百揉千搓而不弃的根本原因是它的阳刚气质对人的血性补充的绝对需要，就如同生命对钙、铁、锌、钾、锰、镁等常量、微量元素的不可或缺。若以乾坤而论，秦腔当属乾性，有阳刚之气，饱含冲决之力，而这种力量也正是民族所需之恒常精神。秦腔似大风出关，秦腔如长空裂帛，为了一种混沌气象，它甚至死死坚守着"粗糙"之姿，且千年不变，以便有别于过于阴柔的坤性细腻。精致的时断时续、时有时无，"粗糙"的反倒血脉偾张、寿比南山，这便是生命的本质机密。相对于今日一切都追求"上品""精品""极品"之奢靡，秦腔同样也面临着死亡的绞索，因为我们也正在自觉或不自觉地向精致邀宠献媚。我们很难抵御"好日子""真高兴"之类的甜腻坤声诱惑，不羁之乾腔因缺麻酥酥的蹭痒感而被时尚所唾弃，但一切时尚都是过眼烟云，唯有笨拙的古朴守望才是真正的生命"常道"。无论怎么活着，我们都需要阳刚，需要大气，需要甚至是带着"毛边"的勃发与冲决，那么最好的办法就是先吼几声秦腔。

深厚的根植

秦腔有一曲戏叫《三娘教子》，又名《王春娥》，也叫《双官诰》，故事取材于李渔的《无声戏》等小说。其实很多剧种都演过这戏，京剧大师梅兰芳、尚小云、张君秋都曾以不同流派表现过"教子"的茹苦含辛。而秦腔演过此剧的名家更是不胜枚举，可谓群星灿烂，流派纷呈。故事说的是明代有一个叫薛广的儒商，娶了三个老婆，因家大业大，不得不长年奔走于江河湖海，追求营销利润和剩余价值。看来老薛的经济思想、管理手段和运势手气都不错，有一次让信得过的同乡捎回了五百两白银，这在今天折合人民币也是一笔不小的数目。谁知这位老乡早已沾染上见钱眼开、不讲诚信且心狠手辣的毛病，竟然暗中把老薛"做了"，并空置一棺于荒郊旷野，言说老薛已暴死他乡，便一口吞下了巨金。本来爱情基础就不咋牢靠的一妻一妾，很快卷起铺盖各奔了前程。留下小妾王氏和老仆薛保，带着大妾刘氏改嫁时因不能"拖泥带水"所遗下的儿子倚哥，以织布为生，艰难度日。谁知倚哥年幼无知，在学堂被同窗讥为无娘之子，回家便不认养母三娘，饱含委屈的三娘立断机杼，以示与养子之决绝。后经老仆耐心细致的思想工作，三娘终于笃诚教子，倚哥也发奋读书。若干年后，故事落入"老戏"窠臼：倚哥高中状元，并且还给养母挣了顶"诰命"的红帽子。这时，"死而复生"的老薛，不知怎么突然也回来了，而且还摇身一变，混了个级别相当不低的"高干"身份，捎带着也给春娥弄了身"诰命"的霞帔，由此苦命的三娘以"双官诰"的社会地位，步入五彩名利场，进入温柔富贵乡。

这个戏的套路实在没有什么新意，结局更是怎么批评都不无道理，据说本戏早已无人演出，原因是新的婚姻法实行一夫一妻制，一个人再能行，也只能公开娶一个老婆，老薛这家伙公然就整了三房，再演出这样的剧目，社会效果不大精神文明。其实我看这不是主要原因，民间有些剧团也未必都能"红灯停，绿灯行"，而真正的原因还是观众对精粗的无情取舍，与其吃烂杏一筐，不如尝鲜桃一口。《三娘教子》一折就是这本戏的"鲜桃"所在。很多传统戏在流传过程中，整个"身架"都不见了，常常留下的只是"一只胳膊"或"一条腿"，反倒更见全剧之精神，这使人不由得想起那个被无情地"砍掉"了两个膀子的维纳斯。艺术的创造和传世工程，常常与精致和故意相背离，你越是想完美，反而个性全无、黯然失色，你越是想传世，反而出世即朽、精工殆废，倒是那些带着天然缺憾和不经意之作，人们却"明知故犯"地倍加珍视着，传统折子戏的传世法则就充分证明了这一点。

当然，秦腔《三娘教子》之所以能被世代传唱，根本还是它的思想内涵在起作用。民族戏曲始终有一个宗旨，那就是"高台教化"。民间把各种娱乐活动的功能其实是分得很清的，要社火那就是耍，不要求你有啥"意思"，而一旦唱戏，"没啥意思"就成了"糊弄人呢"，因此对于戏曲的过分娱乐化追求是行不通的。传统经典剧目的形成过程，就是一个对受众有多少"教化作用"的筛选过程，更确切地说是一种艺术、思想、宗教、哲学的沉淀过程，还没有哪一曲久演不衰的剧目是纯娱乐化的"耍戏子"作品。娱乐仅仅是艺术的一种外在手段，并且是多种手段中的一种，艺术的本质是对人类进行严肃而深入胼理的思考，因此，我们必须对那些推崇"观众进剧场就是来找乐"的纯娱乐化论调予以高度警惕，那其实是为钱而急红了眼的"杀鸡取卵"法，它恰恰是导致戏曲更加低俗的砒霜、敌敌畏、"三步倒"。

《三娘教子》说的是养母的艰辛，并由这种艰辛唤起养子做人的良知和信念，从而使他步入良性成长的轨道。在秦腔的上千个戏本中，劝善和劝学的作品占有很大比重，那种潜移默化的作用之于广袤的西北大地，甚至比所有政治、宗教、教育都更具有深刻性和普遍性——起码在新中国成立以前这是不争的事实。农村人的历史、地理、文化甚至包括伦理、道德、价值观，有许多是从"高台教化"中获取的。秦腔有一折戏名叫《打柴劝弟》，本戏也已不传。它是以兄长打柴养家，劝顽皮的弟弟发奋读书为故事线索演绎而成的，尽管只有短短的三十几分钟，但却演红了许多梨园名伶，与其说是演员的作用，不如说是市场的渴求，是因为广阔市场需要这种劝学的教化，才有了一折编织并不怎么精良的小戏的名著化、经典化。我甚至觉得"老戏"的劝学比今天的各种"劝学"更具有"道"和做人的认识价值。我们今天劝人学习似乎更多是在"器"上做文章，"道"的成分越来越微乎其微，如果说过去的劝学是培养了一代代的所谓"封建人格"，那么今天培养了一大批只重"技"和利益攫取的"经济人格"就文明、先进、现代了吗？有时许多事物的变化仅仅是用华丽真理遮蔽朴素真理的一个过程，剥开来看，其核心往往是最朴素的东西最具有耐久力和实用性。

在韩剧"肆虐""侵略""扫荡"中国大地的时候，我也利用一次患重感冒的机会，打着抗生素，戴着有色眼镜，审视了一回百集长剧《大长今》。开始我完全是用怀疑、挑剔和批判的眼光在里面找毛病，这也是职业病之一种。找着找着，可能是感冒期间身体抵抗力差的原因，竟然给一头"栽"了进去，有一天甚至被迷惑长达十八个小时拔不出来。后来我就成了《大长今》的义务宣传员和李英爱的"粉丝"，这在一个过了不惑之年的大男人来讲，实在是一些欠缺精神定力的"马卡"①表现。我在网上也看到一些民族艺人抵抗韩剧的慷慨陈词，并且有些演员也是我喜欢的演艺明星，可他们"连一集都看不下去"的审美痛楚，还是让我有些颇费思量。我以为《大长今》给我们最大的启示就是不可小视民族传统文化的"出击"力量，剧中充满了汉字、中药和饮食文化这些中华民族的国粹，它的思想内核更是坚挺地表达着"抑己利他"的儒家正统价值观念，且劝善、劝学、劝做好人，从骨子里透出的都是"全盘中化"的哲学意蕴。有意思的是这些让我们"看不下去"的东西却风靡了整个亚洲，甚至真正走向了世界。先别说韩国人大打文化牌、猛赚文化钱的"险恶用心"，单说这牌竟然能打得让我们有点斜鼻子瞪眼地招架不住，从技术上也是值得我们内省和反思的。难道我们就不能利用祖上

① 陕西方言，意思是没个正形。

这些已经被"瞧不上眼"的"烂芝麻陈谷子",也去对亚洲乃至整个世界"险恶用心"一把?韩剧的成功给我们的应该是信心而不是恼羞成怒,这个信心就是中国文化对西方文化全面兜售的有效抵御和应变抗衡的可能。由此我对民族戏曲的存活与拓展潜能也有了更加乐观的认知和提升。

民族戏曲是中国传统文化烙印最深的一种文学艺术样式,她饱经沧桑,历尽磨难,走到今天剩下的战斗气力已经不多了。她几乎有些像徐悲鸿笔下的那幅油画《老妇》,应该是到了享受各种"养老"和"医保"的年纪了,却仍要受到各种冷嘲热讽和指斥,这真是我们文化的最大不幸。在前不久举行的诺贝尔奖颁奖典礼上,英国的获奖剧作家品特先生,通过录像发表了一段演讲,竟然只字未提获奖之事,倒是把小布什和布莱尔进军伊拉克的事猛批了一通。这件事使我们看到了人类优秀知识分子所焦灼的问题和生存境界,不似我们的一些"牙客"①,总是要在传统文化里咬出"大规模杀伤性武器"来,咬来咬去,把自己的咬没了,食了人家的唾余还得不到奖赏,真是悲哀得不知该用什么掌嘴才好。

传统戏曲中糟粕确实不少,但她在与社会的磨合过程中,已自觉不自觉地剔除了诸多不合时宜的部分,永远撼不动的是社会的伦理架构和忠、孝、节、义这一块。我在去年先后翻阅了三百多个秦腔传统戏本,它们大多是讲忠义、诚信、侠骨、节孝的,里面确有"吃人"的东西存在,但这类戏已大多不再演出,永不落幕的总是那些正义战胜邪恶、好人斗败恶人、善良终落好报的

---

① 陕西方言,指那些嘴特别能咬的人。

"团圆戏"。其实莎士比亚创作的也不尽是悲剧，他的诸多戏剧也是要"皆大欢喜"的，因而，拿西方人来做参照系，民族戏曲的这种"套路"也是不孤单的。更何况给小人物、善良者和好人以希望与出路，恐怕也正是文学艺术所应承担的责任之一。我们在面对小众时，尽可以探索人类的黑暗、龌龊和没治，但作为面对大众的戏曲艺术，尤其是面对希望在戏里找到希望的普通观众层，我们恐怕怎么都不能把那点微弱的暖光掐灭。其实这一切担心也都是多余的，千年秦腔史中从来就没见谁有那么大的手能把什么掐灭了。那种深厚的根植，任你怎样的铁壳嘴也是咬不扁嚼不碎撕不烂的，根本是因为她的气血与接受者的文化基因浑然一体，无从剥离。因此，永远也不用担心秦腔这口老唱会被什么新鲜玩意儿冲击得溃不成军。尽管年纪是大了，外形也不怎么俏扮了，时尚更是只给她冷脊背了，可她的牙口、身板、膂力即使不享受"劳保""医保""遗（产）保（护）"，也还是能自我扑腾下去的，因为有千千万万珍爱她的人自觉自愿搀扶着。

由秦腔生存状态想到的

秦腔是梆子腔的鼻祖，属民族最古老的戏曲剧种，曾对山西、河北、北京、安徽、浙江、江苏、湖南、湖北、四川、云南、贵州、广西等地的梆子腔剧种产生过重要影响。有的地方剧种直到二十世纪五六十年代还叫秦腔，后改名为地方梆子戏。鲁迅说他家乡的绍剧，就是"秦腔的旁支"。产生于大西北的秦腔，又是如何形成了如此广泛的流播区域呢？成熟于明代中叶的秦腔，一是靠李自成起义军的"四处点染"，得以"恣肆泼洒"。李自成军队的军乐是秦腔，他的"军队文化"是秦腔戏，他的主要将领都是秦腔迷，有的甚至是高级票友，因此，军旗指向之处，秦腔便绕梁不绝于耳。这是明末清初时秦腔得以广为播种的原因。后来，秦晋商人又将秦腔作为经商的媒介，带到了"山陕会馆"建立之所。山陕会馆设立最多时，在全国拥有近三百个，几乎没有省份空白。这些会馆大都养有秦腔班社，即使没有，也会定期邀请秦腔名家巡回演唱，因而，秦腔再一次得到了传播机遇。

秦腔又一次产生广泛影响，也因此而走向衰落的转捩点，是清朝中叶出现的戏曲的"花雅之争",所谓"雅部",指的是昆曲;"花部"指的就是以京腔、秦腔为代表的地方戏曲,俗称"乱弹"。雅部由于过于文人化、贵族化,已经到了看戏时尚须掌灯翻阅剧本才能弄懂戏文的地步,其辞藻华丽,用典冷僻,佶屈聱牙,普通观众听戏如听"天书"。而花部则家长里短,通俗易懂,"其词直质,虽妇孺亦能解;其音慷慨,血气为之动荡"。很快,京城"六大班伶人失业,争附入秦班觅食,以免冻饿而已"。花部因深接地气,而取得决定性胜利。在这种竞相聚集交流中,地方戏相互竞争,也相互汲养,促使民族戏曲进入空前发展阶段,京剧就是"花雅之争"的最终硕果。

任何事物都有其两面性,以秦腔为代表的地方戏曲,在破"雅"之旅中,由于过于看重"市场份额",为迎合观众,不断制造了许多低级趣味,甚至不惜在舞台上打情骂俏,以色赢人,最终不仅遭到清政府的"围追堵截",直至大开杀戒,而且也被观众弃之若敝屣。取得"花雅之争"最后胜利的花部团队,争到手中的是一把锋利的双刃剑,虽然封堵了雅部的咽喉,但终因缺乏对自己的清醒认识,盲目乐观于"上座率""出票率""追捧率",作为"高台教化"的戏曲艺术,为单纯的"经济效益"一再失守道德底线,也让自己在观众中渐次"声名败落",终究还是纷纷"抱恨而归",也无异于是一种拔剑自刎。

秦腔在"花雅之争"的最后落幕中,既是壮怀激烈,也是沧桑悲凉的。秦腔最著名的男旦魏长生,也是花部的"盟主"式人物,在清代乾隆嘉庆年间,曾先后三次进京演出。第一次"初试锋芒",未获成功,回到西安后,发奋努力,刻苦钻研,背负"惊人绝活"二次进京,竟然"轰动京师""观者如堵"。其他戏班的营业都受到巨大影响，有的难以为继，为趋迎观众爱好，干脆纷纷改唱秦腔。当时流行着这样的话语："谁家花月，不歌柳七之词；到处笙箫，尽唱魏三①之句。"魏长生的成功与"艺不惊人死不休"有关，艰苦玉成，终至登峰造极。但在他的秦腔生命形态中，也有"野狐教主""妖媚过头"甚至"坑死人"之誉，意思是说，谁看一眼就能把人害死，最终他因"色情成分过浓"而被驱逐出京。为此，耿耿于怀的他，虽到南方演出，对扬州、苏州、四川等地的戏曲发展产生了重大影响，但"哪里跌倒哪里爬起"的内心纠结，使他终于在对剧目做了重要调整后，第三次踏上了进京献演之路，企图以此重振花部雄风。然而，这次演出虽获成功，但魏长生终因心力交瘁，英雄末路，苦苦"战死"在了舞台上。艺术的高度是由顶尖艺术家撑持起来的，有时一个天才的陨落，可能就是这门艺术的低谷甚至终结。秦腔在清代的辉煌鼎盛，就是以魏长生为起始及终结点的。

秦腔与魏长生在清代的峭拔与落寞，对于今天的艺术创作发展甚至文化建设，都有十分重要的启示与省察意义。一门艺术的勃兴，必定与地气相连接，不能植根于深厚的生命土地上，再鲜艳的花朵也是会枯萎的。戏曲的"花雅之争"就充分揭示了这个道理。秦腔在昆曲的"作茧自缚"时代，冲决一切，所向披靡，凭借的就是"地气"，是老百姓的拥戴。秦腔有一位十分著名的剧作家李十三，也活跃在那个时代。他创作有脍炙人口的"十大本"，其中《火焰驹》等几本戏，已成为不朽经典；《万福莲》一剧，二十世纪中叶经由戏剧大家田汉改编为《谢瑶环》，至今

①　魏长生小名。

仍活跃在京剧和多个剧种的舞台上。李十三与蒲松龄的经历十分相像，一生求取功名，"高考"不第，最后干脆回到乡间，一边教书，一边帮老婆推磨贴补家用，一边与皮影艺人打得火热，为他们创作剧本。由于他的"戏本"能"挠到百姓痒处"，而"红极一时"。他的剧作具有民本思想，并闪烁出早期民主思想的火花，最终，也是在"花雅之争"的"扫黄"打击中，被不分青红皂白地悉数"斩尽杀绝"。可怜一介书生李十三，甚至是在朝廷的追捕中，暴跑二十里，一头栽在一块麦田中殒命的。

秦腔在清代的兴盛，得力于它的民众性、草根性，但由于艺人们毕竟文化层次不高，没能把握好表现的度数，加之那个时代本身就是大量制造"文字狱"的时代，文艺作品动辄撞"高压线"，当一些作品越过统治集团的"红线"时，以"扫黄"名义弹压下去也不完全是清人甚至中国人的发明。问题是，具有如此强大民间推动力的秦腔，怎么从此"一蹶不振"，而未能"野火烧不尽，春风吹又生"呢？从大量清人笔记中，可以看到秦腔乃至花部，在"誉满京华"时，危机已经显现，那就是民众自身对过于低级庸俗表演的挞伐。一种事物当成长得过于自信甚至膨胀时，狂悖之心就会产生，加之一味看重票房价值，"温水煮青蛙"般一点点下探道德底线，"接地气"就成了"放地气"，连拥戴自己的大众都贱看了自己的放纵失守时，辉煌的拱顶自然就轰然坍塌了。

秦腔的再度复兴，是直到辛亥革命以后的事。1912年仲夏，古城西安的一帮知识分子创建了"易俗社"，其办社宗旨非常清楚——他们认为"社会教育感人至深、普及最广者，莫若戏曲。旧日戏曲优良者固多，而恶劣淫秽足以败坏风俗者亦属不少"。

有鉴于此，他们发起了"编演新戏曲，改造新社会""不专以营业为目的""以补社会教育之缺陷"的办社倡议，拉开了"启迪民智""移风易俗""改造社会"的新秦腔的序幕。1938年夏，毛泽东又在延安倡导组建了陕甘宁边区民众剧团，以唱陕西地方戏秦腔、眉户为主，进入这个团队的一部分是知识分子、进步学生，还有许多知名秦腔、眉户艺人。团长是"狂飙诗人"柯仲平。毛泽东之所以要求组建这个团，就是考虑到当时延安的实际，希望以地方戏的形式发动群众投身抗日。直到解放战争，剧团先后演出近三千场，观众数以千万计，毛泽东曾表扬说："秦腔对革命是有功的。"

最重要的是，秦腔在这个阶段，还开拓了现实题材的创作实践活动，民族戏曲现代戏在延安应运而生。以著名剧作家马健翎为代表的民众剧团的戏剧家们，第一次用时装秦腔表现当下生活，创作演出了《穷人恨》《中国魂》《血泪仇》《十二把镰刀》等作品。

纵观秦腔的发展流变史，另一个重要启示是，任何一门艺术都不能脱离时代而存在，尤其是传统精粹艺术，如果一味强调所谓的"遗产原生态"，以保护遗址和博物馆的方法进行保护，只能加速其衰亡。连花岗岩质的摩崖石刻最终也是会风化完的，更何况"活体"艺术，如果不在"活"字上下功夫，也就必"死"无疑了。我以为，"活"字首先表现在自觉吸纳时代精气上。秦腔在二十世纪之初的大面积复活，与秦腔人自觉将自己的命运同国家的复兴"气场"紧密相连有关，如果一味龟缩在自己的小天地中，即使"唱、念、做、打"得再精良，流派继承得再传神，也仍是一种"伴宴下酒"的精致"把玩"。当它饱蘸生命的琼浆，插起哲思的翅膀，在时代的演进中深刻省察历史和现实，并发出强有力的声音时，它的生命形态便是不喊叫"振兴"就自然处于振兴状态的。相反，一旦脱离时代，自我封闭，或者成为时代的"应声虫"，即使再"振兴"，也是振而不兴的。"样板戏"就是民族戏曲沦为"应声虫"的最好注脚，脱离时代不行，沦落为时代的"活报剧"更不行。戏曲唯有始终站在民众立场上，坚持独立思考，持守美学品格，守望恒常价值、恒常伦理，不跟风，不浮躁，敢于担当，勇于创新，与国家、民族同呼吸共命运，才可能赢得与时代艺术同步发展的空间，否则，就只能是一些人所希望看到的"微缩景观"。

戏曲另一个不能丢弃的"法宝"是"高台教化"。这也是戏曲屡遭批评的"古董""短板"。在今天这个"娱乐至死""愚乐至死"的时代，重提舞台艺术的"高台教化"传统，具有深刻的反思意义。在文化几成感官刺激、欲望满足、游戏滥觞的"快乐时代"，有一点正经，有一点正形，有一点常规判断和识别，继之有一点教化作用，让人在娱乐中获得一点人生启迪，是没有什么坏处的。更何况今天这点"娱乐至死""欲望至死"的"偏方"，秦腔早在清代就用过了，事实证明，那是秦腔的"苏丹红""瘦肉精"和"毒奶粉"。一种文化，过分推崇覆盖面、关注度、收视率、发行量、点击率、票房、流量，也就有意无意催生了它的"邪僻性"，持守恒常是一种"道"，如果守道容易，几千年来，那些圣贤也就不会日月轮转不息地"絮叨"个没完了。

秦腔属于大众艺术，至今仍在西北大地上具有广泛的群众基础，陕西甚至有"三千万儿女齐吼秦腔"的民谣，虽然没有一些时尚艺术、"惊艳表演"那么具有"卖点"，成为市场的香饽饽，但在广大农村地区，优秀专业院团在广场演出时，人山人海的簇拥场面并未锐减。秦腔依然是大西北人认识世界、把握世界的重要方法之一。面对今天文化普遍奔向市场与产业化之路的热闹喧嚣，秦腔的市场化之路明显处于尴尬境地——想看秦腔的老百姓，手头并没有太宽裕的文化消费款额，因而，常态看戏的人群，仍处于对低价戏票和公益性演出的期待之中。任何企图从这种古老大众艺术身上获取暴利的想法，都是不切合实际的。因为这种艺术没有能够刺激欲望的妖冶之姿，也没有语出雷人的时鲜怪叫，更不能"立竿见影"地指明生财之道，它只是向你诉说着仁义、道德、孝敬、良善、宽厚、忍让、自尊、自立这些生命通识，与当下物欲横流的诸多生命动脉不大对接得上，因而，"边缘""淡远"这些名词将会长期相生相伴。无论怎样，秦腔是秦地的一张文化王牌，因受众面广，并深牵底层百姓精神生活样态，而备受关注。

秦腔和更多的民族戏曲艺术一样，都是有数百年生命的老人，经见过不少世事，也就更应该以一个历史老人的淡定情怀应对沧桑巨变，既不"讳疾忌医"、抱残守缺，也别"见医就投"，以至于过度治疗而死，更别眼馋时尚艺术的"灯红酒绿"与随物赋形。金钱固然是好东西，但对于一位文化"长者"的千年标高与风范来讲，又是无法等价交换、等量齐观的俗物。古老艺术更应活得有些尊严感，更应"心明眼亮"，懂得守常、守恒、守道，有所为，有所不为，真正根植大众，对历史负责，对未来负责，从而寻求属于自己的无法替代的那片生命天空。

天才的背影

"天才"这个定义无疑是对人而言的，但对于人又确实应该慎用，那些被封和自封天才的人，多少都会捅些乱子，有的干脆就成了狂人。因此，这两个极易使人疯癫得找不着北的字，最好别用在活人身上，谁用谁先倒霉，继而殃及池鱼。秦腔名丑阎振俗已经去世多年了，用这两个字，当不会引尸还魂，造成老先生的死后疯癫。

我看舞台剧，对丑角始终是深怀敬畏的。我就想不来，美妙的丑角演员，咋就那么神奇，能当场让我笑出眼泪，并满腹抽搐，扑通一下溜到椅子下爬不起来。我想我还是有些自制力的，也不是轻易能被那些"硬幽默"撞动神经的，可面对真正有含金量的喜剧，还是轻而易举就被撂翻了。其中最让我没有免疫力、抵抗力，甚至辨别力的，就数阎振俗了。只要看他的戏，哪怕是模糊不清的录像，那种语言的生动自然和动作的机敏快捷，以及神情的冷峻超拔和韵律的不温不火，都让我不能不笑得肩背耸动，甚至为之喷饭。大概是拙劣的"大腕小品"看腻歪了，那种"硬故事""硬包袱""硬转折""硬嫁接""硬表演""硬搞笑"，这些年是生生把人的一点笑神经给弄死了。看阎振俗，才能真的唤起一点想笑的感觉来。

喜剧是最难把握的艺术，想逗人笑，结果咋都把人逗不笑，对于表演者，那是当下就要毛发倒竖、汗湿衣衫的事。那些"大腕"之所以敢反复"铤而走险"，拼命地油腔滑调，全仗电视艺术的配音动效，不管好笑不好笑，话一出口，先配上一阵哄堂大笑声，腕儿们便有了继续唬人的底气。长此以往，发掘喜剧内因的功能便退化甚至变质了，有些真有喜剧天分的人，也就被慢慢扼杀了。能够年年月月坚持战斗在荧屏上的那些熟脸，除了让人佩服他们敢于自轻自贱甚至自残（装残疾人）的勇气外，最让人佩服的还是那张撑得硬、绷得紧、色不变、戳不烂的颇有些厚度的脸皮。喜剧被搞到今天这么个苍凉的境地，"名脸"瞎乱扎堆和电视技术手段的滥用，不能不说是罪魁祸首之一。

喜剧是真正需要用生命体验来浅盘显影的一种艺术，绝不敢硬搞，硬搞就会失去妙趣天成的自然感。喜剧一旦不自然，笑声也就会变得僵硬起来。卓别林之所以让我们捧腹，那种深刻发掘的生命质地和自然流畅的生活演绎，是让我们越品越有味的原因。浅薄之徒的喜剧，让我们看完之后，只体会到"耍怪"二字，并弃之若敝屣。秦腔名丑阎振俗老先生的喜剧之所以让西北大地的观众倾倒，一是得力于深厚的传统功底，二是有赖于几十年坎坎坷坷、风风雨雨的人生阅历，第三才是说不清、道不明的喜剧天分。

很难想象，这样一个喜剧天才，是诞生在如此贫寒的特困家庭，用他自己独特的叙事话语说："喝的拌汤能洗脸，穿的冬衣没夹棉。想偷人没有胆，想做生意没本钱。光席冰炕腿放满（姐弟五个），被薄人多盖不严。你蹭他拽失情面，都说身后把风钻。
弟兄常演'三打店'，日子过得没眉眼。这种光景无期限，入地
容易上天难。"他在十一岁那年，终于熬不住了，由终南山山边
进西安城去学唱戏了。先到三意社，因吃饭不小心打了个碗（真
是绳从细处断），被教练打得挺不住，又托人改投易俗社了。在
这个后来许多大人物都看过戏的剧社里，阎振俗苦学苦练了五年
半。汗没少流，泪没少淌，可一月五角钱的工资，实在"干得窝
囊透顶"，终于，在易俗社去蒲城县演出时，他溜号钻入了另一
个叫景化社的戏班子。在这个班子里，他风风火火干得正欢，却
又遇上"西安事变"，远在潼关演出的剧社被彻底查禁了。他是
这样形容那段生活的："潼关把城关，戏班子比鳖蔫。真是蚂蚱
把腿拴，真是鱼虾上沙滩。真是孤岛失群雁，真像媳妇死老汉。"
无奈间，他只好又偷偷溜回了老家终南山脚下。当初出门时，他
是放了腔子要挣钱养家糊口的，没想到，在外混闯几年，回来身
无分文，只顺手偷了一副军队的马镫，气得父亲直磕烟锅说：
"咱家又养不起马，要的是啥吊马镫？连讨饭的都不如，唱你妈
的个×戏。"折腾了一圈，又回到原点，邻里笑话，家人弹嫌，那
种"怄气伤肝"的日子实在撑不下去了，他便又踅摸着，准备找
新的剧社搭班子挣钱。那时国民党军队也特别注重舆论宣传和文
化娱乐，榆林高军长麾下就有班社，他很快就被介绍到队伍上做
了"文艺兵"，这也自然给他在"文革"中受批斗埋下了伏笔。
在阎老的记忆中，那是最风光的一次换班社，队伍上先发了十五
块大洋，他给家里留下十块，"换来一屋的笑脸"，然后置了一身
礼帽长衫的行头（好歹是按名演员招去的嘛）。直到去世前，阎
老还在感叹："咋没到照相馆把那副神气拍下来做个纪念。"在国

民党的军队里，他香的甜的没少吃，苦的辣的也没少尝，最要命的一次，差点没被一枪"结果了狗命"。那是蒋介石的中央军来了个话剧团慰问演出，要他们做群众演员，那帮家伙仗着"朝廷"的威势，对他们胡指乱挥，颐指气使。他想：咱也是军队的演员，你也是军队的演员，凭啥我们干活你们闲转，有事没事还给咱板蛋①！暗地里，他撺掇起地方军的演员，跟中央军剧团打了一仗，很快，他就被砸上镣铐，投入监牢了。还是唱戏的手艺救了他——后来有一个职位更高的指挥官要看戏，他以不凡的技艺为自己挣脱了枷锁。折腾来折腾去，直到 1952 年才因"唱戏的好把式"，又端上了新中国唱戏的饭碗。"文革"中，老戏查封，阎老因"历史浑浊"，遭斗挨批。"文革"结束后，很长时间内他都在陕西省戏曲研究院的门房做"看门老头"。这种特殊的人生历练，造就了他无与伦比的达观性情，那种人生挤压中迸发出的喜感，如陈醋水激菜，似老铁匠淬火，便咋嚼咋有味道，咋看咋有神韵了。

　　生于 1918 年的阎振俗，活了七十二岁，从十一岁出门，人生磨难就未间断，先后换过七八个班社。他一会儿在省城学艺，一会儿在县城搭班；一会儿坐牢，一会儿改造；一会儿为座上宾，一会儿"当门神"。总之，人生始终处于走钢丝、跳弹簧、抻皮条的动荡境地，用他自己的话说是"如同赤脚走刀山"。正是这种变幻莫测的人生经历，造就了他独特的思维方式，任何角色一旦经他琢磨，其性格特征便会平添神采。尤其是他对语言的运用，可谓稳、准、冷、狠，什么角色一到他手中，说话方式以

———————

　　①　陕西方言，指发脾气。

及遣词造句，都会得到大翻版式的改变。在哪儿一演出，他的许多语言便会成为当地的流行语，看似平常的口语、民谚、大实话，一旦"安妥帖""卡到位"了，就给人一种醍醐灌顶般的生命透彻感。这便是今天那些靠着炒作、包装、走穴红火起来的喜剧明星，永远达不到的人性深度。

其实阎老连一天学也没上过，他的语言积累，完全是靠传统戏本的继承和人生舞台的砥砺。新中国成立后，他也曾猛学过一阵文化，据说先后有三年时间，他一直在"生吞活剥"字典，许多字"硬是吃到肚子里了"。慢慢地，他的艺术创造就与文字有了直接关系。每领到一个剧本，他都会在上面写得密密麻麻，既有体会，更有剧词的改动，有时一句话会琢磨出十几种说法，直到同行和观众都"双手不由自主地抽搐（鼓掌）到一块儿"为止。在我写这篇文章时，他的儿子找来一堆资料，其中有一份便是至今都被晚辈悉心珍藏的阎老手稿。这份手稿共有五十八页，用打油诗写成，全文八百零六行，计万言左右。前文所引用的诸多妙语，便是从这份手稿中"断章取义"的。手稿取名《艺途回首——我的五十年舞台生涯》，落款是 1980 年，那一年他刚好退休。虽然这份舞台生涯回忆录式的手稿，尚经不起严格的文字推敲，但其中的人生艰辛、世态炎凉已跃然纸上，对于艺术的细心体悟与精到把握也明白晓畅，流露出世事洞明、人情练达的豁透散淡感，可谓字字珠玑，深藏哲理。掩卷后，让人久久在麻辣、辛酸、苦涩中，品味着喜剧的真正成因。喜剧似乎是要用悲剧做底盘的，是要拿厚实与深刻做轴承的。啥都能玩，但喜剧真不是谁都能闹着玩的。

阎老先生不仅有深厚的生活积存，而且还有扎实的艺术技巧，二者相加，自是如虎添翼、相得益彰。丑角演员有些是因会耍怪而半路出家，要命的是缺乏功底，而阎老先生自十一岁起就练得"汗没干过，眼泪没断过，身上的皮肉没浑全过"。早先还演了几年须生，后来嗓子变失塌了，才改行唱丑。为了不落人后，他更是事事潜心琢磨，戏戏力求精彩，从而留下了许多艺坛佳话。

至今还广为同行称道的是，他在扮演《十五贯》中的娄阿鼠时，竟然买下一只小白鼠，把它关在笼子里，放在家中观察达半年之久，最后慢慢总结出：老鼠最怕响动，一有响动便浑身颤抖，不能自已，那种警觉是任何动物都不具备的。因此，他演的娄阿鼠一出场，稍有惊动，脚下便像安了发电机似的，突突突突突一阵机械狂转，避之不见踪影。少时安静了，他又会探头探脑，觉得一切都安全了，才胜似闲庭信步地走出来四处乱嗅。进、退、翻、转，比闪电还迅捷；窥、察、避、藏，如脱兔般利落。尤其是那一对鼠眼，机敏而狡黠，神凝而光贼，观六路，听八方，察天地，洞幽微，加之鼠嘴的频繁吸嗫和鼠须的奇异扇动，把一个疑神疑鬼、胆战心惊而又见财起意、欲罢不能的盗窃杀人犯的心理，演绎得淋漓尽致，形象刻画得入木三分。每每一举手、一投足，都引得掌声四起，呼声雷动，直引来秦腔界诸多娄阿鼠至今都沿用着他的许多精彩套路。他在《艺途回首》中说："老鼠是我的好导演，小家伙给我把道传。"这只小白鼠不仅给了他外在形态、内在神韵，而且还使他在唱念表达上，也进行了一系列更适合剧种特点和人物性格塑造的创新。其中娄阿鼠在公堂上的最后一段陈述，昆曲原来用的是唱腔，他感到唱出来劲道不足，加之唱也不是他的强项，便改为这样一段与人物性情极其吻合的道白:"那天晚上,小人把钱输光,饥饿难当,溜进尤家肉房,观见尤葫芦(被杀者)枕着铜钱睡觉,我心里起窍,刚把钱一抓,尤葫芦就把我拉,二牛顶仗力大,我二人一起打架。我正当防卫把斧头一夯,轻轻来咧一下,没得小心,砍得太深。大老爷开恩,从今往后,往后从今,我再也不敢参与打架,再也不敢过失杀人。"这种避重就轻、巧舌如簧的认罪服法,用在娄阿鼠身上,是再精准不过的性格语言开发,因此,许多《十五贯》演出版本,现在已基本效法了他的这些创造。在琢磨人物上,阎振俗曾下了许多别人不曾下的功夫,据说在演《两颗铃》中的特务"103"时,为了把烧鸡卖好,他还与生活中的"烧鸡王"交了朋友;其中有一段装跛子的戏,他甚至还专门结交了骨科医生,到医院实地观察,上手术台深究人体构造,最终使那几步跛子路走得满台生风,美妙传神,人们至今回味起来还忍俊不禁。

在生活中,阎振俗更是注重性灵培养,将自己始终置身于艺术创造的氛围中。在他家里,到处都摆放着造型独特的树根、花盆、凳子、衣架、手杖、枕头等物件,上面雕满了鸡、犬、马、羊、兔、鼠、雁、鹰之类的动物图案,个个憨态可掬,呼之欲出。有人还以为是什么收藏品、古玩,其实都是他一刀刀雕刻出来的。另外还四处悬挂着许多书画作品,每一幅都是他对山水人物的悉心描画和对颜真卿、柳公权的刻意效法。连舞台上用的头套、胡须、梢子①等,也都是他亲手缝制。总之,阎老总是希望通过自己的艺术感知和创造,塑造出不同于别人甚至不同于自己

---

① 戏曲中可以甩动的长发。

的艺术形象来，这便是他始终能够独领秦腔丑行风骚的根本原因。

阎振俗一生扮演了近百个生动传神的角色，无论是《炼印》中的贾按元，《法门寺》中的刘媒婆，《窦娥冤》中的张驴儿，还是《教学》中的白先生，《拾黄金》中的胡来，《打砂锅》中的胡伦，他都以独特的视角、超常的外形特征，塑造出了舞台形象的"独一个"。尤为大家称道的是《杨三小》戏中的杨三小，不仅集丑、旦于一身，而且融说、学、逗、唱于一体，这是一曲很见丑角功底的戏。阎老寓庄于谐，风趣机智，把貌丑心美、见义勇为的杨三小演得出神入化，活灵活现，至今有人说起来还捧腹不已。我尤其喜欢这出独幕戏，他赋予小人物以诙谐幽默的个性，赋予小人物以侠肝义胆的豪情，赋予小人物以超凡脱俗的智慧，不似今日的某些晚会喜剧，总是拿小人物开涮，让他们吃了苦、受了罪，还要在城里人面前出尽洋相，说些傻不愣登的话，做些瓷马二愣的事，临了抖一个包袱出来，还让小人物再露一回贪小便宜的丑。我总觉得这是因为强势群体对弱势群体缺乏温润和厚道，是少数人的喜剧，多数人的伤痛。用一句流行的小品话语说：悲哀，的确悲哀。我们应该有更多"杨三小"式的喜剧。

笑星阎振俗是 1990 年冬天离开我们的，那时他患胃癌已一年多时间，病痛的折磨始终没有击垮他乐观向上的精神世界。弥留之际，同事们心情沉重地来看他，他还极其轻松地创作了一段自己最擅长的舞台韵白："人活七十是大寿，儿女孙子全都有。工资虽少将就够，清贫生活佛开口。地球本是一堆土，有来有往是轮流。如果来了都不走，压扁地球没处蹾。"这种人生的达观豁透，给活着的人留下了太深刻的印象，以至于到今天，还有许多人在传诵着这段以自然规律笑对死亡的箴言。

是丰富多彩的人生造就了阎振俗不同寻常的丑角气象，他给秦腔观众带来了太多的笑声，也给我们传递了太多的苦涩。他一直在演小丑，但在生活中始终没有露出跳梁小丑般的浅薄相，这对今天的"喜剧世界"，无疑是有古铜镜般的映照意义的。丑角戏有许多属于剧中的"花边""彩头"，当是小角色一类，但阎振俗从不以"小"为耻，不以"配"为贱，他认认真真演戏，朴朴实实做人，没有把舞台上的小丑行径如法炮制地带到生活中来，因此，他一直是观众和同行都十分尊重的大演员。有人说过，天才五百年才出一个，但愿阎振俗式的地方戏喜剧天才，能缩短周期频繁涌出。这个时代太需要真正能激活人的心灵，从而真正让人笑出眼泪的喜剧了。

不朽的周仁

　　秦腔有一曲演得最火的戏叫《周仁回府》，有人甚至说，这曲戏堪称秦腔的代名词，几乎每个唱小生的都涉足过，即使不能唱全本，"回府"一折也是必备的，若连"回府"都唱不了，似乎就该对这个小生演员打疑问号了。这曲戏唱起来确实有相当的难度，一是要好嗓子；二是要好做功，其中有些功夫还属于秦腔绝活，"单撇子"演员是拿不动这个角色的。许多演员为了演好周仁，便私下里下暗劲，而恰恰是这些背地里的"暗"功课，造就了舞台上的"顶级豪华"。越是有人用功，这个角色便越炫目，角色越炫目，也就越发有人愿意用功，因此，秦腔舞台上便出现了许多精彩绝伦的"活周仁"。这曲戏，也便随着层出不穷的"活周仁"，而愈发热门走俏，并传之久远了。

　　据说这曲戏的最早版本来自陕西渭南皮影，民国初年由秦腔大家李云亭搬上舞台，经过诸多"周仁"和舞台编导近百年的历练，才逐渐成为今天这样一个观众耳熟能详的风貌。它的核心价值是"忠义"二字，因此，早期剧名也叫《忠义侠》。故事的祸根是由严嵩老贼引起，明朝的这个大阁老可是没少给他们的类、群和时代丢人，这家伙精于权谋，又贪财好色，见了钱物就想搂，见了美女就想扑，特别适宜于编"脸谱化"的戏剧故事。因此，戏曲舞台上有关他的形象可以说层出不穷，观众想"老贼"怎么坏他就能怎么坏，许多才子佳人便在他的淫威下，升华成英雄烈女了。在《周仁回府》中，老严（连场都没出，属总后台那类角色）依然玩的是那一套，满腔坏水，喷溅忠良，一个叫杜鸾的老臣被他弄进大狱，杜鸾的儿子杜文学有一美妻，又被老严的干儿子严年盯上（戏曲舞台上凡严府出来的大多是"臭鸡蛋"），为了把杜妻搞到手，严年又弄权发配了杜文学，故事由此牵出了侠肝义胆的周仁。

周仁这个人，按《周仁回府》的故事前示，是受过杜家巨大恩惠的。从周仁嘴里交代过这样一段话："小可周仁，想我从前身做兵马郎官之职，自从那年解粮进京，路经黄河，偶遭风浪，失却皇粮银饷，眼看就是死罪。杜公子文学，与我非亲非故，慷慨出银五千两，补赔了皇粮，这才搭救下我周仁一条性命。我无恩答报，投在他门下，他又和我结为异姓兄弟。这话休说，想哥哥遭祸，临行将嫂嫂托我照料，我怎能将嫂嫂献与严年……"这段道白既有事件前因后果，又有心理剖白，应该说把主人公一下推到了极其尴尬的两难境地。所谓"舍小我""取大义"之举便由此逼出，经过一番激烈的思想斗争，周仁终于决定李代桃僵，以己妻换朋友妻之清白，从而演绎出了一曲咏唱百年不衰的"忠、义、侠"大戏。

一个人"侠肝义胆"到用自己心爱的妻子去换取别人生命的程度，确实应该叹为观止了。可作为今人，又实在不能苟同这种拿老婆不当人的粗暴支配行径。妻子毕竟不是自己的私有财产，周仁有什么权利要求她去为自己的"英雄行为"付出代价？好在这个戏在"戏眼"处有一个重大转折：周妻李兰英在愤怒中狠狠掴了周仁一耳光后，面对朋友妻子的处境和丈夫的为难，又毅然做出了乔装改扮后踏进严府行刺严年，为天下美妇割根除害的侠义抉择。戏剧由此升华到了另一种如荆轲刺秦王般壮怀激烈的境界。义举虽未成功，但由此绘成的"义女救赎图"却是感人至深的。倘若李兰英是被周仁一手逼进严府，那这曲戏的一切价值建构便当作另一番评判和解释了。

这曲戏在人物设置上是匠心独具的，尤其是一个小人物的设计，极大地提升了周仁、李兰英的品行和人格力量。这个小人物叫奉承东，他也是杜文学的门客和朋友。当杜家惨遭横祸时，为了保全自己，继续寻找攀升的阶梯，他甚至不惜出卖灵魂，亲自帮"色鬼"严年设局、"扯皮条"，把杜文学的美妻往火坑推，从而酿成了一群人的人生悲剧。在熟知《周仁回府》这曲戏的观众群和演艺圈中，奉承东已经成为"卖友求荣"的代名词，常听人说某某是"活活一个奉承东"，足见这个人物塑造的典型性和深刻性。《周仁回府》之所以盛演不衰，恐怕也与这种现实中屡见不鲜的"奉承东现象"不无关系。历史剧只要接通了现实的血脉，人们咋看都会觉得是比审视现实更过瘾、更具有哲学内蕴的。加之传统剧的脸谱化归整，把有些类、族、群的本质特性，无与伦比地外化提升了，反倒比一些所谓"非脸谱化"的东西更加鲜活、透彻。因此，脸谱化是不能一概否定的。戏曲的脸谱化是民族戏剧发展到最高阶段的一种深刻而又成熟的样式，嘲弄和讥笑，在我看来，是有些浅薄和无知的。

《周仁回府》除了故事跌宕起伏、环环相扣外，它在人物心理发掘上，也堪称秦腔传统剧的一个"里程碑"。其中最著名的"悔路""回府""哭墓"三折，无不是以内心折磨为"主脑"，极端强化抉择与屈辱的痛苦，从而使这些段落成为可以独立成篇的经典折子戏。一本大戏是开河的艺术，它开的是一条故事长河。既然是河，就应该有浅流、激浪和险滩。有些戏之所以平淡无奇，就是缺乏河流的真正资质。而《周仁回府》既开河，又聚潭，有些地方跳浪走舟，有些地方深水回旋，所谓回肠荡气，在《周仁回府》中确实是能得到一些实质性体验的。周仁先是被"严贼"给弄了一顶官帽，但这顶官帽是以献出义友妻子为代价的，他便在路上左右为难、痛悔不迭；回到府中，面对爱妻，又感到舍妻救友不能实施；当妻子义无反顾地慷慨赴死时，他的内心痛楚更是如针砭骨，难于言表；等一切都拨云见日了，戏剧的误会手法又使官复原职的杜文学当众屈打了"卖友求荣"的他，他只好独自一人去妻子的墓地，哭了个昏天黑地。整个戏剧高潮迭起，情感世界波澜壮阔，尽管有冗长拖沓之嫌，也有不合情理处，但它的经典性是不容置喙的。

正是这样一曲经典，造就了秦腔史上七代"活周仁"的生命绝唱。这七代是观众完全公认的七个人，他们是：李云亭、刘毓中、雒秉华、赵集兴、黄金华、任哲中、李爱琴。除女扮男装的"活周仁"李爱琴尚在苍茫大地上频繁走动外，其余"活周仁"均已作古。我有幸看过任哲中、李爱琴两任"活周仁"的精彩表演，那是两种完全不同性情、不同风格、不同样式的"周仁"注解。在我看来，任先生更注重"义"的投射，而李先生则更强调"侠"的释放；任先生的周仁显得宽厚、内敛，而李先生的周仁则显得豪放、爽快。从这个意义上讲，戏剧真是演员的艺术，同一个版本，由不同的演员解释出来，竟然是完全不同的效果，甚至连人物性格都发生了根本变化，这便是演员的个性魅力和伟大创造。作为舞台剧的职业编剧，我每每神奇着这种脚本与演员呈现之间的差异，好的演员，真是编导的巨大福气。

关中农村人看戏，更重要的是听，因此也叫听戏。他们时常处于闭目养神状态，只有当台上演员唱错了时，才会抬一下眼，把那主儿"剐"一下，要是错的茬大了，真正的戏迷便会用屁股带起板凳走人了。他们一般不大喜欢新创作的剧目，点戏多是"老一套"，比如《周仁回府》，只要有新演员，都要点来品一番。他们从来不听媒体的忽悠，认为那玩意儿靠不住，乡里也没那么奢侈，他们心目中的"名演"，完全是靠自己的双眼"硬盯硬"识出来的"货"。其实这恰恰是民族戏曲久传不衰的原因。城市人时尚多变且喜新厌旧，有许多啥都只玩弄几天就腻了的主儿，根本没有耐心去对相同的东西进行深切品味——尽管最会说"品味"二字。因此，城里人的艺术鉴赏是有很大盲目性的，别人咋忽悠他咋上道，媒体咋发热他咋感冒，到头来高烧得什么味也没品出来。正是这种盲从和心浮气躁，引发了城里人对创新的犯瘾般的饥渴。结果创来创去，绝大多数所谓里程碑式的"精品""巨制"，都在更新更大的喧嚣中销声匿迹了，而"周仁"们却还在成千上万个民间舞台上鲜活着。这不能不说是一种急于求成的创新难堪和悖论。

由于工作原因，我先后看过近十个人的《周仁回府》，其中一个叫胡屯胜的"周仁"，尽管没有进入七代"活周仁"序列，但仍然给我留下了深刻印象。这个演员在三十几岁便被病魔夺去了生命，也有说是因"过于劳累"的。他是"活周仁"任哲中的高足，如果能活到今天，也许能被观众列入其中，可早早就挂靴而去，也便成为秦腔舞台上的永远憾事了。另一个特别出众的"周仁"就是李小锋，几年前，我曾在连续看过他三遍《周仁回府》后，写过一首歪诗，好像是这样的："泪水几多捧，源自周仁情。侠义近迂腐，忠厚谁堪同。经年常演诵，名伶代代红。城楼又易帜，接旗李小锋。"有人已将第八代"活周仁"的桂冠相赠予他，但在今天看来，我以为还是"听封"太早，如果他能用毕生的精力去体味、刻画、完善这个人物，民间迟早是会用集体口碑的形式将他载入秦腔史册的。这个人物是值得一个演员用全部生命去锻造、传承的。艺术创作跟战斗一样，伤其十指不如断其一指。与其塑造十个一般人物，倒不如演绝一个"活周仁"。

周仁的感恩情怀和侠义行为，应该是人类不朽的精神追求，从这个意义上讲，周仁也应该是不朽的。因而，这个戏是值得更多演员用生命进行反复阐释的。前七代"活周仁"的筛选过滤，据说已有许多遗珠之憾，说明把周仁演活了的还大有人在，正是这种金字塔式的累积，才造就了《周仁回府》的高度，但愿"周仁团队"在未来的行进中，能有更"大"更"活"的人物出现。就像球迷们期待一届届足球的结局一样，三千万高唱秦腔的儿女，正在等待着新一轮秦腔"活周仁"的"黑马"亮相。

秦腔与茶馆

　　秦腔是舞台艺术，舞台艺术自然就应该放到舞台上去展示。但自二十世纪九十年代初始，秦腔却在茶馆中悄然兴盛起来，先是从兰州开始，然后渐渐向四周发散，最后氤氲到整个大西北的各个城市、乡村乃至交通要塞。

　　在西安，秦腔茶社大约是从二十世纪九十年代中后期开始的，一旦兴起，便一发不可收拾，至今十有余年，勃兴势头不减。最红火热闹处，甚至一条街道就能见到好几家，有的干脆门对门脸对脸，大有"打擂台""唱对台"之势，有时让人担心，这么密集的布局，真有那么多听众吗？其实这就跟办饭馆一样，只要门能打开，就说明有吃客，茶社里面锣鼓在响，人在唱，就说明这个事情红火着哩。

　　从一些从业者角度讲，他们对这件事始终抱有看法：一是觉得非艺术化，无崇高感，有沦为"卖唱者"之嫌；二是长期迎合茶馆受众的听唱习惯，容易脱离角色人物，进入纯卖弄唱腔技巧的媚俗状态；三是据说还有色情交易，个别从业者已经堕落为一些大款的"玩偶"。凡此种种，总是议论声不绝于耳，声讨声此起彼伏，但从业者却依然风雨兼程，趋之若鹜。这真是大西北一道十分特殊的文化生活景观了。

其实茶馆早在南北朝时期就已出现了，那时叫茶寮。唐代封演的《封氏闻见记》中有这样一段话："自邹、齐、沧、棣、浙至京邑城市，多开店铺，煎茶卖之，不问道俗，投钱取饮。"到了宋代，以卖茶为业的茶肆、茶坊就已经很普遍了。这也是一种商业经济日趋活跃的产物。《水浒传》里的王婆，不就开了个茶肆，一边小本经营，劳动致富；一边分析信息情报，给别人"扯皮条"，收取"中介费"吗？糟糕的是，她最后把祸惹大了，触犯了刑律，稀里糊涂掉了脑袋，演绎了一出遭人千古唾骂的活报剧。其实这又何尝不是一个一边急着发家致富奔小康，一边又缺乏法治观念的街坊老太太的人生悲剧呢？不管怎样，王婆都是研究茶饮业绕不开的话题了。

宋代，有"王婆"们为茶肆发展设堂坐班（老太太的毛病归毛病），到了明代，茶馆业进一步发展壮大，对茶、水、盛器以及冲泡方法都有了深刻的研究，并将开茶馆列入了三百六十行的其中一行。清代时，茶馆业更是兴旺发达，仅京城闲来无事的八旗子弟，就演绎了诸多精彩绝伦的品茗故事，清人笔记中有大量这类生活琐事记载。从达官贵人到贩夫走卒，可谓三教九流，无所不包，无所不容，茶馆真正成了各色人等的集散地。切开了中国近代三个历史时期横断面的话剧《茶馆》，就非常真实生动地描绘了这个场景中的众生相。现代京剧《沙家浜》中，地下党员阿庆嫂开的那个"春来茶馆"，更是以喝茶做掩护，"垒起七星灶，铜壶煮三江，摆开八仙桌，招待十六方"，最终她以准确的信息获取，助新四军消灭了以胡传魁为代表的"忠义救国军"和日寇顽敌，为茶馆业打上了红色革命的烙印。总之，任何事物都会在发展中产生变异，就像茶馆，本来是喝茶的，喝着喝着，里面的道道多了，大概就产生了我们常说的文化。

其实长安是有史记载的茶馆的最早发源地之一，以十卷本笔记流传后世的唐朝天宝末年进士封演，就在他的《封氏闻见记》中，记载了唐长安城的茶肆发展过程。他说，北方人最早是很少喝茶的，这种习惯是一个参禅的和尚引进来的，开始是为了让学习参禅的人不打瞌睡，时间长了就传开了。这可能有些像前些年流行喝"红茶菌"，举国上下，几乎家家都养一缸塞塞窣窣的东西，早晚喝得稀稀溜溜。当时长安是帝京，经济文化十分发达，且流动人口又多，喝水自然是一件大事，既然有人觉得茶水好，城里人又爱跟风，流行起来也就不是一件难事了。后来政治、经济、文化中心转移，有关茶馆业的记载，长安地面的也就不多了。但唱戏这一行，始终与喝茶有些关系，直到今天，甚至完全融为一体，有了"秦腔茶苑"之类的行业，并且是以唱戏为主体的，看来喝茶越来越是一种形式包装了。

早期戏园子里的喝茶，是为了解口渴，有人专门拿一大茶壶，谁需要了就给谁续一碗。那时没有空调，夏天热得满脸汗水，还有人专门在空中抛湿毛巾。当然，那也多是富贵者的游戏，贫穷人家多是在野场子看戏，热得脊梁淌水，口冒火星，也没人添茶续水，更不可能从空中降下一条温度适中的毛巾来。

其实那样看戏是极不文明的，一边嗑着瓜子，一边听着壶碗叮当、水声嘈响，空中还有毛巾飞舞，再加上人声嘈杂，找舅寻外孙的，且不说对演员不礼貌，单看戏也是看不好的。从史料看，在二十世纪二三十年代，西安人看戏时台下还是亮如白昼的，后来有了西方文明戏的介入，有人提倡改革，演出时才关了观众池子的灯光，为此还很是招来过一阵痛批和骂声。观众渐渐习惯了，方觉得看戏只把台上打亮，让一切注意力都集中在演员身上和剧情里，才是舒服的。近年来在茶馆里演唱秦腔的兴起，其实是对早期戏园子看戏方式的一种复旧，并且有过之无不及，不仅嗑瓜子、喝茶、找哥唤妹子，而且还有吃饭、喝酒的，更不乏发酒疯者，因此，这种场合被许多人所不齿，也不是没有道理的。

到茶馆喝茶，本来是一种很闲适恬淡的生活追求，真为了止渴，在家里喝一壶也就行了。之所以要上茶馆喝茶，那是因为这里已完全成为人们进行社会交往的公共空间，就像西方人的酒吧、咖啡屋。在西方人的酒吧里，无需考虑社会地位、等级礼仪等问题，举止得体是他们在这里交往的基本准则。在喝咖啡、饮酒的同时，最重要的是进行一种思想感情交流，甚至交锋。酒吧要么是非常现代的，要么是非常怀古的，总之别具一格，充满了精神诉求感和文化感。我们的茶馆其实也不乏文化特色，有许多坐进去也颇感雅致，但现在多数是用来打牌、编段子了。秦腔茶社虽然意图与此有所区分，但在从业过程中，由于不注重生活品位引领，只关注消费金额，有些也就弄得还不如"挖坑"① 来得文明了。

无论茶馆还是酒吧，从它的起源看，都是一种大众消费的活动空间，具有很大的休闲娱乐性，是提供给消费者行动相对自由的特殊场所。但西方酒吧在诞生的初期，也承担着一定的"市民

① 扑克牌的一种玩法。

议政功能"，权力机关甚至把它视为"政治动乱的温床"。在咱们民族歌剧《江姐》里，特务不是也混在茶馆里寻找共产党员，最后还把一个"爱摆杂话"的农村妇女当共产党员给逮走了吗？今天，如果谁再在茶馆里听人摆几句"杂话"，就神经兮兮地去告密，人们就觉得是一件十分可笑的事了。这说明民主进程已使这种场所的"议政"功能渐次退化，它已成为比较纯粹的私人精神物质消费领地。进去的人，倒不担心会被"特务"之类的人给"黑了""做了"，担心的是服务不好、品位不高，让人上当受骗，遭辱蒙羞。

秦腔进入茶馆，其实是一个很好的文化消费创意，它比传统的琴棋书画伴煮茶品茗，更具有活性和动感，对于本土人，这是调动内在生命激情的最好去处，对于外乡人，这是感知秦地文化风情的便利之地。可惜不少此类茶社皆把目标只盯在一些喜好"慷慨解囊"的大款身上，任其以低下的素质，败坏馆内风气，长此以往，便有了不好的名声。我曾因各种原因，去过几个秦腔茶社，也有秩序良好，击节听唱的，但更有烟雾缭绕，酒气熏天，甚至醉汉胡言浪语的。面对"搭红者"①的得意扬扬、颐指气使，确实让人有些心绪烦乱、如坐针毡。这么好的创意，竟然以这种方式呈现出来，既是秦腔的不幸，也是茶馆的悲哀了。

演员在茶馆唱秦腔，是凭自身的技艺吃饭，这没有什么好鄙薄的。当然，有以演唱为名，做其他勾当者，就另当别论了。专业演员利用业余时间来此谋取正当收益，也是合情合理的。可惜的是，这种环境似乎有些不太适宜于唱秦腔：一、真正的欣赏者

---

① 出钱奖励演员的人。他们以每条红布十元的价格，视心情好坏和对演员的喜爱程度，十条、二十条、一百条地加码，老板从中抽成。

不是很多；二、演员没有职业尊严感；三、演员容易迷失自我。因而，诸多业内人士又始终对这块热闹领地存有质疑。

当然，古老的秦腔，能在承接了现代休闲娱乐功能的茶馆占得一席之地，总是好事。如何把这一席之地占得有声有色，使其真正成为大西北特色文化的一个窗口，确实还需要一批有眼光的经营者进行赚钱追求以外的文化琢磨。娱乐项目，做一做都容易变味，最早诞生于巴黎的咖啡屋，甚至成了伏尔泰、卢梭、狄德罗等经典作家写作鸿篇巨制的地方，现在发展得满世界都是，据说有的也慢慢演变成了"一夜情"的联络点。连洗脚房这样的保健项目，有些也发展出了不正经的勾当，"出壳"了"灵魂"。尤其是洗头这样的"高贵"活动，弄一弄，也都弄成了从事其他服务的代名词。看来休闲和娱乐，真是一种高风险的闲适和放松。

秦腔是一门古老的艺术，年纪大了，我们非要拉它出来，让它与时新的玩意儿并驾齐驱，它明显是会力不从心的。加之秦腔植入了千百年的传统文化因子，血液里流淌着难以稀释化合的历史琼浆，硬要与时尚的生命靓汤进行勾兑，结果也定然不伦不类，不是滋味。尤其是一些人，总想让它到"经济主战场"上去发挥作用，好像在今天，一门艺术如果与赚钱没有太大关系，就不是有价值的东西，就应该"优胜劣汰"掉似的。因而，秦腔老艺人也只好抹得五麻六道的，有时甚至是颤颤巍巍地撩动着别人硬给裹上的"迷你裙"，在努力做着一种"哗众取宠"的卖相。其实除了尊重老人的品格、性情和操守外，似乎还没有别的途径，使它在这场血淋淋的"赚钱战争"中能有所收益。无论怎么说，从时尚的色相上，秦腔都已开发不出"不尽财源滚滚来"的看点和卖点了，唯有开发风骨、气度、魂魄，才有可能在娇滴滴、软绵绵甚至色眯眯的时新哆音中，惊现出真正艺术的空谷足音，从而"正打歪着"地迎合一下到处都在鼓噪的"经济增长点"说。也许秦腔茶社里的秦腔，从这里寻求立足，方才有明天、后天甚至大后天的开业大吉。

俊俏小生与三花脸

　　在已形成脸谱化的旧戏里，美如小生者，总是羽扇纶巾，风流倜傥，"诗咏关雎，雅歌麟趾"，连偷情也是要放在花前月下的。而鼻梁上画一块"豆腐干"的三花脸就惨了：跻身宫廷者，尚能附庸风雅，说些半文不文的一顺撇韵白；浪荡民间者，出场做一个斜鼻子吊眼的亮相，观众便认作鼠窃狗盗之辈；连追求爱情也都只能放在荒郊旷野渺无人烟的地方，并且大多手脚野蛮，喜欢快刀斩乱麻，不像小生那样温文尔雅且讲究方式方法。好在三花脸的阴谋总是难以得逞，每到妙处就有美少年从天而降，一顿乱棍打得他屁滚尿流地摸门不着，美丑也便在观众心目中更趋泾渭分明。

　　戏剧由世事炼化而成，世事又吸食戏剧养分。人人都希望自己是生活中的"美哉少年"，让人顾盼流连，艳羡不已，却不愿做以丑衬美的三花脸。而生活的戏剧化又恰恰是在美丑对比中形成的，因而那些一心想把自己安排在"小生"位置上的人，便要想方设法地涂抹出一些"三花脸"来，借以凸显自己的光彩照人。连舞台上扮演小丑的演员在生活中尚且常常成为被玩弄的对象，甚至沦为爱情困难户，生活中被涂抹成小丑的人，岂能有逍遥岁月美光阴？

当然，有些三花脸，是因自己品行不端，终被无可辩驳的事实所点化；而多数三花脸，却硬是被报复、嫉妒，甚至包括百无聊赖等社会病所淫浸。树大了，招风；树小了，遭折。你过五关斩六将，他视而不见；一旦败走麦城，马上盖棺论定。倘若把苍蝇放大成老鼠，还有情可原；纯粹的捕风捉影，无中生有，确实无异于操刀杀人。且诸多谣传还不能登广告一一辩驳，只能任其修理你的尊容。当经千百人之口把你塑造成典型的"这一个"时，面对口鼻歪斜、眉眼倒吊、嘴里龇着猪牙的自己，只能瞠目结舌，欲哭无泪。

人的面容被刀、枪、剑、戟，甚至化学品所毁，可以诉诸法律，严惩罪魁；人的社会形象被来无踪去无影的"口播新闻"所毁，却只能望洋兴叹，默默忍受。自杀吧，事情上不了斤上不了两；活着吧，猪嫌狗不爱；干吧，四面楚歌；不干吧，又说你是"黔之驴"，就那几下踢打。阿Q一下："太阳依然照耀，鲜花仍然开遍大地，不管有多少丑恶的东西存在，生活仍然是美好的。"可那种吞食死苍蝇的感觉终不能被精神胜利法麻痹。

美好的东西都想占为己有，而丑陋的东西总是希望附着在别人身上，这大概是人的通病。如果说故意造谣者无耻透顶的话，那么集体无意识传谣简直是可悲之极了。有的近乎杀人的谣言竟然是用一种幽默（姑且称作幽默）情调闲谝出来的，而时下流行幽默感，这谣言便也不愁销路了。如果说在大街上扒了别人的裤子，甚至在人多广众的场合尿出一个"八"字来也叫幽默的话，那么修养再好、心理承受能力再强的人，恐怕也招架不住这种高档奢侈品。有一位作家呐喊要"打击无聊",看来实在该广而告之。

把俊俏小生改造成三花脸,在其鼻梁上加一块"豆腐干"便成。把金色的池塘搅浑,往里倾一杯污泥即可。好在水是流动的,污泥总会被冲刷走。不过《爱你没商量》的片尾曲《活的就是现在》里有两句歌词又是这样唱的:"这人类似乎应该不再拥有苦恼和悲哀,它今天告诉我那不是现在……"